當代思潮系列叢書

語言與神話

Sprache und Mythas

恩斯特·卡西勒——著
Ernst Cassirer

于曉——譯

張思明——校

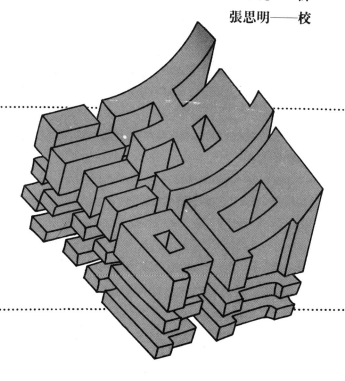

桂冠圖書股份有限公司

《當代思潮系列叢書》編審委員

「當代思潮系列叢書」序

　　從高空中鳥瞰大地，細流小溪、低丘矮嶺渺不可見，進入眼簾的只有長江大海、高山深谷，刻畫出大地的主要面貌。在亙古以來的歷史時空裡，人生的悲歡離合，日常的蠅營狗苟，都已爲歷史洪流所淹沒，銷蝕得無影無踪；但人類的偉大思潮或思想，却似漫漫歷史長夜中的點點彗星，光耀奪目，萬古長新。這些偉大的思潮或思想，代表人類在不同階段的進步，也代表人類在不同時代的蛻變。它們的形成常是總結了一個舊階段的成就，它們的出現則是標示著一個新時代的發軔。長江大海和高山深谷，刻畫出大地的主要面貌；具有重大時代意義的思潮或思想，刻畫出歷史的主要脈絡。從這個觀點來看，人類的歷史實在就是一部思想史。

　　在中國的歷史中，曾經出現過很多傑出的思想家，創造了很多偉大的思潮或思想。這些中國的思想和思想家，與西方的思想和思想家交相輝映，毫不遜色。這種中西各擅勝場的情勢，到了近代却難繼續維持，中國的思想和思想家已黯然失色，無法與他們的西方同道並駕齊驅。近代中國思潮或思想之不及西方蓬勃，可能是因爲中國文化的活力日益衰弱，也可能是由於西方文化的動力逐漸強盛。無論眞正的原因爲何，中國的思想界和學術界皆

應深自惕勵，努力在思想的創造上發憤圖進，以締造一個思潮澎湃的新紀元。

時至今日，世界各國的思潮或思想交互影響，彼此截長補短，力求臻於至善。處在這樣的時代，我們的思想界和學術界，自然不能像中國古代的思想家一樣，用閉門造車或孤芳自賞的方式來從事思考工作。要想創造真能掌握時代脈動的新思潮，形成真能透析社會人生的新思想，不僅必須認真觀察現實世界的種種事象，而且必須切實理解當代國內外的主要思潮或思想。為了達到後一目的，只有從研讀中外學者和思想家的名著入手。研讀當代名家的經典之作，可以吸收其思想的精華，更可以發揮見賢思齊、取法乎上的效果。當然，思潮或思想不會平空產生，其形成一方面要靠思想家和學者的努力，另方面當地社會的民眾也應有相當的思想水準。有水準的社會思想，則要經由閱讀介紹當代思潮的導論性書籍來培養。

基於以上的認識，為了提高我國社會思想的水準，深化我國學術理論的基礎，以創造培養新思潮或新思想所需要的良好條件，多年來我們一直期望有見識、有魄力的出版家能挺身而出，長期有系統地出版代表當代思潮的名著。這一等待多年的理想，如今終於有了付諸實現的機會——桂冠圖書公司決定出版「當代思潮系列叢書」。這個出版單位有感於社會中功利主義的濃厚及人文精神的薄弱，這套叢書決定以出版人文學及社會科學方面的書籍為主。為了充實叢書的內容，桂冠特邀請台灣海峽兩岸的多位學者專家參與規劃工作，最後議定以下列十幾個學門為選書的範圍：哲學與宗教學、藝文（含文學、藝術、美學）、史學、語言學、心理學、教育學、人類學、社會學（含未來學）、政治學、法律學、經濟學、管理學及傳播學等。

這套叢書所談的內容，主要是有關人文和社會方面的當代思潮。經過各學門編審委員召集人反覆討論後，我們決定以十九世紀末以來作為「當代」的範圍，各學門所選的名著皆以這一時段所完成者為主。我們這樣界定「當代」，並非根據歷史學的分期，而是基於各學門在理論發展方面的考慮。好在這只是一項原則，實際選書時還可再作彈性的伸縮。至於「思潮」一詞，經過召集人協調會議的討論後，原則上決定以此詞指謂符合下列條件之一的學術思想或理論：(1)對該學科有開創性的貢獻或影響者，(2)對其他學科有重大的影響者，(3)對社會大眾有廣大的影響者。

在這樣的共識下，「當代思潮系列叢書」所包含的書籍可分為三個層次：經典性者、評析性者及導論性者。第一類書籍以各學門的名著為限，大都是歐、美、日等國經典著作的中譯本，其讀者對象是本行或他行的學者和學生，兼及好學深思的一般讀書人。第二類書籍則以有系統地分析、評論及整合某家某派（或數家數派）的理論或思想者為限，可為翻譯之作，亦可為我國學者的創作，其讀者對象是本行或他行的學者和學生，兼及好學深思的一般讀書人。至於第三類書籍，則是介紹性的入門讀物，所介紹的可以是一家一派之言，也可以就整個學門的各種理論或思想作深入淺出的闡述。這一類書籍比較適合大學生、高中生及一般民眾閱讀。以上三個層次的書籍，不但內容性質有異，深淺程度也不同，可以滿足各類讀者的求知需要。

在這套叢書之下，桂冠初步計畫在五年內出版三百本書，每個學門約為二十至四十本。這些為數眾多的書稿，主要有三個來源。首先，出版單位已根據各學門所選書單，分別向台灣、大陸及海外的有關學者邀稿，譯著和創作兼而有之。其次，出版單位也已透過不同的學界管道，以合法方式取得大陸已經出版或正在

編撰之西方學術名著譯叢的版權,如甘陽、蘇國勛、劉小楓主編的「西方學術譯叢」和「人文研究叢書」,華夏出版社出版的「二十世紀文庫」,陳宣良、余紀元、劉繼主編的「文化與價值譯叢」,沈原主編的「文化人類學譯叢」,袁方主編的「當代社會學名著譯叢」,方立天、黃克克主編的「宗教學名著譯叢」等。各學門的編審委員根據議定的書單,從這些譯叢中挑選適當的著作,收入系列叢書。此外,桂冠圖書公司過去所出版的相關書籍,亦已在選擇後納入叢書,重新加以編排出版。

「當代思潮系列叢書」所涉及的學科眾多,為了慎重其事,特分就每一學門組織編審委員會,邀請學有專長的學術文化工作者一百餘位,參與選書、審訂及編輯等工作。各科的編審委員會是由審訂委員和編輯委員組成,前者都是該科的資深學人,後者盡是該科的飽學新秀。每一學門所要出版的書單,先經該科編審委員會擬定,然後由各科召集人會議協商定案,作為選書的基本根據。實際的撰譯工作,皆請學有專攻的學者擔任,其人選由每科的編審委員推薦和邀請。書稿完成後,請相關學科熟諳編譯實務的編輯委員擔任初步校訂工作,就其體例、文詞及可讀性加以判斷,以決定其出版之可行性。校訂者如確認該書可以出版,即交由該科召集人,商請適當審訂委員或其他資深學者作最後之審訂。

對於這套叢書的編審工作,我們所以如此慎重其事,主要是希望它在內容和形式上都能具有令人滿意的水準。編印一套有關當代思潮的有水準的系列叢書,是此間出版界和學術界多年的理想,也是我們為海峽兩岸的中國人所能提供的最佳服務。我們誠懇地希望兩岸的學者和思想家能從這套叢書中發現一些靈感的泉源,點燃一片片思想的火花。我們更希望好學深思的民眾和學生,

也能從這套叢書中尋得一塊塊思想的綠洲，使自己在煩擾的生活中獲取一點智性的安息。當然，這套叢書的出版如能爲中國人的社會增添一分人文氣息，從而使功利主義的色彩有所淡化，則更是喜出望外。

這套叢書之能順利出版，是很多可敬的朋友共同努力的成果。其中最令人欣賞的，當然是各書的譯者和作者，若非他們的努力，這套叢書必無目前的水準。同樣值得稱道的是各科的編審委員，他們的熱心參與和淵博學識，使整個編審工作的進行了無滯礙。同時，也要藉此機會向高信疆先生表達敬佩之意，他從一開始就參與叢書的策劃工作，在實際編務的設計上提供了高明的意見。最後，對桂冠圖書公司負責人賴阿勝先生，個人也想表示由衷的敬意。他一向熱心文化事業，此次決心出版這套叢書，益見其重視社會教育及推展學術思想的誠意。

楊國樞

一九八九年序於

台灣大學心理學系

語言學類召集人序

　　六十年代以後，語言學的發展特別快速，成為認知科學中研究某一特殊認知能力（即語言）最重要的學門之一。語言學中最受人囑目的是以杭士基（Chomsky）為首的變衍學派。變衍學派認為了解語言不能只看一些表面上觀察得到的語言現象；了解語言必須深入它的底層，發現它內在的構成原理；然後利用這些構成原理去檢驗某些語言現象是否能藉這些原理去衍生或了解它的語意。

　　變衍學派作了二個基本的假設。第一，語言的語法結構可以而且必須獨立於其他成分（例如意義或溝通上的功能）加以研究。因為如果語法與其他成分混雜一起就無法理解人類認知的基本原理——杭士基認為語法是語言能力中最能反映人類的心智的特性。第二，語言的研究應該獨立於其他認知能力（例如音樂、視覺系統、數字系統）的研究，否則進步將非常困難——杭士基認為語言是人類的心智器官之一，也是心智的一個模組（module）。研究語言可以獨立進行，就像了解其他心智器官通常可以獨立進行一樣。這二個「獨立性」的假設是語言學過去二、三十年進展特別快速的原因之一。

　　杭士基創新的觀念在於把語法的產生認為近以抽象的自動機

器 (automaton)——這種機器可以根據內在的規則衍生出一切合理的句串，杭氏的語法理論基本上是個演繹式的形式系統，它對實際上人類俔用或理解語言的行為並不企圖作任何論斷。雖然杭士基常自喻語言學是個理論心理學，但他對實驗一向沒有表現過任何興趣，很顯然地，杭士基把語言理解為自動機器相當受到五○年代維納 (Wiener)、洪紐曼 (Von Neumann)、杜林 (Turing) 等人的影響，另外一方面他認為有限狀態機器或片語結構語法不足以衍生語法系統却也是破天荒的思想。

在五十年代杭士基剛剛出道時，他的想法並沒有引起同行太大的注意。他的博士論文 (1955年) 首先提出後來變衍學派經營語言學的整個策略，但當時沒有出版商願意出版。他的成名之作《語法結構》 (*Syntactic Structures* 1957) 也一再遭受拒絕，最後方才由荷蘭一家不見經傳的小出版公司出版，但也並非一經出版旋即洛陽紙貴的那種震撼學界的著作。不過藉著犀利的筆鋒及幾篇攻擊結構學派、行為學派理論的文章，再加上他第二本重要的著作 *Aspects of a Theory of Syntax* (1965)，杭士基的變衍語言學終於成為最具革命性的語言學理論 (見 Newmeyer 1980)。

杭士基的著作不可以簡單地歸類為語言學。杭士基不只是成功的語言學者，也是個舉足輕重的認知科學家，他對於人類心智的內容、過程有他獨特的見解。他認為語言是了解心智活動最理想的模式，而語言及整個心理學都應該像他的語法理論一樣追求「形式上的嚴格」，應該設定抽象的模式，應該追求「解釋上的充分性」。杭士基對心智的特殊理念使他不滿於當時流行的心理學行為學派理論，也不滿於皮亞傑的知識遺傳學理論。但是他的形式主義信念，他的「語言自主性」的看法，以及「語言為本能」

的論點使得他的理論在目前主流心理學界的影響並不大（見Piattelli-Palmarini 1980）。

　　變衍學派當然不代表整個語言學界。有些不滿變衍學派的語言學家追求具有「心理上的真實性」的語言理論，至少能對人類實際的語言行為（說話與理解）的了解有所助益，在Bresnan（1982）的詞彙功能理論中就沒有「變換律」的結構層次，而把那一部分的資訊放在「詞彙」之中。這個理論的細節雖然無法在此加以說明（見Sells 1985），不過最近人工智慧方面在剖析及理解方面研究的結果跟詞彙功能理論頗有吻合之處。詞彙功能理論最近幾年並且成為史坦福大學「語言資訊研究中心」（一個科際整合的研究機構）研究人類語言能力的理論基礎。

　　放棄「變換律」的結構層次也是另外一個「泛片語結構語法理論」的根本信念（見Gerald Gazdar etal.1985），Gazdar認為他的泛片語結構理論更簡單，與形式文法理論的分析更為契全（因此更與人工智慧的語言理解系統具有相關性）。杭士基一向認為與變衍理論相敵對的理論只不過是「符號上的不同」而已。一般語言學界以外的人也不容易辨認各種不同語言理論之間究竟有什麼重要的差異。但是我們要明白，設計一套真正理解自然語言的系統還需要相當一段時日才能真正確定哪一種現行或未來的理論是最合理的理論。事實上最近的趨勢逐漸顯示杭士基的一些基本信念（即語法的獨立性）也許在方法學上是正確的，不過真正了解整個語言的結構應該另闢蹊徑，有如詞彙功能理論一般，確認語法現象跟詞彙的語意現象不可分割，或如其他學者所強調的，語法跟語言的使用也極為密切（見Lyons etal.1987）。

　　學者對認知科學幾個領域之間的關係有不同的看法。例如語言跟其他領域應該是何種關聯？一種看法是把語言看作是一個獨

立的研究領域，但是可以藉其他領域的研究來澄淸語言的眞相（見Lakoff 1987；Langacker 1986；Holland etal.1988），例如神經語言學對語言發音、了解的研究；語言心理學對語言發展的研究（見Clark etal.1979；Miller etal. 1976），許多學者認爲語言是整合的認知科學最理想的試驗場，而其他認知能力（如視覺、運動、行爲）也可以透過科際間的合作共同加以研究，這是所謂認知科學「縱」向的關係。

　　語言究竟應該有多少「獨立性」取決於學者希望能了解或澄淸語言的那些現象。杭士基式的變衍理論把語言視爲最獨立的現象——語言像是天文學家研究的天體一樣的遙遠、獨立。但是有些學者，視語言爲人文活動的一部分，因此語言的研究自然不可能自外於其他各種學問的成果。這就是所謂認知科學「橫向」的關係——任何現象都不可能由任何學門所獨有；任何現象都應該從各種可能的角度、觀點、信念加以研究。同理，語言不僅僅屬於語言學，而屬於整個認知科學———是哲學的一部分（見Barwise etal., 1983；Ryle 1949），是人類學的一部分（見Holland 1988），是心理學的一部分（見Clark etal.,1979），也是人工智慧的一部分。先驗地沒有人能肯定語言與認知科學的最佳關係究竟是縱向或橫向關係。我們可以確定的是對於語言的了解還有一段很遠的路要走，而本集所精選的語言學名著，多少可以幫助我們了解二十世紀中葉前後人類思考語言問題的方向與結論。

黃宣範

從「理性的批判」
到「文化的批判」
代序

　　卡西勒的《人論——人類文化哲學導引》中譯本在上海出版後，受到讀者歡迎。現在，于曉又譯出了卡西勒另一膾炙人口的名著《語言與神話》，連同卡西勒的其它幾篇論著匯爲一集，由三聯書店收入「現代西方學術文庫」出版，這對於熱心的讀者來說無疑是提供了一個進一步了解卡西勒思想的門徑。

　　《語言與神話》(*Sprache und Mythos*) 一書原是著名的「瓦堡書院研究叢書」(*Studien der Bibliothek Warburg*) 的第六卷，於一九二五年用德文出版。一九四六年由卡西勒的美國弟子、著名的女美學家蘇珊‧朗格 (Susanne K. Langer) 譯成英文出版後，在英語世界產生了遠比德國爲甚的影響。而且多少與蘇珊‧朗格這位美學家所譯有關，該書以後一直成爲西方治美學、文藝理論者所必讀，尤其是最後論「隱喩」的那章。順便可以一提的是，朗格英譯本在美國問世時，正是卡西勒本人用英文寫就的《人論》在美國出版 (一九四五) 的第二年。有如蘇珊‧朗格所言，《人論》一書畢竟只是提綱挈領地概述了卡西勒「符號形式哲學」的主要結論，而《語言與神話》卻恰恰展示了「符號形式哲學」的成因和發展，因此，對於已讀過《人論》，卻不可能去讀皇皇三

大卷《符號形式哲學》的讀者來說，篇幅短小的《語言與神話》
不啻是《人論》的最好補充。從這角度來看，在《人論》中譯本
行世後，現在再接著出版《語言與神話》中譯本，確乎是順理成
章，十分適時的。

「語言與神話」這個書名多少會使人有些困惑。這究竟算是哪
一類書呢？屬於哲學類、美學類、抑或是語言學或神話學類？應
該說，至少在卡西勒本人眼中，這是一部正兒八經的哲學研究著
作，不惟如此，而且還是哲學中最嚴格的部門——知識論——方
面的一個研究。這當然就更令人感到困惑了：哲學怎麼研究起語
言和神話來了？語言與神話這些現象又與知識論有什麼關係？如
果說，人們多少聽說過二十世紀的西方哲學經歷了一場所謂 Lin-
guistic Turn（語言的轉向），從而對哲學之研究語言似乎還不那
麼感到驚訝的話，那麼，哲學竟然還要研究「神話」，則不免就令
人感到有些匪夷所思、不知所云了。但是，我們不妨說，卡西勒
哲學如果還能談得上有些什麼特色、有些什麼新意，那麼恰恰正
在於他這種力圖把哲學工作引向語言神話之維的努力上。在我看
來，這種努力的意義就在於，它實際上預示了或說從一個人側面
反映了二十世紀歐洲大陸哲學的一個重要趨勢，即：哲學研究不
再像近幾百年來西方一直時興的那樣主要以數學、物理學等自然
科學知識為對象，而是相反，日益以人文學諸領域學科的「知識」
為對象甚至與人文研究交織在一起，從而形成了一股足以與英、
美佔主導的分析哲學、自然科學哲學相抗衡的哲學運動——無以
名之，姑且稱之為「人文學哲學」吧。①筆者認為，對於今日正
大發「文化熱」的中國學人來說，有理由特別重視歐陸哲學的這
種趨向，如果我們不忽視這一簡單的事實：中國文化素有極發達
的人文學傳統，而自然科學卻非其所長。

　　如人們所知，近代以來的西方哲學常被稱爲經歷了一場「認識論的轉向」（epistemological turn），而康德雄心勃勃的「純粹理性批判」正是以宣稱對人類「知識」、人類「理性」作了徹底的「批判」考察從而完成了這一轉向。但是，任何一個稍有西哲史常識的人都不難看出，從笛卡爾等人起直到康德，他們眼中能眞正當得起嚴格意義上的「知識」之美名的，實際上主要地甚至唯一地只是數學、物理學等自然科學的「知識」。正如我們在康德《導論》的小標題中就可看出的，他的「理性批判」或「知識批判」所考察的實際上主要是「純粹數學如何可能？」「純粹自然科學如何可能？」②無怪乎卡西勒在一九三九年的一篇論文中曾感嘆地說，**在西方傳統中，人文研究「在哲學中仿佛一直處於無家可歸的狀態。**這並不是偶然的。因爲在近代的開端，知識的理想只是數學與數理自然科學，除了幾何學、數學分析、力學以外，幾乎就沒有什麼能當得上『嚴格的科學』之稱。因此，對於哲學來說，文化世界如果是可理解的、有自明性的話，似乎就必須以清晰的數學公式來表達。……」。③這種狀況直到卡西勒的時代仍然沒有什麼改觀，當時居統治地位的新康德主義馬堡學派（卡西勒本人即爲該派三大主將之一）仍然一味致力於研究「純粹認識的邏輯」（柯亨）、奠立「精密科學的邏輯基礎」（那托普）。誠然，馬堡首領柯亨早在創辦馬堡學派雜誌時就說過：「我們認爲，哲學乃是關於科學從而也是關於**一切文化**的各種原理的理論」④，馬堡二號人物那托普在著名講演《康德與馬堡學派》（一九一二）中也曾說：「有人提出一種『**文化哲學**』來反對我們，……我們對此的答覆是：我們一開始就已經把康德哲學、把先驗方法論的哲學理解爲文化哲學，並且明白地稱之爲文化哲學」⑤，但是，且不說柯亨、那托普從未眞正深入過人文學領域，而且即使他們所謂的「文化

哲學」也恰恰是想把自然科學的原理和方法直接地推廣到一切文化領域去，因為在那托普看來：「一切知識的原型都應在數理科學中尋找」⑥，柯亨更直截了當地宣稱：「數學對於精神科學（Geisteswissenschaften，即人文學）具有不可爭辯的意義。歷史學是以**年表**為根據的；……」⑦卡西勒本人在早年基本上也是沿著柯亨、那托普的路子走的，例如在寫於本世紀初的巨著《近代哲學與科學中的認識問題》前兩卷（一九〇六、一九〇七）中，他第一個在西方的哲學史研究領域中將大量的科學家如開普勒、伽利略、牛頓、歐拉等引入哲學史，詳盡地分析他們的哲學基礎和科學方法，頗開哲學史研究的新風。但是不久以後他就開始越來越懷疑這種單向的哲學路線是否可能解決一切問題，正如《符號形式哲學》第一卷（一九二三）的前言中一開始就說：「我一九一〇年的著作《實體概念和功能概念》基本上是研究數學思維和科學思維的結構的。當我企圖把我的研究結果應用到精神科學的問題（geisteswissenschaftlicher probleme，即人文學的問題）上時，我越來越清楚地看到，一般認識論，以其傳統的形式和局限，並沒有為這種文化科學提供一個充分的方法論基礎。在我看來，要使認識論的這種不充分性能夠得到改善，認識論的全部計劃就必須被擴大。」⑧──正是這種**「擴大認識論」**的大膽設想，極大地刺激了卡西勒的想像力，給他的哲學研究帶來了另一番天地、另一番氣象。

偶像一經打破，道理常常顯得出奇的簡單。確實，我們究竟有什麼理由必須把自然科學的認識供在哲學祭台的中央？自然科學認識的這種特權地位是「合法」的嗎？哲學尤其是認識論主要地甚至唯一地只是研究數理科學知識的性質與條件，這種預設前提本身受到過「批判」的考察嗎？它又能經受得起嚴肅的「批判」

嗎？——「如果我們考慮到，不管我們可以給〔科學〕『認知』下一個多麼普遍多麼寬泛的定義，它都只不過是心智得以捕捉存在和解釋存在的諸多形式之一」，那麼我們就必須承認，「作爲一個整體的人類精神生活，除了在一個科學概念體系內起著作用並表述自身這種理智綜合形式之外，還存在於其他一些形式之中」。——這些其他形式，就是語言、神話以及與之密切相聯的宗教、藝術等等。在卡西勒看來，對於人類的精神生活來說，所有這些「其他的形式」，都並不低於邏輯和科學認識這種形式，因爲說到底，邏輯和科學認識的本質無非在於它是人類把特殊事物提到普遍法則的一種手段，但問題恰恰就在於，神話、語言、宗教、藝術等等同樣也都具有把特殊事物提高到普遍有效層次的功能，關鍵只在於「它們取得這種普遍有效性的方法與邏輯概念和邏輯規律絕然不同而已」。因此，

> 這些符號形式儘管與理智符號不相類似，但卻同樣作爲人類精神的產物而與理智符號平起平坐。……每一種形式都……是人類精神邁向其對象化的道路，亦即人類精神自我展示的道路。如果我們以這種洞識去考慮藝術和語言、神話和認識，那麼它們便提出了一個共同的問題，從而爲文化科學的普遍哲學打開了一個新的入口。……從這樣一種觀點來看，康德所發動的哥白尼革命就獲得了一種全新的、擴大了的意義。它不再只是單單涉及邏輯判斷的功能，而是以同樣的正當理由和權利擴大到人類精神得以賦予實在以形式的每一種趨向和每一種原則了。⑨

這就是說，康德的「知識批判」或「理性批判」的範圍必須

大大加以拓展，正如卡西勒所宣稱的：我們必須把康德的**「理性的批判變成文化的批判」**！⑩——「除了純粹的認識功能以外，我們還必須努力去理解語言思維的功能、神話思維和宗教思維的功能、以及藝術直觀的功能。」⑪——在卡西勒看來，這樣一來，「我們就能夠有**一種系統的關於人類文化的哲學！」**⑫

　　顯而易見，卡西勒的「擴大的認識論」或「文化的批判」，就是要把傳統認識論將之排除在外不予研究的廣大領域都作爲認識論的對象而包囊到哲學中來。在他看來，傳統認識論的根本局限正是在於，一方面，它把所謂「非理性的」東西都當成不可理解的、荒謬的東西拋了出去，從而反倒給神秘主義、非理性主義甚至反理性主義留出了「合理的」地盤；另一方面，它又把「理性的」東西看成是人類原始即有的天賦之物，從而使得理性的科學知識本身變成了無本之木、無源之水，反倒成了無法說明的「非理性的」東西。卡西勒指出，實際上，一方面，即使像「神話」這種看上去最荒誕、最不合乎理性的東西，也並非只是一大堆原始的迷信和粗鄙的妄想，並非只是亂七八糟的東西，而是具有一個「概念的形式」、「概念的結構」（《人論》中文版第 34 頁、97 頁），因而也就必然具有「一個可理解的意義」，這樣，「把這種意義揭示出來就成了哲學的任務」（同上 94 頁）；另一方面，更重要的是，自然科學知識這種最理性的東西，人的科學認識這種最純粹的理性能力，決不是人類原始的天賦，而是人類後天所取得的成就。它是人類智慧發展的一個 terminus ad quem（終點），而不是其 terminus a quo（起點）——「人早在他生活在科學的世界中之前，就已經生活在一個客觀的世界中了。⋯⋯給予這種世界以綜合統一性的概念，與我們的科學概念不是同一種類型，也不是處在同一層次上的。它們是神話的或語言的概念」。（同上 264

頁）「幾乎所有的自然科學都不得不通過一個神話階段。」（同上第 265 頁）

　　如果這種看法可以成立的話，那麼自然而然地就可得出這樣一個根本性的結論：一種眞正充分而徹底的哲學認識論──「一種人類文化哲學必須把〔純粹科學認識〕這個問題往下追溯到更遠的根源。」（同上 264 頁）換句話說，**哲學以及認識論的研究之起點不是也不應是「純粹科學認識」這種人類智慧的最後成就，而應是人類智慧的起點──語言與神話**。卡西勒欣然同意現代人類學家提出的忠告：「只有當語文學（philology）和神話學揭示出那些不自覺的無意識的概念過程時，我們的認識論才能說是具備了眞正的基礎」。⑬由此觀之，語言、神話、以及與之密切相關的宗敎、藝術等人文學領域的研究，就「不單單是語言和思想史的問題，而是同時也是邏輯和認識論的問題」，⑭因爲如若聽憑這些領域、這些現象仍處於哲學研究之外，那麼單純以自然科學認識爲基礎所建立的認識論就必然是不完全的甚至是「無根的」。

　　卡西勒哲學之所以要全力轉向語言與神話，於此已可了然。如果我們能夠記得，十九世紀下半葉以來，正是西方人類學、神話學、語言學、深層心理學等學科獲得長足發展的時期，那麼就不難看出，卡西勒的所謂「擴大的認識論」在一定程度上正是反映了這些學科迅速崛起的要求，亦即是反映了人類的知識領域正在不斷擴大從而要求新的文化綜合和哲學總結這一必然趨勢。如果說，在康德的時代，由於當時正是數學和自然科學突飛猛進的時代，從而知識論研究主要與這些學科相聯繫尚是有情可原的話，那麼，在二十世紀，在如此衆多的文化領域被不斷開放出來以後，知識論研究仍然再僅僅只與數理科學相關，就無論如何再也不能令人滿意，甚至再也不能令人容忍了。從這種角度來看，

卡西勒哲學的「轉向」就確乎不是偶然的了。事實上，早在卡西勒提出要把康德的「理性的批判變成文化的批判」之前，被後人稱爲「現代闡釋學之父」的著名德國哲學家狄爾泰就已經提出，他那一代人最重大最迫切的任務就是必須把康德的「純粹理性批判」進一步推進到「歷史理性批判」的新水平，狄爾泰所謂的「歷史理性批判」大體正相當於卡西勒所說的「文化的批判」，用狄爾泰的話說就是要「爲人文社會科學（Geisteswissenschaften，精神科學）奠定一個堅實的哲學認識論基礎」，因爲在他看來，與數理科學相比，人文學至今爲止一直「缺乏哲學的基礎」。⑮與此極爲類似，略晚於狄爾泰的新康德主義巴登學派也把哲學研究的重心轉向他們所說的「歷史文化科學」上來，李凱爾特看來，西方近幾百年來「已經爲奠定**自然科學**的哲學基礎作了許多工作」，但「沒有人會認爲**文化科學**的情況也是如此。它們年輕得多，因而是比較不成熟的。直到十九世紀它們才取得巨大的進展。……對於經驗的文化科學來說，無論如何直到如今還沒有獲得大體上近似自然科學那樣廣闊的**哲學**基礎」。⑯因此在他看來，今日「必須反對把自然科學方法宣稱爲**唯一**有效的方法」，而應著重探討「是否可能有一種不同於自然科學方法的其他方法」。⑯所有這些都足以表明，在卡西勒的時代亦即在上世紀末本世紀初，一種「人文學哲學」的要求在歐洲大陸已經相當普遍相當迫切了。儘管從今日的眼光看來，當時的研究不免已經有些陳舊，⑰當時這些哲學家甚至也還沒有能眞正擺脫自然科學認識模式的束縛，⑱從而並不可能眞正「爲人文學奠立哲學基礎」，但是，問題畢竟已經提了出來。可以說，幾十年後法國結構主義的興起正是在更高的水平上全方位地推進了「擴大認識論」的綱領，從而使我們所說的歐陸「人文學哲學」進入了一個嶄新的階段。結構主義運動最值得注

意之處就在於，一方面，它力圖使各門分散的、具體的人文研究領域具備**一種統一的、普遍的**認識論和方法論基礎（結構主義語言學），另一方面，其主要代表人物都深入地「批判」考察了某一具體人文研究領域並在該領域造成了重大的變革，例如：人類學與神話學（李維‧史陀）、歷史與社會學（米歇爾‧福科）、文學理論與文學批評（羅蘭‧巴特）、深層心理學（雅克‧拉康），等等。從那以後，歐洲大陸的幾乎所有重要思潮——不管是闡釋學的「本文分析」、符號學的「代碼解讀……，還是後結構主義的「消解遊戲」，都日益呈現出這樣一種雙重特徵：第一，所有的討論都圍繞「語言」問題為中心展開（我們下面將會看到這是為什麼）；第二，哲學研究與具體的人文研究交雜相錯甚至於你我難分。這種「人文學哲學」的思潮於今不但在歐陸愈演愈烈，而且已經對英美世界產生了強勁的衝擊，以至於我們可以看到，在英美分析哲學陣營中反戈一擊、以提倡所謂「後哲學文化觀」而風靡美國的理查‧羅蒂竟然已經宣稱：「我認為，在今日英美國家，哲學就其主要的文化功能而言已經被文學批評所取代。」⑲

　　但是，對我們來說，卡西勒哲學的「轉向」，以及結構主義等人文學哲學的興起，還有其更深刻的一面。因為，把人文研究提到哲學的水平上來審視，或把哲學的視野伸張到人文研究領域，並不僅僅只是一個在量上擴大哲學範圍的問題，而是首先就意味著哲學本身的性質將受到全盤的重新審視。然而，如果我們承認，哲學乃是一般文化的核心和最高表現所在，那麼，對哲學本身的基本性質加以全盤的重新審視，不啻就意味著：一般文化本身正在面臨著全盤的重新檢討。明白點說，在本文看來，本世紀以來西方尤其是歐陸人文學哲學興起之最深刻的意義正是在於，它實際上是**從對人文領域的哲學考察開始，不知不覺地走向對西方哲**

學傳統本身的批判反思，最後則日益自覺地推進到對西方文化傳統本身的徹底反省。歐陸人文學哲學之所以值得我們特別重視，概在乎此。如果說，在卡西勒那裡，所謂「文化的批判」主要還只具有一種形式上的意義，亦即主要是指從認識論上對人文學知識進行批判的考察，那麼，在以後一些更徹底更激進的西方思想家們那裡，則這種**「文化的批判」已經獲得了一種眞正實質性的含義，即：對幾千年來已根深柢固的西方文化傳統進行本體論上的徹底「批判」檢查。**海德格數十年如一日對所謂「本體論──神學──邏輯」三位一體的「西方形而上學傳統」的闡釋學思索，⑳以及德里達之大反所謂「西方邏各斯中心主義傳統」正是現代西方人這種文化自我批判意識的最激進表現。對於西方哲學和西方文化這種隱隱而動的大趨勢，當代中國學人不可不察。

事實上，就西方哲學的傳統來說，卡西勒在二十年代初把哲學研究引向語言尤其是神話領域，㉑已經隱含著某種革命性後果。因爲我們知道，西方哲學的主流歷來是把邏輯的思維方式當作人類最基本最原始的思維方式以至生存方式來看待、來研究的，而西方文化的一般傳統可謂也正是以此爲根基爲主導的；近代西方所謂的「認識論轉向」實際上並沒使這種傳統「轉向」，因爲自然科學認識正是以這種邏輯思維方式爲基礎，因此，使哲學主要成爲一種以自然科學認識爲中軸的「知識論」研究，恰恰是**極大地強化、深化以至純化**了西方哲學文化的這種傳統（羅素和維也納學派一脈的英美哲學所做的即是這種「強化」和「純化」的工作）。但是，一旦把哲學引向神話等領域，情況就迥然不同了。因爲神話，正如卡西勒所指出，並不是按照邏輯的思維方式來看待事物的，而是有其獨特的「神話思維」的方式，這就是卡西勒所謂的「隱喻思維」（metaphorical thinking），這種隱喻思維同

樣具有形成概念的功能，只不過它形成概念（神話概念）的方式不像邏輯思維那樣是靠「抽象」的方法從而形成「抽象概念」，而是遵循所謂「以部分代全體的原則」從而形成一個「具體概念」。㉒《語言與神話》一書即是想說明，這種神話的隱喻思維實際上乃是人類最原初最基本的思維方式，因爲「語言」這一人類思維的「器官」就其本質而言首先就是「隱喻」的（語言是與神話相伴才發展起來的），語言的邏輯思維功能和抽象概念實際上只是在神話的隱喻思維和具體概念的基礎上才得以形成和發展的。這就意味著，**人類全部知識和全部文化從根本上說並不是建立在邏輯概念和邏輯思維的基礎之上，而是建立在隱喻思維這種「先於邏輯的（prelogical）概念和表達方式」之上**。顯而易見，卡西勒的這種「知識觀」即使表達得再溫和，也已與西方哲學傳統的主流大相徑庭，難怪蘇珊‧朗格要說，卡西勒要求哲學還應研究「先於邏輯的概念和表達方式」，「這樣一種觀點必將改變我們對人類心智的全部看法」。㉓

　　這裡所謂的「prelogical」──「先於邏輯的東西」，可以說正是人文學哲學的核心問題所在。因爲說到底，人文學對於哲學的挑戰就在於：人文學一般來說並不能單純從邏輯概念和邏輯規律上來解釋，而總是更多地與某種「先於邏輯的東西」相關聯。㉔因此，人文學之進入哲學，勢必使這種「先於邏輯的東西」在哲學上變得分外突出。也因此，人文學哲學的首要問題，實際上已經不僅僅只是單純爲人文學奠定認識論和方法論基礎的問題，而是必須首先**爲哲學本身以至一般文化奠定一個新的本體論基礎**，這正是海德格、伽達默爾等人超出於卡西勒和狄爾泰之處。在卡西勒那裡，「先於邏輯的」主要還是「在時間上先於」，亦即神話隱喻思維在時間上要先於邏輯思維形成，而在神話時代過去、邏輯

思維發達後，則這種隱喻思維主要被保存在文學藝術活動中而與
邏輯思維相並立；但在海德格等看來，神話學人類學領域只是為
進入問題提供了一些方便之處，真正從哲學上進來卻仍是很不充
分的，㉕在他們那裡，「先於」已經主要是一種「本體論上的先
於」、「根據上的先於」（在時間上甚至倒是可以在後的，亦即可以
是以「未來」立足的），也就是說「邏輯的東西」後面或下面始終
有某種更深更本真的根源。這樣看來，傳統西方哲學始終執著於
「邏輯的東西」，就無異於處在一種「飄泊無根」的狀態之中，正
如胡塞爾晚年所認識到的，「客觀的科學的世界之知識乃是以生
活世界的自明性『為根基的』」，㉖一旦面臨這個一切科學、一切
理論、一切人以及一切人類社會「從屬於之」㉗的「生活世界」
　（Lebenswelt或Lebensumwelt），「我們就會突然意識到，……
迄今為止我們的全部哲學工作一直都是無根的（without　a
ground）。㉘海德格把他的哲學稱為「基礎本體論」（Fund-
amentalontologie）㉙，也是這個意思，因為在他看來，二千年
來的西方哲學（因而也就是西方文化）實際上「遺忘了」真正的
根源、真正的基礎（即他所謂的Sein——存在），因此現在必須花
大力氣「重提」這個「被遺忘的」問題。㉚可以說，二十世紀西方
尤其是歐陸哲學一個最重要的特徵正是在於：哲學研究已經日益
轉向所謂「先於邏輯的東西」，或者也可以說，日益轉向「邏輯背
後的東西」。㉛由此我們也就可以理解胡塞爾當年那句著名的口
號為什麼會有這麼大的震撼力：
　　Zu den Sachen Selbst〔直面於事情本身！〕㉜所謂「直面
於事情本身」，就是要求不要被邏輯法則所拘所執，而要力求把握
住「邏輯背後」的真正本源（事情本身）。現象學著名的所謂「懸
擱」（epoché）、所謂「加括號」（Einklammerung），實際上就是

要求人們習以爲常以至根深柢固的邏輯思維（胡塞爾所謂「自然
的思維態度」）暫先「懸擱」起來，暫時中止邏輯判斷，把邏輯思
維所構成的一切認識對象也暫先「放進括號裡」，以便人們可以不
爲邏輯思維所累，從而穿透到邏輯的東西背後，達到對事情的「本
質直視」（Wesenschau）。㉝儘管這套「現象學還原法」始終有點
講不淸楚，㉞儘管胡塞爾本人的唯心主義結論爲後人所拒斥，但事
實上正是現象學方法的基本精神──把邏輯的思維「懸擱」起來
──構成了以後歐陸人文學哲學的靈魂。當代歐陸哲學可以說就
是不斷深化這個「懸擱」的進程──把「邏輯的東西」懸擱起來，
把傳統認識論所談論的認識、意識、反思、我思、自我、主體統
統「懸擱」起來，把笛卡爾、康德以來的所謂「主體性哲學」路
線整個「懸擱」起來，而最終則是把西方哲學和西方文化的傳統
整個地「懸擱」起來，目的就是要更深地追究它的「根基」究竟
何在，具體地說就是要全力把握住那種「先於」邏輯、「先於」認
識、「先於」意識、「先於」反思、「先於」我思、「先於」自我、
「先於」主體的東西。不抓住這個所謂的「先於」，就無法理解當
代歐陸哲學。海德格之所以要提出著名的一整套所謂「先行結構」
（Vor－structur）──Vorhabe, Vorsicht, Vorgriff〔先行具
有、先行見到、先行把握〕，㉟沙特之所以要大談所謂「先於反思
的我思」（cogito préréflexif），㊱梅洛－龐蒂之所以要聲稱反思實
際上只不過是重新發現「先於反思的東西」，㊲伽達默爾闡釋學之
所以要主張所謂的「先入之見」（Vorurteil）是全部認識的基礎，
㊳保爾‧利科闡釋學之所以要堅持說「意義的家園不是意識而是某
種不同於意識的東西」，㊴實際上都是爲了說明：存在（Sein）、此
在（Dasein）乃是「先於邏輯的東西」、「先於」傳統認識論層次
上的東西，因此，除了認識論水平上的「知」（把握「邏輯的東西」）

似外，還必須有（也必然有）一種本體論水平上的「悟」（Verstehen，領會、理解）──現代闡釋學的中心問題正就是要問：這種本體論水平上的「悟如何可能」⑩（康德「理性批評」問題則恰恰是：認識論水平上的「知」如何可能）。不難看出，這個「悟」實際上不過是胡塞爾「本質直觀」的變體而已，正如德里達等人今日說得玄而又玄的sous rature〔塗掉〕無非仍是「懸擱」法的更具體運用──要「塗掉」的就是在以前的「本文」中已形成的邏輯陳述、邏輯判斷，如此而已。總之，現代歐陸人文學哲學的基本用力點確可歸結爲一句話：打破邏輯法則的專橫統治，爭取思想的更自由呼吸。今日頗爲時髦的所謂「闡釋學」和「消解學」，實際上可以說是一正一反地表達了這種要求：之所以要「闡釋」，就是因爲在邏輯的東西背後尙有更深刻的東西，所以要把它釋放出來、闡發出來；之所以要「消解」，就是因爲這種更深刻的東西被邏輯的東西所遮蔽了、窒息了，所以要首先設法解開邏輯的鐵索、消除邏輯的重壓。

令人感興趣的是，在歐陸人文學哲學思潮以外，被公認爲英美分析哲學開山祖的維根斯坦，⑪在其後期思想的基本出發點上實際與歐陸思潮幾乎如出一轍，後期維根斯坦的一句名言足以與胡塞爾的口號相比美：

Don't think, but look!〔不要想，而要看！〕⑫這個「看」（look）與胡塞爾的「直觀」何其相似！（儘管二者的具體操作各行其是）。之所以不要「想」（think），實在是因爲不能「想」，因爲只要一「想」就必不可免地立即又會落入邏輯思維的法則之中，正如維根斯坦所言：「哲學家們總是在他們的眼前看到自然科學的方法，並且不可避免地總試圖按科學所運用的方法來提問題、答問題。這種傾向正是形而上學的眞正根源，並且使哲學家

們走入一片混沌不明之中。」⑬後期維根斯坦的全部努力，在我看來正與海德格等人一樣，就是要把哲學家們從所謂「形而上學」的傾向中拯救出來，從邏輯思維的法則中擺脫出來。而他們的入手處也完全一致，這就是：**從語言入手！**——正是在這裡，我們接觸到了二十世紀西方哲學最核心的問題、即所謂「語言的轉向」。應該指出，所謂「語言哲學」並非像國內以為的那樣似乎只是英美分析哲學的事，事實上，當代歐陸哲學幾乎無一例外地也都是某種「語言哲學」。約略而言，在所謂的「語言轉向」中，現代西方人實際「轉」到了兩種完全不同的「方向」去：以羅素等人為代表的英美理想語言學派是要不斷地鞏固、加強、提高、擴大語言的邏輯功能，因而他們所要求的是概念的確定性、表達的明晰性、意義的可證實性；而當代歐陸人文學哲學以及後期維根斯坦等人卻恰恰相反，是要竭盡全力地弱化、淡化、以至拆解、消除語言的邏輯功能，因此他們所訴諸的恰恰是語詞的多義性、表達的隱喻性、意義的可增生性。要而言之，他們所要做的就是：**把語詞從邏輯定義的規定性中解放出來，把語句從邏輯句法的束縛中解放出來，歸根結柢，則是要把語言從邏輯法則的壓迫下解放出來！**海德格對此說得最為明白：「形而上學很早就以西方的『邏輯』和『語法』的形式霸占了對語言的解釋。我們只是在今日才開始覺察到在這一過程中所遮蔽的東西。把語言從語法中放出來使之進入一個更原初的本質構架，這是思和詩的事」。⑭後期維根斯坦則說得更為簡潔：「我們所要做的就是把語詞從其形而上學的用法中帶回到它們的日常用法」。⑮後期維根斯坦之所以反覆強調：「語詞的意義就是它在語言中的用法」⑯，海德格之所以極為相似地一再申言：「語言之生存論本體論的基礎乃是言說」，⑰實際上無非都是力圖避免從定義、概念等抽象固定的邏輯

規定性上來把握語詞、語言，以返回到語言的具體性、生動性以至詩意性；維根斯坦說：「想像一種語言就意味著想像一種生活形式」，⑱海德格則云：「語言乃是存在的家園」，⑲實際上都是要強調：語言的本質絕不在於邏輯，語言並不是邏輯的家園，而是那「先於邏輯的東西」（生活形式、存在）之家園。——爲了把語言從邏輯中解放出來，當代歐陸哲學家們確實是費盡了心血、傷透了腦筋。因爲正如我們中國人早從老莊玄禪那兒就知道的，語言文字事實上總是與邏輯的東西不可分割地相契相合的，只要你開口說話、舉筆寫字，說出的、寫下的必然總是某種邏輯表達式，正如席勒的名言所嘆：「一旦靈魂開口**言說**，啊，那麼**靈魂**自己就不再言說！」⑳換言之，語言文字只能表達邏輯的東西，無從表達「邏輯背後的東西」。正因爲如此，《老子》開篇即說：「道可道，非常道。名可名，非常名」；《莊子・知北遊》亦云：「道不可言，言而非也」。晉人有所謂《不用舌論》，釋典更反覆申說「才涉唇吻，便落意思，盡是死門，終非活路」。（《五燈會元》卷十二）都是要說明語言文字的局限性和更深刻的東西（道）的不可言說性。當代歐陸哲學家們在這方面確與中國的老莊玄禪有相當的共鳴，從而也確有諸多可互爲發明之處。但是，與老莊玄禪要求「知者不言」、「至言去言」、「不立文字」、「不落言筌」這種消極方法有所不同，當代歐陸人文學哲學更多地是認爲，解鈴尚須繫鈴人，要破除邏輯法則，恰恰仍必須從語言文字入手。尤應注意的是，老莊玄禪尤其是禪宗，破除文字執實際上只是要求返回到神祕的內心體驗，亦即所謂「迷人向文字中求，悟人向心而覺」（《大珠禪師語錄》卷下），所謂「此法惟在內在所証，非文字語言所能表達，超越一切語言境界」（《除蓋障菩薩所問經》卷十），但在當代歐陸人文學哲學那裡，**這種「心」、這種「覺」、這種「內」的東西，**

恰恰是同樣都要被「懸擱」起來的，⑤正因為這種心理的東西同樣
被「懸擱」，所以剩下的倒恰恰就只有語言文字了。——二十世紀
西方哲學之所以會與語言、文字、符號、本文如此難解難分地糾
纏在一起，由此當可了然。一般來說，當代歐陸哲學家並不像我
們那樣兀自標榜「內心深處的東西」，並不津津樂道「只可意會不
可言喻」的東西，恰恰相反，在他們看來，語言不但如卡西勒所
言是比邏輯思維更深一層的東西，而且是比傳統認識論意義上的
認識、意識、反思、我思、自我以至心理、內省、體驗都更深一
層的東西，因此，沒有什麼是語言不能穿透的——「我們生存於中
的語言世界並不是一道擋住對存在本身之認識的屏障，而是從根
本上包囊了我們的洞識得以擴張深入的一切」。⑤伽達默爾的一
句名言最清楚不過地道出了與禪宗「內省功夫」的本質區別：

Sein, das verstanden werden kann, ist sprache.

〔可以被領悟的存在就是語言。〕⑤

《真理與方法》全書最後所引德國詩人蓋奧爾格的一句詩說得更
絕：

Kein ding sei, wo das wort gebricht.

〔語詞破碎處，萬物不復存。〕⑤

總之，在當代歐陸哲學家看來，並不存在什麼「非文字語言所能
表達」的東西，更不可能「超越一切語言境界」，因此他們絕不主
張退回到神秘的內心體驗。實際上，所謂「內」的東西、「心」的
東西、「體驗」的東西，並不就比邏輯的東西反思的東西好到那裡

去，它同樣也是禁錮性甚至更為封閉性的東西，唯有語言才能把它帶入流動和開放狀態，唯有語言才能使它進入澄明之境。而且真正說來，所謂「內心深處的東西」、體驗的東西、以至無意識的東西，正如拉康已經揭示的，同樣不脫「語言文字的絕對要求」。⑤因此，唯一可以駐足之處不是內心、不是體驗，而只能是語言，在語言之後再無退路。正因為這樣，比之於老莊玄禪以及西方以往的神秘宗來，當代歐陸人文學哲學對語言採取的是一種更為積極的態度，這就是，一方面充分認識到語言文字的局限性，一方面則堅信語言文字自己能克服這種局限性。海德格後期常愛說語言是「既澄明又遮蔽」的東西，⑤⑥又引用賀德林的詩說「語言是最危險的東西」但同時又是「最純真的活動」，⑤⑦即是指此而言。要言之，語言實際具有一種雙重性格：一方面，語言總是把一切東西都固定下來、規定清楚，從而使一個本具有多重可能性的東西成了「就是某某東西」，亦即成了一個固定的「存在者」（das Sein-de），所以「語言是最危險的」，因為它使活的變成了死的、具體的變成了抽象的；但另一方面，正如海德格愛說的「哪裡有危險，哪裡就有救」──語言所設定的界限、語言所構成的牢房，又恰恰只有語言本身才能打破它，而且必然總是被語言本身所打破：語言在其活生生的言說中總是有一種銳意創新、力去陳言的衝動，而且總是有點石成金、化腐朽為神奇的力量，因此它總是要求並且能夠打破以前已形成的界限和規定，從而使語言文字本身處於不斷的自我否定中，亦不斷地打破自身的邏輯規定性。正是這種既設定界限又打破界限、既建立結構又拆除結構、既自我肯定又自我否定的運動，使語言成了「最純真的活動」。德里達在談到他的中心概念「書寫」時所言正深得此意：「像我正在使用的所有概念一樣，這個概念也屬於形而上學的歷史，我們只能在塗

掉（sour rature）它時才能使用它」。⑱換言之，說出來的，寫下來的，確實都必定是而且只能是某種邏輯表達式（因而屬於形而上學），但這個表達式是可以否定掉（塗掉）的，立一言即破一言，立一義即破一義，只要我們自己不囿於一言一義，不追求某種絕對的「解詁」，而是以語言表達式破語言表達式、以邏輯法則破邏輯法則，那麼語言文字就可以不爲邏輯法則所拘所執。由此我們也就可以理解，海德格後期爲什麼竟會令人目瞪口呆地把他的主要概念Sein〔是、存在〕打上「╳」號來使用，德里達爲什麼同樣莫測高深地眞把「懸擱」法具體用到了文章中——把關他的系動詞等加上括號來使用，⑲甚至在製造了著名的怪詞différance以後還要玄而又玄地一再聲明：「différance旣不是一個**詞**也不是一個**概念**」，⑳說到底，他們的用意無非是要把語言帶入不斷的自我否定中，以迫使語言文字打破它不得不遵守的「…是…」這種最基本的邏輯法則，從而使語言文字爲我們開放出一片無限廣闊的自由天地來。當代西方尤其是歐陸哲學的種種「招數」，例如所謂「闡釋循環」（海德格）、所謂「語言遊戲」（後期維根斯坦）、所謂「問答邏輯」（伽達默爾）、所謂「話的隱喻」（保爾・利科）、所謂「消解方略」（德里達），實際上都是要使語言文字進入不斷的辯証運動之中，以盡力張大語詞的多義性、表達的隱喻性、意義的增生性、闡釋的合理衝突性，㉑從而力圖在邏輯和語法的重重包圍下殺出一條突圍之路。而所有這些，正如本文前面已經點出的，其更深刻的文化學社會學意義是在於，它實際上隱隱透出了當代歐洲人的某種躁動：力圖打破西方文化傳統經年累月已經形成的固有模式（邏輯理性的優先性），而希望從中盡力開放出某種新的生機（人文理性的優先性？）。維根斯坦的一句話或許正是這種躁動的最好表露：

　　時代的病要用改變人類的生存方式來治愈，哲學問題的病則要以改變人類的思維方式和生存方式來治愈。

　　頗耐人尋思的是，當代歐陸人文學哲學孜孜以求的這種理想目標——把語言（從而也就是思維形式和生存形式）從邏輯和語法中解放出來，在中國恰恰是一種早已存在的客觀現實。正如我們所知，「中國向無文法之學。……自《馬氏文通》出後，中國學者乃始知有是學」（孫中山：《建國方略》），而《馬氏文通》，正是晚清後引入西方語法學的產物；同樣，人們也一致公認，中國從未發展出一套嚴格意義上的邏輯來。可以說，在與西方文化相遭遇以前，具有數千年悠久歷史的**中國傳統文化恰恰是一種沒有邏輯、沒有語法的文化**。這當然並不是說，中國人從來就不用邏輯思維，更非如德里達所臆想的那樣，似乎中國的非拼音文字證明了中國文化是「超乎一切邏各斯中心主義之外」的，[62]實際上，所謂的「邏各斯中心主義」本身並不可能被絕對超越、完全消解，因為語言文字總是有其邏輯功能，中國的非拼音文字亦不例外。但是，中國傳統文化發展道路的最基本特徵，確實就在於它從來不注重發展語言的邏輯功能和形式化特徵，而且有無意地總在淡化它、弱化它。中國語言文字（尤甚文言）無冠詞、無格位變化、無動詞時態、可少用甚或不用連接媒介（系詞、連詞等），確實都使它比邏輯性強的印—歐系語言更易於打破、擺脫邏輯和語法的束縛，從而也就更易於張大語詞的多義性、表達的隱喻性、意義的增生性，以及理解和闡釋的多重可能性。[63]（中西語言的這些區別在中西詩的比較中最為明顯。[64]）實際上，我們確實可以說，中國傳統文化恰恰正是把所謂「先於邏輯的」那一面淋漓酣暢地發

揮了出來，從而形成了一種極爲深厚的人文文化系統。有趣的是，近百年來我們一直是把中國傳統文化無邏輯、無語法這些基本特點當作我們的最大弱點和不足而力圖加以克服的（文言之改造爲白話，主要即是加強了漢語的邏輯功能），而與此同時，歐陸人文學哲學卻恰恰在反向而行，把西方文化重邏輯、重語法的特點看作他們的最大束縛和弊端而力圖加以克服。所有這些，自然都使得今日的文化比較和文化反思具有了更爲複雜的性質，從而要求我們作更深入的思索。不過，這些問題顯然都已遠遠超出了本文的範圍，筆者不如就此擱筆，讓讀者們來共同思考、共同討論吧。

甘　陽
一九八七年清明節
於北京和平里

注解

① 就卡西勒本人而言，他的抱負是要把科學哲學和人文哲學都納入他自己的所謂「符號形式哲學」中去，因此他一生在這兩方面都做了大量研究。但我以卡西勒真正值得重視的仍是他在人文領域方面的工作，尤其是他的神話哲學。《語言與神話》在卡西勒著作中較值得重視。原因也即在此。

② 康德《判斷力批判》尤其是上卷無疑已涉及人文研究的一系列重要問題。但問題在於，在康德那裡，《判斷力批判》中所研究的審美判斷並「不是知識判斷」（該書第一節）。現代闡釋學家伽達默爾《真理與方法》的第一卷主要即是討論這個問題。伽達默爾看來，康德的這個基本論斷實際上就是宣稱了人文學不配稱爲「知識」，從而也就不可能擁有「真理」。這樣，人文學就被康德逐出了「哲學的中心」。見《真理與方法》英文版38頁，並參見39頁下。

③ 卡西勒：《人文學的邏輯》，耶魯一九六一年版，第4頁。

④ 美國一九七二年版《哲學百科全書》「新康德主義」條。

⑤ 見洪謙主編：《西方現代資產階級哲學論著選輯》，商務版，第95頁。

⑥ 引見席爾普編：《卡西勒的哲學》，紐約一九四九年，第792頁。

⑦ 柯亨：《純粹認識的邏輯》，德文版，第43頁。引見巴克拉捷：《近代德國資產階級哲學史綱要》中譯本第199頁。

⑧ 卡西勒：《符號形式的哲學》第一卷，耶魯大學出版社一九五三年英文版，第69頁。

⑨⑩同上，第78～79頁，80頁。

⑪⑫同上，第79頁，82頁。

⑬⑭卡西勒：《語言與神話》，紐約版，第16頁，17頁。

⑮參見《狄爾泰全集》（萊比錫十八卷本）第一卷，「前言」部分；第七卷79

頁以下，189 頁以下；以及第五卷中所載《巴塞爾大學就職講演》、《七十壽辰致詞》等文。

⑯均引自李凱爾特：《文化科學和自然科學》，商務，一九八六年版。

⑰例如卡西勒的「符號形式」概念在今日看來當然就不免過於粗泛了。可參伽達默爾在其《哲學闡釋學》中的批評，伯克利 1976 年第 76 頁；又見保爾·利科在《弗洛伊德與哲學》中的批評，耶魯 1970 年第 10 頁以下；還可參梅洛·龐蒂：《知覺現象學》，倫敦一九六二年，第 124—7 頁。

⑱伽達默爾《真理與方法》劈頭第一句話就說：「十九世紀人文學的發展及其邏輯的自我反思整個地是受自然科學模式支配的。」可參該書英文版第 5—10 頁及其他各處。

⑲羅蒂：《哲學與自然之鏡》，普林斯頓大學出版社一九七九年，第 168 頁注 6。羅蒂所謂「後哲學文化」的主要點之一即是要打破哲學與人文學的界限。

⑳海德格五十年代的一篇論文即題為〈形而上學之本體論的—神學的—邏輯的機制〉(Die onto-theo-logische Verfassung der Metaphysik)。見《同一與差異》德、英對照本，紐約一九六九年。

㉑卡西勒的這些基本思想形成於一九一七年

㉒參見《語言與神話》第三章、第六章。

㉓《語言與神話》英文版序。

㉔例如文學藝術總關乎「形象思維」。卡西勒的「隱喻思維」實際正是所謂「形象思維」。卡西勒這套神話哲學與維柯理論可說如出一轍，可參《新科學》第 51，205，209，210，217，219，以及 400—411 等節。

㉕參見《存在與時間》第 10，11 節。

㉖㉗㉘胡塞爾：《歐洲科學的危機與先驗現象學》，伊文斯頓一九七○年，第 130 頁，380—311 頁，131—132 頁。

㉙㉚參見《存在與時間》第 4，1 節。

㉛與此相對，現代英美哲學主流仍只抓住「邏輯的東西」，正如羅素所宣稱：邏輯是哲學的本質」，「任何眞正的哲學問題，都可歸結爲邏輯問題」，否則就「根本不是眞正的哲學問題」。參見羅素：《我們關於外部世界的知識》（倫敦一九二六年）第二講。

㉜胡塞爾：《邏輯研究》第二卷，「導論」部分第 2 節。

㉝關於「懸擱」、「加括號」，參見胡塞爾：《純粹現象學和現象學哲學的觀念》第二部分第 31，32 節，另參《歐洲科學危機和先驗現象學》第 35，36，39，40，41 等節。「自然的思維態度」可參《現象學的觀念》第一章。

㉞胡塞爾本人晚年也承認這一點，參看斯皮格爾伯格：《現象學運動》第一卷，海牙一九六五年，第 135 頁。

㉟參見海德格：《存在與時間》第 32 節。同書第 7 節明確說，整部《存在與時間》「只有在胡塞爾奠定的基礎上才有可能。」

㊱參見沙特：《存在與虛無》「導論」第 3 節。

㊲參見梅洛—龐蒂：《知覺現象學》，倫敦一九六二年，第 241 頁以下，又參同書第 41 頁以下論「現象學的反思」。

㊳參見伽達默爾：《眞理與方法》第二卷第二部分第一章。Vorurteil 現常譯爲「成見」、「偏見」（英譯作 prejudice）。在德文中，這個詞是由前綴 vor（在先）與 urteil（判斷）合成的，伽達默爾有言：「構成我們的存在的與其說是我們的判斷，不如說是我們那『先於判斷的東西』（Vorurteil）」。見《哲學闡釋學》第 9 頁。

㊴保爾・科利：《弗洛伊德和哲學》，耶魯一九七〇年，第 55 頁。

㊵伽達默爾：《眞理與方法》第 xviii 頁。

㊶維根斯坦竟會被英美分析哲學家奉爲宗師，這實在令人有莫名之感。平心而論，維氏哲學旨趣實際與海德格爾最爲相近。維根斯坦談到海德格爾時所說的一段話同樣可作爲他自己思想的注釋：「不消說，我能夠想見海德格的存在與畏意指什麼。人總是感到不可遏制地要衝破語言的界限。……我

們可說的一切都先天必然地要成爲無意義的（nonsense）。儘管如此我們總還是力圖衝破語言的界限。」引見舒茲和麥金納斯：《維特根斯坦和維也納學派》，倫敦一九七九年，第 68 頁。

⑫維根斯坦：《哲學研究》第 66 節。

⑬維根斯坦：《藍皮書和褐皮書》英文版第 18 頁。

⑭見《海德格基本著作選》，倫敦 1978 年版，第 194 頁。順便可以指出，海德格這種欲把語言從邏輯和語法中解放出來的哲學努力，對於 60 年代後期以來的西方（歐陸和英美）文學理論具有決定性的影響。可參 M.默雷：《現代批評理論：現象學的路子》，尤其第 4，6，10，11 章，海牙一九七五年版。

⑮⑯⑰《哲學研究》第 116，43 節並參照第 197，19 節。

⑱《存在與時間》第 34 節。又：「言說」之所以是基礎，是因爲「言說就其本身而言就是時間性的」，見同書第 68 節。讀者應當注意，這些看法與結構主義語言學恰好相反，此點容後再論。

⑲《海德格基本著作選》第 193 頁。

⑳轉見《語言與神話》第 7 頁。德文原文爲：Spricht die Seele, so spricht, ach! die Seele nicht mehr.

㉑對於素重「內省功夫」的中國文人來說，此點最易被忽視，也最難被理解，而鈴木大拙之流的貨色倒常常很易深入人心。此點容後再論。

㉒《眞理與方法》，英文版第 405 頁。

㉓㉔《眞理與方法》，圖賓根一九七五年，第 450 頁，464 頁（英文版第 432 頁，445）。蓋奧爾格這首詩題名即爲「語詞」（一九一九），海德格爾 50 年代的著名講演「語言的本質」全篇均是闡發此詩，見《走向語言的中途》，紐約 1971 年，第 57—108 頁。

㉕參見雅克·拉康：《語言文字在無意識中的絕對要求》，戴埃耳曼編：《結構主義》，一九七〇年英文版，第 101 頁以下。

㊋參見《海德格基本著作選》第 206 頁。

㊌參閱海德格：「荷爾德林與詩的本質」，載布洛克編：《生存與存在》，芝加哥一九六〇年版。

㊍德爾達：《論書寫學》(Of Grammatology)，巴爾的摩一九七四年，第60頁。

㊎參見德里達：《言說與現象》，伊文斯頓一九七三年，第 134 頁等。

㊏同上第 130 頁、136 頁。

㊐參見保爾·利科：《闡釋的衝突》，尤其是其中「結構和闡釋學」、「作為闡釋學問題和語意學問題的雙重意義問題」、「結構、語詞、事件」等三篇，伊文斯頓一九七四年，第 27—96 頁。

㊑參德里達：《論書寫學》第 90 頁。

㊒錢鐘書《管錐編》以「周易三名」開篇，正是極其深刻地抓住了中國語言（以及中國人文文化）這種「一字多義且可同時並用」的基本特徵，實為《管錐》之綱。

㊓可參趙毅衡：《遠遊的詩神》，成都，一九八五年。

目　錄

語言與神話

譯自美國哈潑兄弟出版公司
一九四六年版。于曉譯。

1.
語言和神話
在人類文化模式中的地位

　　柏拉圖（Plato）的對話《斐德若篇》（*Phaedrus*）開頭有這樣一段描寫：蘇格拉底（Socrates）路遇斐德若（Phaedrus），斐德若引蘇氏漫步走出城門，來到伊立蘇河畔；柏拉圖在那裡以優美動人的筆調細緻入微地描繪了河邊的景色，其文采之瑰麗，幾令所有描繪自然美景的古代作品黯然失色。高大的梧桐樹蔭下，清涼的泉水旁，蘇格拉底和斐德若席地而臥；夏日的微風徐徐吹來，柔和甜美，滿是蟬鳴。置身於如此美景，斐德若不禁發問：這裡的泉水這般清洌澄明，正好爲少女們嬉戲洗濯之用，這何嘗不是神話中風神玻瑞阿斯（Boreas）掠走美麗的俄瑞堤姬（Orithyia）①的地方？當斐氏一再追問蘇格拉底是否相信這個傳說時，號稱「神話袋」的蘇格拉底回答說：「我雖然不敢說相信這個傳說，但也絕非不解其意。我可以像學者們那樣，給它一種聰明的解釋：有一天，當俄瑞堤姬和女伴法馬西亞（Pharmacia）一起遊玩時，一陣北風將她捲過了遠處的山崖。由於她是這樣死的，所以就傳說她被北風之神玻瑞阿斯搶掠去了。……我哩」，蘇格拉底接著說，「斐德若，雖然承認這種解釋很有趣，可並不羨慕作這種解釋的人，因爲這種解釋無異於穿鑿附會。要解釋的神話還多著哩，一開了頭，就沒有罷休，這個解釋完了，那個又跟著來，馬身人面

獸要解釋，噴火獸也要解釋，我們就圍困在一大群蛇髮女、飛馬以及其他奇形怪狀的東西中間。如果你全不相信，要把它們逐一檢驗，看它們是否近情近理，這種庸俗的機警就不知道要斷送多少時間和精力。我卻沒有功夫做這種研究；我的理由也可以告訴你，親愛的朋友。我到現在還不能做到得爾福神諭（Delphic precept）所指示的：認識你自己；一個人還不能認識他自己，就忙著去研究一些和他不相干的東西，這在我看是很可笑的。所以我把神話這類問題擱在旁邊，一般人怎樣看它們，我也就怎樣看它們；我所專心致志的不是研究神話，而是研究我自己，像我剛才所說的；我要看一看我自己是否真是比泰風還要複雜而凶猛的一個怪物，還是一種較單純和善的神明之冑。」（《斐德若篇》229Dff）②

這種神話解釋（myth interpretation），被當時的智者派和詭辯派奉為高深學問的精英，文明精神的巔峰；而在柏拉圖看來，這種解釋卻恰恰是文明精神的反面。但是，儘管有柏拉圖否定這類解釋，斥之為「粗鄙的學問」，他的判決卻未能阻止其後幾百年間，學者們樂此不疲地玩弄這種智慧的把戲。與柏拉圖同時代的智者派和詭辯派在這種智力遊戲中爭得難解難分；其後，希臘化時期的斯多噶派和新柏拉圖派也為此鬥得不相上下。並且，從來都是語言學和詞源學在充當這類研究的工具。在這幽靈和鬼怪的國度裡，以及在更高一層的神話領域內，浮士德的一句話似乎是顛撲不破的真理：這裡，人們總是設想，每個神話人物的實質都可以從其名稱中獲知。名與實之間存在著必然的內在聯繫；名稱不僅指稱其對象，而且**就是**其對象的實質；實在之物的潛能即寓於其名稱之中──這種觀念原是「神話製作意識」（mythmaking consciousness）本身的基本設想之一。可是，哲學和科學的**神話**

學(mythology)似乎也接受了這一設想。那種原在神話精神本身中作為活生生的、直接的信念而發揮功能的東西，現在成了神話學反思的基本前提；名與實之間具有內在聯繫，名與實之間具有潛在同一性這種學說在這裡被確立為一條方法論原則。

在哲學家當中，首推赫伯特‧斯賓塞（Herbert Spencer）試圖證明：對於自然現象（如日、月等）的宗教神話崇拜，究其終極根源，不過是人們對於用來稱呼這些物體的名稱的一種誤解。在語文學家當中，馬克斯‧米勒（Max Müller）則不僅把語文學的分析方法用作揭示神話存在物（特別是在吠陀宗教中的神話存在物）本質的手段，而且還以這種方法為出發點得出了他關於語言和神話關係的一般理論。在他看來，神話既不是變形為荒誕故事的歷史，也不是作為歷史而被接受的寓言；可以同樣肯定，神話也並非直接起源於對自然界宏大的形態和力量的觀照。他認為，我們稱之為神話的，是以語言為媒介並據之得以傳播的某種東西；實際上，神話是語言的某種基本缺陷、某種固有弱點的產物。所有的語言指示（linguistic denotation）本質上是模糊的──而恰恰是在這種模糊性中，在語詞的這種「同源形似現象」（paronymia）之中，存在著全部神話的根源。在馬克斯‧米勒援以支持其理論的例證中，我們可以清楚地看到他這種觀點的特色。他曾例舉丟卡列翁（Deucalion）和皮拉（Pyrrha）的傳說：當宙斯神將他們二人從毀滅了人類的大洪水中救出之後，他們從地上撿起**石塊**，拋擲身後，**石塊**落地變成了人，他們二人也就成了新的人類的祖先。這種人由石變的起源說確實荒誕不經，似乎也無從解釋──但是，如果我們回想一下，在希臘語中，人和石塊是由發音相同，至少也是發音相近的的名稱所指代的，$\lambda\alpha oi$ 和 $\lambda\tilde{a}\alpha\varsigma$ 二詞是半諧音詞，問題不是即刻昭然若揭了嗎？或舉達佛

涅的神話爲例。達佛涅的母親——大地之神把她變爲一株月桂樹，從而把她從阿波羅神的懷抱中解救了出來。這裡，也只有語言史能使這個神話變得「可以理解」，也只有語言史才能賦之以某種意義。誰是達佛涅？要想回答這個問題，我們必須求助詞源學，也就是說，我們必須研究這個詞的歷史。「達佛涅」（Daphne）一詞的詞根可以追溯到梵文中的Ahanâ一詞，這個詞在梵文中的意思是「黎明時分的紅色曙光」。一當我們了解了這一點，整個問題也就一目了然了。菲玻斯（Phoebus）③和達佛涅的故事無非是描敍了人們每天都可以觀察到的現象罷了：晨曦出現在東方的天際，太陽神繼而升起，追趕他的新娘，隨著熾烈的陽光的愛撫，紅色的曙光漸漸逝去，最後死在或消逝在大地之母的胸懷之中。因此，在這個神話的發展中起著決定性作用的，不是自然現象本身，而是由於希臘語中用來指稱月桂樹的語詞（$\delta\acute{a}\phi\nu\eta$）與梵文中用來指稱黎明的語詞之間具有聯繫；而這又在邏輯上多少必然要求確認，在這兩個語詞所指代的存在物之間具有同一性。據此，米勒得出結論：

　　神話是必然發生的。如果我們承認語言是思維的外在形式和顯現的話，那麼，神話就是自然而然的了，它是語言固有的必然產物；實際上，神話是語言投射在思維上的陰影。這道陰影永遠不會消失，除非語言和思維完全重合，而語言又是永遠不會與思維重合的。無庸置疑，在人類思想史的早期階段，神話曾經放射出更加奪目的光輝，但它永遠不會全然失去其光彩。我們完全可以相信，一如荷馬時代，今天依然存在著神話，只不過我們對之視而不見罷了；因爲我們自己就生活在它的陰影之中，也因爲我們在眞理眩目的光照之

下顯得那樣渺小。……最高意義的神話，是語言在心理活動的一切可能範圍內施加在思維上的勢能。④

　　回顧這樣的觀點似乎多此一舉；現今的詞源學和比較神話學早已摒棄了這樣的觀點，之所以這樣做，是因爲這種觀點代表了一種典型的態度，並且這種態度又時時出現在諸相關領域內：神話學、語言學、藝術理論、知識論，處處都可見到這種態度。在馬克斯·米勒看來，神話的世界在本質上是一個幻象的世界——而一旦我們發現了產生這種錯覺的根源，我們就能對這種幻象作出解說。這個根源就是心智原初、必然的自我欺騙。心智的這種自我欺騙根源於語言；語言總是在戲弄人的心智，總是置心智於它自己的產物——五光十色的意義遊戲這樣一個陷阱之中。並且，神話並非出於一種表述和創造的積極**能力**，而是產生於心智的某種**缺陷**（神話即是言語的「病理」結果）——這種觀念甚至在當代民俗學文獻中都可以找到支持它的論點。⑤

　　然而，當我們把這種觀念還原爲最基本的哲學術語時就會發現，這種態度無非是那種幼稚的實在論的必然結果。依照這種實在論，客體的實在性是某種直接且明確地給定的東西，是某種實實在在可以觸摸到、可以感知到的東西。以這種方式來設想實在性，一切不具備這種實實在在的實在性的事物自然只是些騙人的玩意兒和幻象了。這類幻象可以製作得精巧無比，可以圍著我們輕盈地上下翻飛，可以閃爍出最歡快最可愛的色彩，但無論怎樣也改變不了這一事實：這種意象沒有獨立實存的內容，沒有內在的意義（meaning）。這種意象確實也在映照某種實在；但這種意象永遠也不會與它所映照的實在相吻合，永遠也無法準確地描繪實在。在這種觀點看來，整個藝術創造只不過是一種模仿罷了，

而且是永遠也無法與原型相匹配的模仿。在這種觀點的判決之下，不僅那種對於呈諸感官的原型的簡單模仿要被處以死刑，甚至連人們稱之為觀念化產物的文體或風格最終也要被處以極刑；因為，以被描述對象的赤裸裸的「真實」為標準加以衡量，觀念化本身無非是主體的觀念錯誤和虛假化而已。並且，在其他所有心靈的「孕育」過程中，似乎也同樣存在著這種討厭的歪曲現象，也同樣存在著與客觀實在以及直接經驗材料相悖的分離情況。任何心理過程都不能把握實在本身；因此，為了表象實在，為了多少能把握一點實在，心理過程就不得不使用符號。然而，任何符號系統都不免於間接性之苦；它必然地使它本想揭示的東西變得晦暗不明。這樣，儘管**言語的聲音**努力想要「表達」主觀和客觀的情狀、「內在」和「外在」的世界，但在這一過程中它所能保留下來的卻不再是存在的生命和全部的個性，而只是刪頭去尾了的僵死的存在。口說的語詞自以為所具有的全部「所指意義」，實際上只不過是單純的提示而已；在現實經驗的具體多樣性和完整性面前，「提示」永遠只是一只空洞而貧乏的外殼。不管是對於外部世界還是內部世界，確實都可以這麼說：「一旦靈魂開口**說話**，唉喲，**靈魂**就不再說了！」

這種觀點距現代那些對語言持懷疑態度的批評者所得出的結論只有一步之遙。這些語言批評者認為：那種聲稱語言具有真理內容的幻想業已完全破滅；所謂的真理內容只不過是一些心靈的幻影。這種觀點進一步認為，不僅神話、藝術、語言是幻影，就連理論知識本身也是幻影；因為，即使是知識也永遠無法按照原樣來復現事物的真實性質，而必得用「概念」來框定事物的性質。「概念」又是什麼東西呢？概念只不過是思維的表述，只不過是思維創造出來的東西罷了；概念根本無法向我們提供客體的真實

形態，概念向我們展現的只是思維自身的形式而已。因此，科學為了類分、組織和概括實在世界的現象而逐步發展出來的全部圖式（schemata）原來無非是主觀武斷的設計（schemes），是心靈編織出來的空洞而飄渺的玩意兒，它們並不能表現事物的性質，它們表現的只是心智的本性。這樣，知識以及神話、語言和藝術就都被還原為某種虛構的東西。這種虛構之物因其有用而令人愛不釋手；並且，如果我們無意使它們化為烏有的話，是斷然不可用嚴格的真理標準來衡量它們的。

那麼，怎樣才能治癒這種自我幻滅症呢？唯有一劑良藥：那就是認真嚴肅、誠心誠意地接受康德自稱為「哥白尼式革命」的理論。亦即是說，我們不應該以被認為既存在於心智諸形式之外，而同時又在這些形式中得以復現的某種東西來衡量心智諸形式的內容、意義和真實性；相反，我們必須在心智諸形式的自身內部尋找衡量其真實性和內在意義的尺度及標準。我們不應該把心智諸形式看作是其他某種東西的單純摹本；相反，我們必須在每一種心智形式的自身內部發現一種自發的生成規律，找到一種原初的表達方式和趨向，而這種方式和趨向絕非只是單純地記錄那從一開始便在實存的固定範疇所給定的某種事物。從這樣一種觀點來看，神話、藝術、語言和科學都是作為符號（symbols）而存在的，這並不是說，它們都只是一些憑借暗示或寓意手法指稱某種給定實在的修辭格，而是說，它們每一個都是能創造並設定一個它自己的世界之力量。在這些它自己創造並設定的世界中，精神按照內在規定的辯證法則展現自身，並且，唯有通過這種內在規定的辯證法則，才能有任何實在，才能有任何確定的、組織起來的「存在」。因此，這些特定的符號形式並不是些模仿之物，而是實在的**器官**（organs）；因為，唯有通過它們的媒介作用，實在

的事物才得以轉變爲心靈知性的對象，其本身才能變得可以爲我們所見。至於何種實在獨立於這些形式，這種獨立實在的獨立屬性又是什麼，在這裡都是些毫不相干的問題。對於心智來說，只有具備確定形式的東西才是可見的；而每一種存在形式又都以某種獨特的「看」的方式，都以某種獨特的表述意義和直觀意義的智識方式爲其源頭活水。一當我們把語言、神話、藝術和科學看作這樣一些觀念作用的型式，哲學的基本問題就不再是這些形式與某種絕對實在（據說，這種實在構成上述形式的堅實的物質基礎）的關係問題了；現在，中心的問題乃是觀念作用的諸形式之間怎樣相互限定和相互補充的問題。因爲，儘管這些形式在建構精神實在的過程中共同有機地發揮著作用，但每一個器官都各有其獨特的功能。

　　從這個角度來看，語言和神話之間的關係也呈現出新的意義。這已不復爲其中一種現象從另一種現象中衍伸而來的問題，不復爲用一種現象來「說明」另一種現象的問題；這樣做無疑會同時貶低這兩種現象，會剝奪這兩種現象各自獨有的特點。假如神話果眞像馬克斯・米勒的理論所說的那樣，只不過是語言投射在思想上的陰影，那麼，令人百思不得其解的是，這一陰影何以總是在自身光環中出現，何以會演化出它自身所具有的一種積極生命力和活動力，使我們通常稱之爲**事物**的直接實在性的那種東西趨於黯然失色，甚至使經驗世界中豐富多彩的感覺經驗在其面前也顯得那樣蒼白無光。正如威廉・馮・洪堡（Wilhelm von Humboldt）在談到語言問題時所指出的：

　　　　人主要地——實際上，由於人的情感和行動基於知覺，
　　我們可以說完全地——是按照語言所呈現給人的樣子而與

他的客體對象生活在一起的。人從其自身的存在之中編織出語言，在同一過程中他又將自己置於語言的陷阱之中；每一種語言都在使用該語言的民族周圍劃出一道魔圈，任何人都無法逃出這道魔圈，他只能從一道魔圈跳入另一道魔圈。⑥

這段話或許更適用於人類基本的神話式概念。神話式概念並不是從現成的「存在」世界中採擷而來的，它們並不是從確定的、經驗的、實際的存在中蒸發出來，像一片眩目的霧氣那樣飄浮在實際世界之上的幻想產品。對於原始意識來說，它們呈現著存在的**整體性**(totality)。概念的神話形式不是某種疊加在經驗存在的某些確定**成分**之上的東西；相反；原初的「經驗」本身即浸泡在神話的意象之中，並爲神話氛圍所籠罩。只有當人與這些**形式**生活在一起時，在這個意義上，才能說人是與其**客體對象**生活在一起的。只有當人讓自己與其環境一同進入這種具有可塑性的中介，並在這個中介裡彼此接觸、彼此融合的時候，在這個意義上，才能說人向自己顯示了實在，亦向實在顯示了自己。

由此可見，所有那些以爲通過探究經驗領域、通過探究**客體**世界便可找到神話起源的理論；所有那些以爲神話是從客體中產生，並在客體中發展和傳播的理論，都必定是片面的、不充分的。衆所周知，這類理論屢見不鮮（我們可以找到一大堆這種說明神話製作的終極根源和眞正核心的學說），其多其雜，幾乎不亞於客體世界本身。有的說，神話的根源及其核心在於某些心理狀態和心理經驗，尤其是在做夢這種現象之中；有的則說，在於對自然事件的觀照——在這一種理論中，還有進一步的區分：有的把神話的根源及其核心限定在對自然界物體，諸如日、月、星辰等的觀察；有的則認爲在於對風暴、雷鳴、閃電等自然界重大事件的

觀察。總之，一再有人試圖以這種方式證明，靈魂神話或自然神話，或日、月、雷等神話是神話本身的基礎。

　　然而，即使所有這類嘗試中有哪一個取得了成功，它也無法解決神話向哲學提出的真正問題。不僅如此，這樣做還會使問題倒退一步。因為，神話式表述是不能如此簡單地通過確定它直接而原始地集中表述的**客體**就可以理解和領會到的。它現在是並將永遠是心靈的奇蹟；現在是並將永遠是一個謎，而無論它所覆蓋的是這一個還是那一個實際的物體，無論它力求解釋與闡明的是心理的過程抑或是物理的事物（在後一種情況下，還可以說無論是哪一種特殊的事物）。即使有可能將全部神話都消解為星象神話，即神話意識在觀照星辰時所得出來的東西，神話意識在星辰中直接**看到**的也還是截然不同於這些星辰呈現給經驗觀察的景觀，截然不同於理論和科學在思辨、「說明」這些自然現象時所表述的那種東西。笛卡爾曾經說過：無論對象是什麼，理論科學在本質上永遠是一樣的——正如無論被照耀的事物多麼豐富多樣，太陽的光芒永遠是一樣的。這句話同樣適用於其他任何一種符號形式：語言、神話、或藝術，因為它們也都各有一種獨特的「看」的方式，也都在自身內部各有其特殊而合適的光源。在概念之光初照之下產生的直觀（envisagement），其功能是永遠也不會從事物那裡得到的，而且永遠無法通過其對象內容的性質而理會的。因為，這不是我們在某個著眼點上看到了什麼的問題，而是著眼點本身的問題。如以這樣一種方式來看問題，我們就會清楚地看到，把全部神話還原為某一個主題，並不能使我們朝著問題的解決向前邁進半步，實際上反而使我們更沒有指望得到真正的答案。因為我們在語言、神話、藝術中見到的如此繁多的人類心理活動的原型現象（archetypal phenomena），其本身雖可以被

一一指出來，但卻無法用其他某種東西來進一步加以「說明」。實在論者總是把所謂的「給定之物」設定爲他們據之作出此類說明的堅實基礎，並把「給定之物」認作某種有確定形式、具有自身固有結構的東西。他們認爲，這樣一種實在即是由原因與結果、事物與屬性、狀態與過程整合而成的整體，是由運動的客體與靜止的客體整合而成的整體。因此，在他們看來，唯一的問題只是：心智的某個特殊產物，譬如神話、語言、或藝術，最初究竟具有上述那些成分中的哪一個。例如，如果正在討論的現象是語言，那麼，他們自然就會問：究竟是指稱事物的名稱先出現呢，還是指稱狀態或動作的名稱先出現──換句話說，言語最早的「根」是名詞呢還是動詞？然而，一旦我們認識到，在這裡被認定是天經地義的諸種區別（即借助於事物與過程、恒久與短暫、客體與行動等對立而對實在所做的分析），並非作爲給定的事實這樣一種基礎而先於語言；相反，正是語言本身促發了這些區別並在語言自身內部發展了它們，那麼，我們便可看出，這一問題本身原來是虛假的。語言不可能從任何「名詞性概念」或「動詞性概念」階段開始；恰恰相反，正是語言作爲中介區分了這些形式，引起了巨大的心靈「危機」，導致恒久與短暫之間的對立，並使得「存在」（Being）變成「生成」（Becoming）的對立面。因此，我們必須把語言的基本概念理解爲某種先於這些區別的東西，理解爲介乎名詞性概念和動詞性概念之間、介乎事物狀態和事變之間、處於某種不偏不倚的狀態之中、處於感情的某種特殊平衡之中的諸種形式。

　　與之相似的模糊性似乎是思維最初階段（我們可以在這些階段中追溯到神話和宗教思想的起源）的特徵。世界應該以一種具有確定形式的模式呈現給我們的審視和觀察，其中每一種形式又

都各有賦予其獨特個性的完全確定的空間界限──這一切在我們
看來都是再自然不過的事情。即使我們把世界看成是一個整體，
這個整體也仍然是由可以明顯區分開的單位所組成的，並且，這
些單位並不會互相溶合，它們保持著使自己與其他單位明確區分
開的各自的同一性。然而，對於神話製作意識來說，這些各自分
開的成分卻不是如此這般地分開給定的，它們不得不從整體中原
始地逐漸地分化出來；選擇和甄別的過程尙未經歷而又尙待經
歷。正是由於這個緣故，精神的神話階段一直被稱作「複雜」階
段，以區別於我們抽象分析的心態。例如，最先造出這一表達方
式的普羅斯（Preuss）就指出，在他曾做過詳細研究的科拉族
（Cora）印地安人神話中，關於黑夜天空和白晝天空的概念一定
是先於日、月及諸星辰的概念。他聲稱，最初神話並非趨於製作
一個太陽神或一個月亮神，而是要製作一個星群。

　　　　太陽神確實位居眾神之首。但是……每個星神都可以做
　　他的代理人。眾神在時間上先於太陽神，他是由眾神創造出
　　來的，是由於某位神跳入火中或被擲入火中而被創造出來
　　的；太陽神的力量深受眾神力量的影響，他是人爲地靠食用
　　祭品的心臟，即星辰而生存的。夜晚的星空是太陽得以生存
　　的必要條件；這就是科拉人和古墨西哥人整個宗教觀念體
　　系的核心所在，因而必須認作是其宗教得以進一步發展的主
　　要因素。⑦

　　在這裡被歸屬於夜空的功能在印度──日耳曼語系諸民族中
似乎被歸屬於晝空。在印度──日耳曼語諸民族的宗教中有大量
跡象表明，對作爲尙未區別的整體經驗而出現的光的崇拜要先於

對個別天體的崇拜；個別的天體僅僅作爲光的媒介，作爲光的特殊顯現才佔據一席之地。例如，在《波斯古經》(*Avesta*)⑧中，密特拉神 (Mithra) 最初並不是太陽神，而是天光之神，只是後來才演變成太陽神的。太陽升起**之前**，他就出現在山巔，然後登上他那由四匹白馬拖曳的戰車，在白天馳過天空；夜幕降臨之後，這位不眠之神繼續以微弱的爍光照耀著大地。這就明明白白地告訴我們，密特拉神旣不是太陽，也不是月亮；旣不是某一個星體，也不是全體星辰，但他卻通過衆星，通過他的千隻眼萬隻耳，在觀察著萬物，注視著世界。⑨

　　在這個具體例子中我們可以看到，神話概念最初是怎樣只在把握光明與黑暗之間那種宏博的、基本的和數量的對比，它又是怎樣把光明與黑暗看作是**一個**原質、一個複雜的整體，確定的特質只是在後來才逐漸從這個整體中顯現出來的。和語言精神一樣，神話製作的精神只是在它「界定」了分別的、個別化了的形式之後，只是在它把這些形式從其原始意象的渾然整體中雕琢出來之後，這才「具有」了這些分別的、個別化的形式。

　　神話和語言一樣，在心智建構我們關於「事物」的世界的過程中執行著做規定和做區別的功能；對於這種功能的洞見，似乎是一種「符號形式的哲學」所能教導我們的全部內容。哲學本身無法再前進一步；它不能也不敢向我們**具體地**表明這一偉大的顯現過程，不能也不敢爲我們劃分出這一過程的各個階段。但是，如果說純哲學必定只能爲這個演化過程勾勒出一幅總體的理論圖景的話，那麼，語文學和比較神話學或許可以進一步充實這個輪廓，以肯定而清晰的筆觸描繪出哲學思辯只能暗示地勾勒出的圖景。烏西諾(Usener)在論述神祇名稱的一部著作中，朝著這個方向邁出了驚人的第一步。他爲這部書定下的副標題是「邁向宗教

概念的科學」；這部書確實也跨進了哲學問題的領域，且還運用了系統的論證方法。烏西諾告誡我們：追溯神祇的歷史，追溯神祇在許多部族中相繼出現和發展的過程，是一個不可企及的目標；我們所能重建的只能是一部關於神話觀念的歷史。神話觀念，無論初看上去顯得多麼豐富多彩，多麼千變萬化，多麼龐雜無章，其實是有著自身的內在合規律性的；它們並非源於漫無邊際的恣意狂想，而是在沿循感覺和創造性思維的確定軌道運行著的。神話學力圖建立的就是這一內在的規律。神話學即是關於神話的科學（λογος），抑或說是關於宗教概念的諸形式的科學。⑩

對於那些認爲人的心智**從一開始**就被賦予了種種邏輯範疇的哲學家來說，烏西諾在神話學領域中的發現確實會使他們望而卻步，烏西諾觀察到：

在心智演化過程中一直存在著這樣一些歷時很久的時期：其間，人的心智緩慢而吃力地向著思想和概念發展，並且沿循著完全不同的觀念作用與言語的規律。只有當語文學和神話學揭示出那些不自覺的和無意識的概念過程時，我們的認識論才能說是具有了真正的基礎。特殊性的知覺與一般性的概念之間的斷帶，遠比我們在學院派哲學觀念以及我們用來思想的語言影響之下所能設想的要大得多。若不是語言在人類沒有自覺意識到的情況準備起一架橋樑並開始舖設它，我實在想像不出，在如此巨大的斷帶之上何以能架設起這樣一座橋樑來。正是語言促使眾多隨意而個別的表達方式讓位於**一個**方式，使之得以展延其所指範圍，覆蓋越來越多的特殊實例，直至最終指稱所有的特殊實例，從而獲得了表達類概念的能力。（第321頁）

　　這裡，一個語文學家，一個研究語言和宗教問題的學者，帶著他在研究中發現的新問題，與哲學相撞了。烏西諾不僅僅是單純地提出了一種新的角度，他還堅定不移地沿著這條道路走了下去：他運用了語言史、語詞的精確分析，特別是對神祇名稱的精確分析能夠提供給他的所有線索，全力為實現這一目標而努力。疑問自然接踵而來：絲毫沒有掌握這類資料的哲學是否有能力解決人文科學向它提出的這一疑難問題？哲學將汲取何種心智源泉來迎接這樣一種挑戰？除去語言或宗教的實際**歷史**，是否還有其他途徑可以引導我們更加接近語言和宗教的基本概念的源頭？或者說，就這一點而言，認識這些觀念的起源與認識它們的終極意義及其功能究竟是不是同一回事？這正是我提出來要在下文中加以解決的癥結問題。我將毫不走樣地接手烏西諾提出的問題，但我將試圖從語言學的和語文學的考慮之外的基點出發去解決這一問題。烏西諾本人也曾指出過這樣一種角度的合宜性（實際上是必然性）。他明確地說：主要的問題不單單是語言和思想史的問題，它同時也是邏輯學和認識論的問題。這就假定了，後兩門學科也有可能從它們各自的立場出發來解決語言和神話概念的形成問題，也有可能以它們各自的方法論原則和程序來處理這一問題。只有通過這種明顯超越邏輯學研究的通常界限的拓展，邏輯學才能真正成為一門科學，純粹理論性的領域才能實際上得以界定，並與心智存在和發展的其他範圍區別開來。

2.
宗教觀念的演化

　　然而，在我們向這個總目標進攻之前，我們還必須首先掌握烏西諾在研究語言和宗教歷史時所發掘出的個別事實，以此為我們的理論解釋與建設打下一個具體的基礎。通過研究神祇名稱，烏西諾追溯了神祇概念的演化過程。他把這一過程劃分為三個主要階段。其中最古老的階段以「瞬息神」（momentary deities）的產生為其標誌。這些存在物並沒有將任何自然力量人格化，也不曾表象人類生活中的某一特殊情狀；在它們身上既沒有反覆出現的特點和價值，也不曾發現這類特點和價值變形為神話──宗教的意象；它是某種純粹轉瞬即逝的東西，是一種一掠而過、方生即滅的心理內容，其客觀化（objectification）和外在化便創造出了這種「瞬息神」的意義。打動人心的每一個印象，撩人心緒的每一個願望，誘惑人思的每一個希冀，威脅生存的每一個危險，無一不能以這種方式對人產生宗教影響。只要聽任自然滋生的情感、個人的境遇、或令人驚詫的力量顯示帶著一股神聖的神氣移注於個人面前的物體之中，他就會經驗到瞬息之神，就會創造出瞬息之神。這個瞬息之神以極其獨特的單一形象出現在我們眼前；它並不是作為在不同時間不同地點，對不同的人都反覆顯現自身的某種力量的一部分而出現的，而是只在此時此地，只在這

個可分解的經驗瞬間，只爲它所征服和震懾的這一個主體而存在的某種東西。

烏西諾援舉希臘文獻的例證說明，即使是在古典時期的希臘人心中，這種原始的宗教情感也依然是眞眞實實的情感，依然一而再、再而三地激發著希臘人去行動。

> 由於其宗敎情感的這種活力和敏感性，任何在瞬息之間佔據了希臘人那尚未區分的旨趣的觀念或物體都有可能被高抬到神聖的地位；理性與知性、財富、際遇、快感高潮、美酒、盛宴、或愛人的軀體……，任何好似天賜之物一般突如其來的東西，任何使我們感到欣悅、悲哀或壓抑的東西，對於宗敎意識來說，都像是某種神聖的存在。就我們所能查證的資料而言，希臘人將這類經驗統統歸在這類名詞「魔鬼」之下。（第290頁以下諸頁）

在較高於這些源自主觀情感，像主觀情感那樣說來就來，說去就去，瞬生瞬息的神靈的層次上，我們發現了另外一組神靈，它們並非源於自然滋生的情感，而是出自人類已成秩序的持續性活動。隨著心智與文化的發展進步，我們對待外部世界的關係由一種被動的態度均衡地轉變爲一種主動的態度。人不再受外來印象和影響的隨意支配和擺佈，他已不再是一只可以隨便拋來拋去的羽毛球；人類開始依照自己的需求和願望，開始行使自己的意志來左右事件的進程。這一進程現在具有了自己的規律和周期：以固定的間歇，按同一的循環，人類的活動日復一日、月復一月地重複著自身，並且總是和不變的持久的結果聯繫著。但是，如同人類的自我在以往意識其被動性一樣，人類的自我依然只能憑

藉把自我投射到外部世界，從而使其獲得某種具體形式的方式，才能意識到自我在現階段所具有的主動性。於是，在人類活動的每一個部類中都產生出一個代表該類活動的特殊的神。這些烏西諾稱之爲「專職神」（Sondergötter）的神祇此時尚未具備一般性功能和意義；它們還沒有滲透到存在的全部深度和廣度，而只是囿於存在的某一部分，而且是界限非常狹窄的一小部分。但是，在它們各自的範圍之內，它們已經獲得了永久和確定的性質，藉此獲得了一定程度的一般性。譬如，守護耕耘的奧卡托神（Oc-cator）不僅統轄這一年或這一塊土地上的耕耘，而且是一般的耕耘之神。他每年都會受到整個社會的祈求，以幫助和保護這種農業實踐得以重複進行。因此，雖然他代表的是一種特殊的，或許也是簡陋的農業勞作活動，但他卻是在一般性中代表著這種活動。（第280頁）

　　烏西諾以古羅馬人所謂「職能神」（functional gods）爲例證實，這類專職神祇在古羅馬宗教中曾經得到過廣泛而多樣的大發展。每一種實際活動都各有自己專門的守護神：處女地的開墾、第二次春耕、播種、除草、開鐮、以及收穫都有其守護神。要想使哪一種活動成功，非得按照規定的方式以及正確的名稱祈求合宜的神不可。烏西諾還發現，在立陶宛傳統中，廣爲流行的萬神之殿也同樣具有這種依照活動門類而劃分的結構。根據這些發現，以及他在希臘宗教史研究中的類似發現，烏西諾得出下述結論：這類神的性質和名稱在各民族宗教發展的某個階段上都曾出現過。它們代表著宗教意識發展的某個必然階段，而宗教意識則必須經過這個階段才能達到其最高境界：人格神（personal gods）概念的形成。然而，按照烏西諾的看法，唯有語文學研究方能揭示宗教意識達於這一目標的過程；因爲，「人格神產生的

必要條件是一個語言——歷史的過程」。（第316頁）無論何時,只要有某個專職神在意識中成形,它總要被賦予一個專門的名稱,這個名稱自然是從產生這個神的特殊活動中衍化出來的。只要這個名稱還是在其本來意義上得以理解的,那麼,該名稱的指意界限就依然是該神的能力範圍;通過其名稱,該神便被永久地固定在最初創造出它來的那片狹窄的領域之內。但是,如果這個專門名稱由於語音的偶然變化而喪失了其原義,或由於詞根的老化而失去了與活的語言的聯繫,那麼,就會出現完全不同的情形了。此時,這一名稱不再向使用它的人提示某種**單一**活動的觀念（而承受該名稱的主體又只能和該活動相聯繫）。於是,這個語詞就演變爲一個專有名稱,並且,和人的名字一樣,這個名稱就被附加上了一重**人格**概念的意義。一個新的存在就這樣產生了,並且從此依循其自身的規律而發展。在過去只是表達某種活動而非某種性質的專職神的概念,現在獲得其體現,可以說,有血有肉地出現了。這個神能夠像人一樣地活動,像人一樣地受苦受難;他現在參與各種各樣的活動;但他已經不再像過去那樣只是完成那一項職能,他現在是作爲一個獨立的主體而與那項職能發生關係。起初,衆多的神祇名稱各有與之相對應的嚴格區分的專職神;現在,這些神名統統匯集在以這種方式出現的**一個**神身上。它們變成這一個**存在**的數種名稱,分別表達他的本質、能力和範圍的諸方面。（第301、325、330頁）

　　至此,我們已經扼要地複述了烏西諾的研究成果。然而,這裡我們最感興趣的還不是他的結論,而是他得出這種結論的方法。烏西諾在「自序」中用這樣的話概括了他的方法:

　　　　只有全神貫注地思索已經逝去的時代留下的精神痕

跡，也就是說，只有借助語文學的研究，我們才能訓練自己
和過去溝通情感；只有這樣，同樣的素質才會漸漸地在我們
心中活動起來，使我們在自己的意識中找到聯接古代和現代
的線索。只有更加豐富的觀察和比較結果才能使我們繼續前
進，從特殊的事例中得出某種規律。如果探究細節的研究**實
際上**給心智套上了枷鎖，使它無法追求一種總的意象，那
麼，人類知識就會陷入一種可悲可嘆的境地。你發掘得愈
深，你就愈會期待對普遍性的頓悟。

雖然烏西諾主要是從希臘和羅馬的宗教歷史獲取其實際證據
的，但他卻清楚地表明，這些例證只不過是足以代表某種普遍行
之有效的結構的例子罷了。的確，他特別承認並強調，只是通過
對立陶宛異教的廣泛研究，他才得以理解希臘——羅馬宗教史中
許多重要的基本特點。但即使是在與此毫不相干的領域內，如美
洲和非洲的信仰體系中，也經常可以發現驚人的相似現象，足以
用來支持和佐證他在宗教史和哲學方面提出的論點。在史比斯
（Spieth）發表的一部詳細記敘依韋（Evé）部族的著作中，有一
段關於依韋族諸神的描寫，其中不乏烏西諾在「瞬息神」名下引
進的那類尤物。

當帕基古國德扎克城（the town of Dzake in Peki）
的居民在那裡定居之後，曾有一個農夫去尋找水源。在一個
槽狀的山洞裡，他舉起手中的砍刀朝著潮濕的地面砍去。猛
然間，一道血紅色的水柱在他面湧出。他喝了幾口，感到很
提神。於是他告訴了家裡人，說服他們隨他一道去崇拜那紅
色的液體。俄頃，水澄清了，合家人都飲到了水。從此以後，

這汪水就成了這位發現者及其親屬心目中的神。……

據說，當第一批定居者抵達安撫洛城時，其中一人恰好站在一株又高又大枝葉茂密的麵包果樹下。一看到這株樹，他就感到一種莫名其妙的恐懼。他去尋找祭司以求對此事作個說明。他得到的答覆是：那株樹是位神，想同他一道生活並且受他崇拜。因而，他的恐懼是一種跡象，據此他就得知有神在向他顯靈了。……如果有人在螞蟻穴中躲過了他人或野獸的傷害，過後他就會說「那個螞蟻穴救了我的命」。如果某人在小溪中躲過了一隻因受傷而發怒的野獸，或者某個家庭甚至某個宗族在山頂上的堡壘裡躲過了敵人，過後他們也會說同樣的話。在每一例情況中，獲救都會歸功給寓於受救地點、物體或手段之中的某種力量。⑪

對於諸宗教的一般歷史來說，這種觀察的價值在於：在這裡，關於神的一種動態的概念取代了經驗觀察和一般宗教史所慣用的那種靜態的概念；它不再只是依照其性質和意義單純地描述神或精靈，而是把神的產生規律也考慮了進去。這實在是一種在神話──宗教意識中搜尋神的起源（實際上是神的誕生時辰）的嘗試。如果說，經驗科學在詞源學、宗教學和民俗學領域內尚且發現自己面臨這樣一些問題，當然沒有人能夠否認，哲學也有權嘗試著運用它自己的原則和旨趣來解決這類問題。

3.
語言與概念

　　要想認識和理解神話──宗敎概念過程⑫的特殊性質（不但是通過這一過程的結果，更要通過其構成原則去認識和理解），進一步說，要想理解語言概念的發展是以怎樣一種方式與宗敎觀念的發展聯繫在一起的，以及這兩種發展過程在哪些本質特點上是相符合的──要做到這一切確實要求我們深入地研究過去。我們必須毫不猶豫地假道於形式邏輯和認識論，因爲唯有在此基礎上我們才可望準確地確定這種觀念作用的**功能**，並把與理論思維所運用的概念形式明白無誤地區別開來。按照邏輯學的傳統說法，心智是這樣形成概念的：它將一定數量具有共同屬性，也就是說在某些方面相同的對象匯集在思想中，而後對它們進行抽象，排除差異，最後再反思留存下來的相似之處，這樣，關於某某類對象的一般觀念便在意識中形成了。因而，概念（notio, conceptus）即是表象所討論對象之**本質**屬性的總和，亦即它們**本質**的一般觀念。在這種顯然很簡單明瞭的解說中，一切都取決於我們如何理解「屬性」這個字眼兒，以及這些屬性最初是怎樣確定的。一般性概念的陳述必以**確定**的屬性爲其先決條件；只有先有了固定的特殊屬性，從而可以據之辨識諸事物是相似的還是不相似的，是相符合的還是不相符合的，才有可能將彼此相似的對象歸結爲一

類。但是，此時此刻我們禁不住要問：這樣一些種差何以能先於語言而存在呢？難道我們不是憑藉語言，通過給這些種差命名這個行動才**認識**了它們的嗎？如果是這樣的話，那麼，命名的行動又是按照什麼規則和標準來進行的呢？是什麼引導語言或者強制語言只將**這些**而不是其他一些觀念歸集為一個整體並用一個字詞去指代它們的呢？又是什麼促使語言從那不斷流動然卻永遠統一的印象之流中（這些印象或直接撞擊我們的感官或源於自發的心理過程）擇選出某些突呈的形式，思索並賦予它們以一種特殊「意蘊」的呢？一當我們用這種方式發問，傳統邏輯就一籌莫展，再也無法向語言學家和語言哲學家提供任何支持了；因為，傳統邏輯關於類概念起源的解釋正是以我們現在努力要理解與考查的東西——語言概念的表述——為前提的。⑬如果進一步考慮到：導致了語言的原初概念及指稱意義的觀念綜合形式並不是由對象本身簡單地、不容置辯地規定好了，而是給語言的自由性及其特別的心理印記留有充分的餘地，那麼，這個問題就變得愈發困難也愈發緊迫了。當然，即使是這種自由也必定是有其自身規則的，這種原初的創造力也還是有其自身規律的。那麼，能否揭示這個規律呢？能否在這一規律與統轄其他精神表現領域的原則，特別是與神話、宗教和純理論的（亦即科學的）概念原則之間建立起關係呢？

　　讓我們從最後列舉的這個領域出發看看我們能否做到這一點吧。我們能夠表明，心智在其從特殊印象中形成一般概念時所付出的全部智力勞動都旨在一個目的：打破個別觀察材料的孤立封閉狀態，用力把它從其實際發生的「此地此時」中拔拽出來，使它與其他事物聯繫起來，並將它和其他事物一道歸集到一個涵蓋一切的秩序之中、歸集到一個「體系」的統一性（unity）之中去。

從理論知識的角度看，概念的邏輯形式不過是爲判斷的邏輯形式作作準備而已；而整個判斷都旨在克服由頑固地粘著在每一特殊意識內容上的獨特性所產生的幻覺。顯然是獨一無二的事實，只是在它被「歸」在某個一般概念之下，被看作是某種規律的一個「事例」抑或是某個多重體或系列中的一員時，只是在這時，它才能被認識、被理解，才能在概念上被把握。在這個意義上，凡是眞正的判斷都是綜合的（synthetic）；因爲判斷的意向、判斷所企求的正是這樣一種合部分爲整體的綜合過程，這樣一種編特殊體爲體系的編織過程。這種綜合不可能一下子直接完成；它只能一步一步經過連續性活動才能達到：首先把分別的觀念或感覺彼此聯繫起來，而後將得到的諸整體集入更大規模的複雜體中，直至最終，所有這些分別的複雜體共同構成一幅關於事物整體的連貫畫面。追求這一整體的意志乃是我們理論和經驗的概念過程中的生命原則。因而，這一原則必然是「推演性」（discursive）的；也就是說，它從某個特殊的事例開始，但它並不延宕滯留於此，並不滿足於單純地觀照特殊體，相反，它只是讓心智從這一個特殊事例出發，沿著經驗概念所規定的方向，迅速地遍歷存在的整個範圍。通過這一遍歷某個經驗範圍的過程，亦即通過這一推演式運思的過程，特殊體由此獲得了其固定的智理「意義」和確定的特質。隨著特殊體被帶入其中的範圍不斷地擴大，特殊體相應地呈現出不同的外觀；特殊體在存在之整體中所佔據的位置，毋寧說，思維的發展歷程派定給特殊體的位置，規定著特殊體的內容和理論意蘊。

　　知識的這一典範如何支配了科學的興起，特別是數理物理學的建構，這裡毋庸贅述。物理學的全部概念唯有一個目的：改變「知覺的狂想曲」這一感官世界藉以實際顯現於我們面前的形

式，使其成為一個體系、一幅關於規律的連貫性縮圖。每一個個別的觀察材料，只有當它滿足這個要求時，才能成為「本然」的現象和對象——按照康德的定義，理論意義上的「本然」不過是為一般規律所規定著的事物之存在。

人們常常區分「個體化」（individualizing）的歷史思維方式和「一般化」（generalizing）的科學方式。在後者，任何具體的事例都被看作是一般規律的某個例子，「此時此地」除非顯示出某種普遍的法則否則就絲毫沒有意義；而歷史則據說有意在尋求這種此時此地，以便就在這個特質之中更加精確地把握它。但是，即使是在歷史思維中，特殊的事實也只是在它進入了諸關係並憑藉這些關係才有了意義的。儘管它不能被視為某個一般規律的例子，然而，為了歷史地設想，為了顯得**符合**歷史模式，它必須作為事件序列中的**一員**而佔據一席之地，或者隸屬於某個合目的的連續體。特殊事實在時間上的規定性（determination）恰恰是它在時間上的分別性（seperateness）的對立面；因為就歷史而言，只是當特殊事實（而且只是因為它）朝後指向過去，朝前指向未來的時候，它才具有意義。因此，真正的歷史反思非但不能沉醉於觀照那**單純**是獨特的、非複雜性的事件，相反，它必須竭盡心力地，像歌德的形態論思想那樣，在事件進程中發掘那些「孕育的」時刻——猶如在焦點之中，已發生事件的整個系列都被凝縮進這樣的時刻裡了。在這種焦點中，時間上被截然分開的實在階段為了歷史概念和理解而變得相聯繫和連結起來。由於某些「高時點」（high moments）是從統一的時間流中被擇取出來，彼此被聯繫在一起，並被連鎖結為一個系列的，於是，所有已發生事件的起始和終結，它們的來龍去脈也就逐漸地被「照明」了。因而，歷史概念過程也是以這個事實為特徵的：即通過這一過程，

無數個聯繫一下子結成了；與其說歷史是對特殊體的觀照，不如說它是關於這些聯繫的意識，而正是這種意識構成了獨特的歷史性，或我們稱之爲事實的歷史意蘊的那種東西。

　　但是，我們不要再滯留於這種一般性的觀察了，因爲我們主要關注的並不是科學概念的結構；我們之所以要在這裡考慮一下這種結構，只是爲了弄清另一種結構，即語言的原初概念的形式和結構。只要這件事還沒有做，關於概念過程的純邏輯學理論就無法得到全面徹底的發展。因爲，理論知識的全部概念無非只是構成了一個以較低級的語言邏輯層面爲基礎的較高級的邏輯層面而已。**命名** (naming) 的工作必是先於心智構想關於現象的概念並理解現象這一智性工作的，並且必定在此時業已達到了一定的精確度。因爲正是命名過程改變了甚至連動物也都具有的感官印象世界，使其變成了一個心理的世界、一個觀念和意義的世界。全部理論認知都是從一個語言在此之前就已賦予了形式的世界出發的；科學家、歷史學家、以至哲學家無一不是按照語言呈現給他的樣子而與其客體對象生活在一起的。這一直接的依存性，較之於任何其他一種由心智所間接創造的東西，都更難爲意識著的思維過程意識到。顯然，那種把概念過程歸結爲某種一般「抽象」活動的邏輯學理論在這裡了無用場；因爲，這種「抽象」說到底無非是從大量已**給定**的屬性中挑選出若干感覺或直觀經驗所共有的某些屬性來；而我們的難題並不是給定屬性的選擇，而是屬性本身的**設定** (positing)。就是說，我們是要領悟並闡明**注意** (noticing) 的性質和方向，因爲「注意」在心理活動中一定先於「指稱」功能的。可是，甚至連那些最起勁地探討「語言起源」問題的哲學家也認爲到此必須止步，只是簡單地假定靈魂有某種「能力」可以以完成「注意」過程就完事大吉了。

「當人類達到了他所獨有的反思狀態時」，赫爾德（Herder）在他那篇論述語言起源的文章中寫道：「並且當這種反思首次獲得了自由的遊戲時，人便發明了語言。」假設有一隻動物，比方說一隻羔羊從某人眼前走過，那麼，會有什麼樣的意象，什麼樣的景象呈現於他呢？當然不會同一頭狼或一隻獅子的眼中之物一樣；狼或獅子會在腦子裡嗅到羊的氣味，會嚐到它的味道，會在本能的驅使下撲向羔羊。人的意象也不會同一隻對羔羊並無直接興趣的動物的眼中之物一樣；這類動物會讓羔羊從眼皮兒底下悄悄地溜走，因為它們自己的本能已經轉移到了其他方向。

但是對於人，情形就不同啦！一當他可以和羔羊熟識，就不會有本能再給他搗亂；沒有肉慾促使他與羔羊過從甚密，或使他遠離羔羊；羔羊站在人面前，就像它觸動人的感官時一樣。白色的、溫順的、毛絨絨的——人的心智正在其意識活動中尋找著羊的特徵——羔羊「吽吽」地叫了起來！找到了！人找到了區別性特徵（differentia）。他的內感覺（inner sense）活躍起來。「吽吽」的叫聲從視覺和觸覺的所有其他屬性中掙脫了出來，凸現起來，給人的經驗打下最深刻的烙印，給他的心智留下最生動的印象——哈！原來你是個「吽吽」叫的東西！——「吽吽」的叫聲現在存留在他的心中；他感到他已經以**人**的方式辨識了它，解釋了它，因為借助於某種屬性他認識了羊……借助於屬性嗎？難道借助的不是一個內心的指代詞嗎？吽吽叫的聲音，由於被人以這種方式理解為羊的特徵，從而在反思的媒介作用下成了羊的**名稱**，儘管人的舌頭從未試圖發出這樣的叫聲。⑭

在赫爾德的這些表述中，我們仍然能夠清楚地聽到他正在反駁的那些理論的回聲，也就是說，我們仍然能夠聽到啓蒙運動時期語言理論的餘音。這些理論認爲，語言起源於意識的反思，是某種「發明」出來的東西。人在尋找區別性特徵，因爲人需要它，因爲人的理性即他所特有的「反思」能力需要它。而這一需求本身卻是某種無待起源的東西——是「靈魂的一種基本能力」。這樣，這種解釋實際上只是兜了個圈子：因爲語言形成過程的目的和結果，亦即憑藉特定屬性而進行的指稱行爲必須同時也被視爲這一過程的開端與原則。

洪堡提出的「語言的內在形式」（inward form of Language）這一概念似乎在朝著另一方向發展。他不再考慮語言概念的「出處」，而只關注它們「是什麼」；他想要解決的問題，不是語言概念的起源，而是如何證明它們的特性。潛隱在言語和語言的全部發展背後的觀察形式，總要表達出獨特的精神特質，即思想和領悟的特別方式。因此，語言間的差異不單單是聲音和標記有所不同的問題，而是關於世界的概念各不相同的問題。如果說，月亮在希臘語中被稱爲「度量之物」（$μήν$），在拉丁語中爲「發光之物」（luna），甚或在同一語言中，大象時而被稱作「喝兩倍水的」，時而被稱「兩隻牙的」，時而又被稱作「有手的」，——那麼，這一切表明了：語言從未簡單地指稱對象、指稱事物本身；它總是在指稱源自心靈的自發活動的概念。因此，概念的性質取決於規定著這一主動性觀察行爲之取向的方式。

但實際上，甚至連這種「語言內在形式」的觀點也不得不以它口口聲聲要論證和揭示的東西爲其前提。因爲，一方面，語言在這裡是任何一種世界觀的工具，是思維在它能夠發現自己並採取一種確定的理論形式之前必須經由的中介；但另一方面，恰恰

是這一形式，這一確定的觀察角度又必須預先加以設定，才能說明任何給定語言的特殊性質，說明其「看」和指稱的特別方式。因此，語言起源問題，即使對於那些最深刻地探索這一問題，最艱苦地與之搏鬥的思想家來說，也總是趨於成為一株名副其實的「猴謎樹」⑮。在這個問題上花費全副精力似乎只會引著我們繞圈子，最後又把我們用在我們出發的那個點上。

然而，這樣一些基本問題的性質又迫使心智永遠不得對它們完全置之不理，儘管它早已對最終解決這些問題感到絕望。並且，如果我們不再拿原初的語言概念與邏輯概念形式作比較，而去試著把它們與神話觀念作用的形式作比較，那麼，在我們的心中似乎又會重新燃起希望之火。使語言的和神話的這兩種概念歸為一類，並使二者與邏輯思維的形式相對立的，是這樣一種事實：二者似乎表現出同一種理智領悟方式，而這種方式恰恰與我們理論思維的形式背道而馳。如同我們所見，理論思維的主要目的是將感覺或直覺經驗的內容從其最初發生時的孤立狀態中解放出來。理論思維使得這些內容超越其原有的狹窄界限，將它們與其他經驗內容聯繫起來加以比較，並以某種確定的序列在一個涵蓋一切的聯繫整體（context）中把它們連鎖起來。理論思維「推演式」地運行著：它把直接內容僅僅看作是出發點，由此可以沿著不同的方向遍歷整個印象領域，直至所有這些印象統統都被「安裝」到一個統一的概念、一個封閉的體系中去。在這個體系之中，不復有任何孤立的點；這個體系內的所有成員都彼此相聯，彼此相指，互為解釋，互為說明。每一個分別的事件都彷彿被看不見的思維之索「圈網」起來，捆綁在整體上。各別事件所獲得的理論意蘊就在於它被打上這個整體的印記。

而神話運思——當我們觀察其最基本的形式時會發現——卻

沒有這樣一種印記。實際上，理智統一性的特點恰恰與神話運思的精神直接對立。因爲在神話形式中，思維並不是自由地支配直觀材料，以便使這些材料彼此關聯、互相比較；相反，這種形式的思維反倒被突然呈現在面前的直覺所俘獲。它滯留在直覺經驗中；可以感知到的「現在」如此宏大，以致其他萬事萬物在它面前統統萎縮變小了。一個人的領悟力如果被這種神話——宗教態度迷住的話，在他看來，整個世界彷彿都毀滅了；支配其宗教旨趣的直接內容（無論它是什麼）如此完全徹底地充滿了他的意識，以致沒有任何一個其他事物能夠與之並存，或獨立於它而存在。自我將其全部能量全部精力統統傾注在這個唯一的對象上，生活在這個唯一的對象中，沈迷於這個唯一的對象。這裡我們所發現的，不是直覺經驗的擴展，而是直覺經驗的終極界限；這裡我們所具有的，不是促發我們去經歷那不斷擴大著的存在國度的擴張衝動，而是趨於凝集的衝動；不是廣泛分布的衝動，而是高度集中的衝動。聚集所有的各種力量於唯一的一點，這一行動正是全部神話運思和神話表述的前提。當一方面全部自我都傾注於唯一的一個印象，爲它而「著魔」，而另一方面主體與其客體即外部世界之間又有著最大限度的張力時；當外部世界不單單是被觀察、被觀照，而以單純的直接性征服了人，使其全心充滿了恐懼或希冀、驚恐或希望等情緒時：這時，就在這時，電弧擊穿介質，主客體之間的張力得以釋放，與此同時，主體的興奮情狀客觀化，變爲神或怪迎面出現在心智的眼前。

　　這裡，我們經驗的便是烏西諾力圖用「瞬息神」概念加以固定的神話——宗教的原型現象。他寫道：「在絕對的直接性中，單個的現象被神化了，這裡絲毫沒有牽扯到哪怕是最初步的類概念；你看見了在你面前的**那一個**東西，那個而非其他便是神了。」

（第 280 頁）時至今日，原始種族的生活依然向我們顯示出某些特徵，從中我們可以清楚地見到，甚至可以說幾乎可以用手觸摸到這種神化過程。我們可以回想一下史比斯舉過的例子：一個乾渴的人找到的水，隱藏或保護了某人的螞蟻穴，任何一個突如其來令人驚恐的東西──所有這些都被直接地變形爲神了。史比斯這樣概括他觀察到的現象：「對於依韋人的心智來說，在某個物體（或其令人驚奇的任何屬性）進入到任何引人注目、與人的生活或精神有關的關係之中的瞬間，無論令人愉快與否，這樣的片刻便是一尊神（Trõ）在他的意識中誕生之時。」彷彿一次印象孤立的發生及它從普遍尋常的經驗整體中分立出來，不僅產生了巨大的強化作用，而且還產生了最高度的**聚集**作用；彷彿憑藉這一聚集作用，神的客觀形態被創造出來，的的確確從這一次經驗中脫穎而出了。

　　我們必須在這裡，在這種神話的直覺創造形式裡，而不是在我們推演式理論概念過程中，尋找或許可以爲我們開啓原初語言概念過程之謎的鎖匙。並且，追溯語言表述之根源的工作也不應以任何種類的反思性觀照爲盡頭，不應以冷靜清醒地比較給定的感官印象與抽象確定的屬性爲盡頭；我們必須再一次棄絕這種靜止的觀點，以求理解發自內在衝動的語言聲音的運動過程。的確，單憑這一反省本身是遠不夠的；通過這種反省我們只是被帶向更進一步的，同時也是更加困難的問題：恒久的東西何以可能從這種動態中產生出來？汹湧而來、模糊不清的感官印象和情感何以能產生客觀的語言「結構」。近代語言科學在努力說明語言「起源」問題時，確實常常回返到哈曼（Hamman）的那句格言：詩是「人類的母語」。語言學家們一直強調，語言並非根植於生活的散文性，而是植根於生活的詩性上；因此必須在主觀感受的原始能力

中，而不是在對事物的客觀表象的觀照或按某些屬性類分事物的過程中去尋找言詞的終極基礎。⑯但是，儘管這種學說初看上去似乎避開了「邏輯表達」說總免不了要陷進去的那個可惡的圈子，但它終究不能在語言的純指稱功能與純表現功能之間的鴻溝上架起橋樑。在這種理論中，語言的抒情性和邏輯性之間仍舊存在著一道縫隙；尚待澄清的恰恰就是一個聲音賴以從抒情性發聲變形為指稱性發聲的**解脫**過程。

　　這裡，我們可以再次考察「瞬息神」的產生過程以求得到啓發。如果說，這樣一個神，就其根源而言，是瞬息之間的創造物；如果說它的存在依賴於某種完全是具體而個別的、並且不復重現的情形，然而，它卻獲得了某種實體性，從而把它高抬到了遠離產生它的偶然條件之上。一當它擺脫了直接緊迫性，亦即擺脫了瞬息間的恐懼和希冀，它便成了一個獨立的存在，從此按照自身的規律生存下去，並且取得了形式和持續性。它不再作為某個一時的造物，而是作為一種高高在上的客觀力量出現在人面前；人們尊崇這個力量，而人的崇拜又賦予這個力量越來越確定的形式。瞬息神的意象不再只是起著保存關於它最初所意味的，也就是它最初所是的那個東西——從恐懼中的解脫，抑或願望或希冀的實現——之記憶的作用，它現在留了下來，並且，當記憶漸漸模糊直至最後完全消失之後，這一意象仍長時間地持續存在。

　　說出的語言音響或許也同樣具有神祇意象所起的相同功能，或許也同樣具有神祇意象那種趨於恒久性存在的相同趨向。語詞，如同神或鬼一樣，並非作為人自己的造物，而是作為某種因其自身而存在而有意蘊的東西，作為一種客觀實在出現在人的面前。一俟電弧擊穿介質，一俟瞬息的張力與情感在語詞或神話意象中找到其釋放口，人的心理活動中便發生了某種轉折：曾經不

過是某種主觀情狀的內心激動現在消逝了，變解為神話或語言的客觀形式。這時，一種不斷發展進步的客觀化過程就可以開始了。隨著人類的自主性活動不斷地得以調整和組織，人類的神話和語言**世界**也以同樣的節奏經歷著連續性組織過程，越來越確定地結構起來。「瞬息神」為專司各種活動的神祇所取代，如同烏西諾曾例舉的羅馬人的「職能神」和立陶宛文化中相應的諸神那樣。維索娃（Wissowa）用下面的話來概括羅馬宗教的特點：

> 他們的諸神完全是出於實用而設想出來的——由於它們在羅馬人所應付的日常生活事務中行之有效而被設想出來的：羅馬人所處的地域環境、他們從事的各種職業、為支配個人及社會生活的重大事件作出決定——所有這一切活動都供奉著清清楚楚地形成、具有確實是公認的力量的神祇。在羅馬人看來，甚至朱彼特（Jupiter）和忒路斯（Tellus）也是他們羅馬社會的神，是灶神和樹叢神，是森林之神和沼澤之神，是播種之神和收穫之神，是生長、開花、及結果之神。⑰

這裡，我們可以直接回溯人類究竟是怎樣僅僅依憑其自身活動及這種活動的漸次區分，就獲得了對客觀實在的頓悟；在人類運用邏輯概念思維之前，他借助於清晰的、各別的神話意象來持存他的經驗。這裡，語言的發展過程似乎也同神話直覺與運思的發展過程並行不悖；如果把語言概念看作是確定的事實世界——其組成成分**從一開始**就以確定的各別輪廓呈給人的心智——的摹本或再現，那麼，我們便不能把握語言概念的真正性質及其功能了。再說一遍，事物的界限必須首先借助於語言媒介才能得以設定，

事物的輪廓必須首先借助於語言媒介才能得以規劃；而人類活動之從內部組織起來，他關於存在的概念之獲得相應的明瞭而確定的結構，則是隨著所有這一切的完成而完成的。

　　我們業已證明，語言概念的最初功能並不在比較經驗與選擇若干共同屬性；它們的最初功能是要凝集這些經驗，打個比方，就是把這些經驗融合爲一點。但是，這種凝集的方式總是取決於主體旨趣的方向，而且更多地是爲觀察經驗時的合目的性的視角，而不是經驗的內容所制約的。無論什麼，只要它看上去對於我們的意願或意志，對於我們的希望或焦慮，對於我們的活動或行爲是重要的，那麼，它，並且唯有它，才有可能獲得語言「意義」的標記。意義的區分是表象得以固化（solidification）的前提；而表象的固化則如上述，又是指稱這些印象的必要條件。因爲，只有那些以某種方式與意志和行動的焦點相關聯的東西，只有那些證明是生命和活動的整個目的的本質的東西，才能得以從感覺表象的統一的嬗變之流中被擇選出來，才能在諸多的感覺表象中被「注意」到──亦即是說，才能受到語言的特別重視，從而獲得一個名稱。這一「注意」的初級階段無疑也是動物心理活動的屬性；在動物的經驗世界裡，動物的衝動與本能所關注的成分，也是由其意識的理解力劃分、挑選出來的。只不過對於動物來說，唯有那種激起單一的衝動，譬如食物衝動或性衝動的東西，或與之相關的東西，才作爲動物感覺或似知覺的客觀內容「在那裡」。這種「在場」總是僅僅充填直接撩起的動物衝動的那一個瞬間。一旦激動狀態平息下來，一旦慾望得到了滿足，存在的世界和知覺的秩序頃刻便瓦解了。當新的刺激再次抵達動物的意識時，這一世界或許會復現；但它總是被限制在實際衝動和激動狀態的狹隘範圍內。雖反覆出現卻總只是個端倪的存在世界，永遠

只是充填現時的瞬間，不會有絲毫的發展擴大；過去只是模模糊糊地存留下來，將來尚未變成意象、變成**前景**。唯有使用符號的表達才能夠產生展望和回顧的可能性，因為，只有借助於符號，區分才不僅得以**實現**，而且還得以在意識中**固定**下來。心智曾經創造的東西，它從意識的整體範圍內擇選出來的東西，只有當口說的語詞在其上打下印記，給它以確定的形式時，才不會再次消逝。

　　這裡，功能的辨識也先於存在的辨識。存在的諸方面依照行動所提供的標準得到區分和協調；因此，它們並非是由事物間「客觀的」相似性所定向的，而是由它們以實踐為中介的「露面」所引導的，是實踐這個中介將存在的諸方面相互聯結到一個合目的的「結」中去的。語言概念的這種合目的性特徵可以引用語言史上的例子很容易地加以證實和闡明。⑱語文學家通常在「語義變化」這個總標題下加以處理的大量現象，原則上只有從這個角度去看才能理解。如果變化了的生活條件，即伴隨文化發展而發生的變化將人們帶入新的人與環境的實際關係，語言中遺傳下來的概念便不復保存其原始「意義」了。這些概念以與人類活動的界限趨於變化和相互影響相同的節奏，開始發生變化，開始運動起來。無論什麼時候，無論為了什麼緣故，只要兩類活動間的區分喪失了意義和重要性，語義就會隨之發生變化，亦即是說，標誌這一區分的語詞就會發生相應的變化。這類情況中一個頗具典型意味的例子可在美因霍大（Mcinhof）題為《論職業對非洲班固部落語言的影響》的論文中找到。據美因霍夫所說：

　　　　赫瑞羅人用rima來指稱播種，而這個詞的讀音與班固語其他諸亞種中表示耕地、拓荒的詞lima的讀音完全一樣。所

以會產生這種獨特的語義變化，是因爲赫瑞羅人既不播種也不墾荒。他們是牧民，他們的整個詞匯都散發著牛的氣味。在他們看來，播種和耕作不該是男人從事的職業，因此他們認爲根本沒有必要在這類下賤的職業間劃出明顯的區分。⑲

未開化語言尤其提供了大量例證進一步佐證這一原則：命名法的秩序並不依賴事物或事件之間外在的相似之處：不同的物體，只要它們的**功能**意蘊相同，也就是說，只要它們在人類的活動與目的的秩序中佔據相同或至少相似的位置，它們就往往具有同一個名稱，歸在同一個概念之下。譬如，某些印地安部族據說用同一個詞指稱「舞蹈」和「農作」⑳──很明顯，這是由於在他們眼中這兩種活動之間並沒有一目了然的區別；在他們關於事物的圖式中，舞蹈和農作究其根本都是爲提供謀生手段這個同一的目的而服務的。在他們看來，農作物的生長和收穫同樣也依賴著，甚至更多地依賴著正確的舞蹈，亦即正確履行巫術和宗教儀式，而不是適時合宜地照料土地。㉑諸活動間的這種混同導致了指稱各活動的名稱即語言「概念」間的同一現象。當非洲天鵝河沿岸的土著最初接觸到聖餐儀式時，他們稱之爲「舞蹈」㉒；這就進一步表明，只要經驗的內容在功能意義上相一致──在上述例子中即是宗教意義上的一致──即可借助語言在這些內容間設定某種同一性，儘管它們的外表有著這樣或那樣的區別，甚至完全的差異。㉓

　　這即是神話思維借以超越「複雜」直覺的模糊性，進而達於具體界定、清晰區分、個別化了的心智結構的基本動機之一。這一過程也主要地爲能動性的活動方向所規定，以至神話製作形式所反映的，不是**事物**的客觀特徵，而是人類實踐的形式。原始的

神，和原始的行動一樣，侷限在非常有限的範圍之內。不僅每種
行業都各有其特殊的神，而這一活動的整體每一階段也都成了某
個獨立的神或怪的領域，由它轄治著這塊精確劃定的活動範圍。
羅馬的亞維勒教士在爲砍伐由狄亞女神司掌的聖林樹木而舉行的
儀式上，將砍伐活動依次再劃分爲若干各別的行動；從事每項行
動時都要分別祈求專門的神：砍伐要祈求佛倫達神，去枝要祈求
柯木倫達神，斷截要祈求柯林昆達神，燒葉要祈求亞都倫達神。
㉔相同的現象也可在未開化語言中發見；這些語言往往把一個行
動劃分爲若干子行動，並且不在一個詞之下理解完整的行動，而
是用不同的動詞分別指稱每一個子行動，彷彿非把一個觀念分爲
若干塊碎片才能把握它似的。依韋人擁有如此衆多的「瞬息神」
和「專職神」，而他們的語言也有如此明顯的獨特性，這恐怕不單
單是一種偶然情況。㉕而且，即使語言和神話兩者都已遠遠超乎受
感覺限制的瞬時直覺之上，即使它們都早已打破了最初的桎梏，
它們也還是要長期地不可分割地纏結在一起。實際上，它們的聯
繫如此緊密，因而不可能根據經驗材料就能確定哪一個在向一般
性表述和一般性概念的發展中居於領先地位，哪一個只是在步其
後塵。烏西諾在其著作中就哲學意蘊而言最重要的一章中，力圖
證明語言中全部的普通語詞都必得經歷某種神話階段。烏西諾認
爲，在印歐語系諸語言中，抽象概念通常由陰性名詞所指稱，帶
有陰性詞尾－a（－η）；這一事實證明，這種陰性形式所表達的觀
念最初並不是作爲抽象物而形成的，而是作爲**女神**被理解和感受
的。

　　烏西諾接著問道：

　　　　是Φόβos（恐嚇）還是φόβos（害怕），是神的意象還是

狀態在先，對於這個問題難道還會有什麼疑問嗎？為什麼要把「狀態」指稱為某種陽性的東西，而不像τὸδέos那樣是中性的呢？創造這個詞的最初靈感一定是被某種活著的人格化存在，被「令人驚恐者」或「恐慌製造者」之類的觀念激起的；在這個據稱是抽象詞的無數應用例子中，讓該存在不斷現身：令人驚恐者向我偷偷襲來，或向我猛攻過來！所有陰性化抽象概念的創造一定也經歷了同樣的過程。陰性形容詞只有在它指稱一個陰性人格之後才變成了抽象概念；而在原始時期，除了女神之外這一陰性人格不可能被設想為其他任何形式。（第375頁）

但是，語言學和宗教學不是也表現出了某種逆向過程的跡象嗎？難道我們不可以假想，譬如說，屈折式語言所具有的那種賦予名詞以特殊詞性的方式或許影響了神話——宗教想像的概念過程，迫使它們就範於這種方式嗎？再者，在那些其語言不區分詞性而是採取其他更複雜的分類原則的民族中，神話和宗教的領域也相應顯示出完全不同的結構——它不是按照人格化的神性力量表象存在的不同階段，而是根據圖騰的群和類賦予存在以秩序：難道我們可以把這一現象看作是偶然情況嗎？固然，在這裡，我們將滿足於僅只是提出一問題，它的解答有待於詳盡的科學研究方能完成。然而，無論結論如何，這一點是明確無誤的：神話和語言在思維由瞬息經驗向持久概念，由感覺表象向系統表述演變的過程中起著相似的作用，它們各自的功能是互為條件的。它們相互作用，共同為偉大的綜合準備土壤。而從這些綜合中就湧現出了我們心智的創造物——統一的宇宙視像。

4.
語詞魔力

　　至此，我們一直在尋求語言概念過程和神話概念過程的共同根源；現在又出現了一個問題：這種關係是以怎樣一種方式由語言和神話所給定的「世界」結構中折射出來的呢？這裡，我們遇到了一個適用於所有符號形式，並從根本上影響了這些符號形式之演化的規律。沒有哪一種符號形式從一開始就以各別的、獨立可識的形式出現；相反，每一種符號形式最初都必定是從一個共同的神話母體中解脫出來的。全部精神內容，無論它們多麼真實地表現出各別的系統化國度以及各自的「原則」，實際上無一例外地都是因其以此種方式產生並獲得了基礎，從而才為我們所認識的。理論的、實踐的和審美的意識，語言的和道德的世界，共同體和國家的基本形態──所有這些最初都和神話──宗教的概念過程牢牢地聯結在一起。這一聯繫如此之緊密，以致一旦出現裂痕，整個精神世界似乎就會面臨瓦解和崩潰的威脅；這一聯繫如此之要緊，以致一旦個別的形式從原始的整體中脫穎而出，並由此在那尚未分化的背景上呈現出自己的特性，這些形式似乎就會拔去自己的根，就會喪失若干原初的本性。只是到了後來，這些各別的形式才逐漸顯示：這種自我的強行切入是自我發展的一部分；否定中即包含了新的肯定的胚芽；分離本身成為新的聯繫的

起點，而新聯繫則以跟原題無關的假說爲基礎。

　　語言意識和神話——宗教意識之間的原初聯繫主要在下面這個事實中得到表現：所有的語言結構**同時**也作爲賦有神話力量的神話實體而出現；語詞（the Word；邏各斯. Logos）實際上成爲一種首要的力，全部「存在」（being）與「作爲」（doing）皆源出於此。在所有神話的宇宙起源說，無論追根溯源到多遠多深，都無一例外地可以發見語詞（邏各斯）至高無上的地位。普羅斯在尤多多（Uitoto）印地安人那裡蒐集到的文獻中，有一篇他認爲與《約翰福音》的起首一段頗爲相似，他的譯文也確實與之完全吻合：「天之初，語詞給予天父以其初」。㉖當然，無論這一偶合多麼驚人地相似，也不會有任何人會因此而論證在這個原始的創世說與聖‧保羅的思辯之間有任何直接的聯繫，哪怕是在實際內容上有任何類似之處。然而，這卻向我們提出了一個問題，它指出了一種事實：必定存在著某種間接的聯繫，這種聯繫向下滲透至神話——宗教思維最原始的探索、上至其最高產物的整個領域之內，而神話——宗教思維似乎業已經由這些最高產物而進入了純粹思辯的國度。

　　只要我們能夠擺脫僅止對這些語詞崇拜的例證（諸宗教的歷史總是源源不斷地揭示出這類例證）作一些**內容**間的類比研究，而去進一步研究它們共同的**形式**，那麼，我們就可以更精確地洞察語言和神話間這種聯繫的基礎。必定存在著某種特殊的，本質上不發生變化的**功能**；它賦予語詞（邏各斯）超乎尋常之上的宗教性質，**從一開始**就把語詞高抬至宗教這「神聖」的領域。在幾乎所有偉大的文化宗教的創世說中，語詞總是與至尊的創世主結成聯盟一道出現的；要麼它是主使用的工具，要麼它就是第一源泉——主本人，像所有其他「存在」和「存在」的序列一樣，都

是從這個源泉中衍生出來的。思想及其言語表達通常被直接認作是渾然一體的；因為思維著的心智與說話的舌頭本質上是連在一起的。因而，在一份埃及神學的最早記載裡，「心與舌」這首要的力量就被歸結爲創世神普塔（Ptah）的屬性。普塔憑藉這一力量創造並轄治所有的神和人，所有的動物，以至所有的有生命的東西。萬物皆通過他的心之思想和他的舌之命令而得以存在：所有肉體的和精神的存在，護衛靈「Ka」㉗的存在和事物的屬性，無一不是起源於這兩樣東西。這裡，的確像某些學者指出的那樣，遠在基督教紀元數千年之前，人們便有了這樣一種觀念：上帝是一種精神的「存在」，他先**思想**世界而後**創造**世界，而**語詞**則是他用來表達思想的手段和創造世界的工具。㉘並且，正如全部物理的和心理的「存在」皆備於他一身一樣，全部倫理關係和整個道德世界也盡存其中。

那些本質上以某種基本的倫理衝突，即善惡二元論爲其世界圖景和宇宙起源之基礎的宗教，都把口說的語詞尊奉爲首要力量；唯有憑藉它的媒介，「混沌」才得以轉變爲一個倫理——宗教的「宇宙」。按照《波斯古經・神歌》（Bundahish）（波西人㉙的宇宙發生說和宇宙結構說），善與惡兩種力量，即阿胡拉・瑪茲達（Ahura Mazda ——光明、主宰之神）和安格拉・曼紐（Angra Mainyu——黑暗、邪惡之神）之間的戰爭以阿胡拉・瑪茲達念誦《禱文》（Ahuna Vairya）中的言詞開始：

　　　他唸誦了二十一字禱文。結局、他的勝利、安格拉・曼紐的無能、魔窟的陷落、復活及來世、反對永恒善世的結束——他向安格拉・曼紐宣示了這一切。……這段禱文唸到三分之一：安格拉・曼紐蜷縮一團，驚恐不已；唸到三分之

二：安格拉‧曼紐跪伏於地；全部唸完：安格拉‧曼紐已魂
不附體，無力詛咒阿胡拉‧瑪茲達所創之物。此後逾三千餘
年，安格拉‧曼紐盡魂不守舍，一直處於此等境地。㉚

　　這裡，又一次是禱告的語詞先於實際的創世，並且保護著這
一過程免遭惡神破壞。同樣，在印度，我們也發現口說的語詞
（Vāc）甚至高於神本身的力量。

　　　　眾神皆憑附口說的語詞：萬獸和人也無一例外：世間
　　造物皆存於語詞之中，……語詞乃不滅之物，天道之長子，
　　《吠陀》之母，神界之臍。㉛

　　語詞（邏各斯）在起源上居於首，因而在力量上也位於尊。
與其說它是神本身，倒不如說它是神的**名稱**，因為神名似乎才是
效能的真正源泉。㉜一個知道神的名稱的人，甚至會被賦予支配該
神的存在和意志的力量。一個大家熟悉的埃及傳說講述了偉大的
女巫師伊希絲㉝如何巧妙地勸使太陽神赫亞（Ra）說出他的名稱，
又如何由掌握他的名稱進而控制了他及其他諸神。㉞埃及宗教，在
其歷史的每個階段上，還以其他許多種方式一再地顯示出，這種
對名稱的至尊地位及寓於其中的魔力的信仰。㉟埃及國王的塗油
儀式一絲不苟地遵從著將神的若干名稱移往法老身上的定規，其
中每個名稱顯示一種專門的屬性，一種新的力量。㊱
　　不僅如此，這一種動機還對埃及人有關靈魂及其不朽性的教
義起著決定性的作用。死者的靈魂在踏上往死亡國度的路途之
際，不僅必須得到一些物質財產，諸如食物和衣物等，還必須配
上某種具有魔力的東西：這主要是那些來世之國的守門人的名

稱，因為只有知道了這些名稱，才能叩開死神之國的大門。甚至連運送死者的渡船，以及船上的部件如舵、帆等等，也都要求死者按照正確的名稱稱呼它們；唯此，死者才能讓它們願意出力，把他擺渡到目的地。㊲

如果我們不是從客觀的而是從主觀的角度去看，語詞與其指稱物之間的同一性就會變得更加明顯。在神話思維中，甚至一個人的自我，即他的自身和人格，也是與其名稱不可分割地聯繫著的。這裡，名稱從來就不單單是一個符號，而是名稱負載者個人屬性的一部分；這一屬性必須小心翼翼地加以保護，它的使用必須排他而審慎地僅只歸於名稱負載者本人。有時，它不單單只是他的名稱，並且還是其他某種東西的言語指稱，因此，被看作是某種物質財產，是有可能被他人獲得或攫取的東西。哥白倫茨的哥渥吉（Georg von der Gabelentz）在其語言學著作中，曾提及公元前三世紀一位中國皇帝的詔書，其中使用了一個第一人稱的代詞，於是，這個原來一直是任何人都可以使用的代詞，從此便只歸屬皇帝一人了。㊳名稱，當它被視為一種真正的實體存在，視為構成其負載者整體的一部分時，它的地位甚至多多少少要高於附屬性私人財產。這樣，名稱本身便與靈魂、肉體同屬一列了。據說愛斯基摩人就認為人是由三種元素組成的——肉體、靈魂和名稱。㊴在埃及，我們也發現有類似的概念；那裡，人的肉身被認為一方面有護衛靈或「另身」陪伴著，另一方面又由其名稱——作為一種精神上的護衛靈所伴隨。並且，在所有三種元素中，恰恰是最後提及的名稱越來越成為某人「自我」的表現，越來越成為他「人格」的表現。㊵甚至在較之發達得多的文化中，也照樣可以感受到名稱與人格間的這種聯繫。當「法人」（Legal Person）概念在羅馬法中正式出現，某些實際臣民隨之被剝奪了法人地位

時，這些臣民同時也被剝奪了擁有一個專有名稱的法定權利。在羅馬法的治轄下，奴隸是沒有法律名稱的，因爲一個奴隸是不能作爲一個法人而行使其職能的。⑪

　　同樣，在其他地方名稱的單一無二性也不僅是名稱負載者之單一無二性的標誌，而且實際上就構成了此人的單一無二性；正是名稱首先使人成爲個體的。見不到語言的這種區別性的地方，也就是此人的人格輪廓消沒之處。在亞爾噶阡（Algonquins）印地安人部落裡，一個人的名稱若與另一人的相同，他就會被看成是那個人的另一個自我，他的「另一個我」。⑫按照那裡的習俗，如果一個孩童取了他祖父的名稱，這就表示祖父復活了，在孩子身上再生了。一當孩子落地，哪位過世的祖先在他身上再生了這個問題便接踵而至；只有當祭司確定了是哪一位先祖再生了，才能履行嬰兒取得那位先祖名稱的儀式。⑬

　　此外，神話意識非但不把人格看作是某個固定不變的東西，相反，它把人一生中的每個**階段**都視爲一個新的人格，一個新的自我；而人格的這種變化首先就是在其名稱經歷的變化中表現出來。隨著青春期的來臨，男孩子會獲得一個新的名稱，因爲，經過具有魔法的成年儀式，他就不再是一個孩子，而是再生爲一個男子漢了，他的某位先祖在他身上再生了。⑭在其他情況下，名稱的變化有時可以保護某人免遭即將臨頭的危害；只要這人採納一個不同的自我就可逃離危險，因爲另一自我的形態會使該人變得無法辨識。在依韋部族中流行著這樣一種習俗：人們給孩童，尤其是那些兄弟姊妹中有人夭折的孩童另外起一個附有恫嚇意味，或能賦予這些孩童以某種非人屬性名稱；他們認爲，這樣一來，死神要麼被嚇跑，要麼上當受騙，於是就會放過他們，彷彿他們根本就不是人了。⑮同樣，一個帶罪潛逃或犯有血罪的人有時也會

改變他的名稱，因爲依照同理，這樣一來死神或許也就不會發現他了。甚至在希臘文化中，也仍然保留著這改換名稱的習俗及其神話動機。㊻實際上，這種情形相當普遍地存在著：一個人的存在和生命如此緊密地與其名稱聯繫，只要這一名稱保存下來，只要還有人提及它，人們就會覺得該名稱的負載者仍舊在場，還在直接地活動著。任何時候都可以「請求」死者給予實際的幫助，只要生者現在還能說出死者的名稱。衆所周知，對於這類靈魂現身造訪的恐懼致使許多野蠻部族不僅避免提及死者——因爲死者的名稱已成爲禁忌，甚至還避免唸出任何與名稱半諧音的字眼。譬如，時常出現這種情況：如果一個已故者的名稱與某類動物相同，這類動物就會因此得到另一個名稱，以免在說起這類動物時不經意地提及死者的名稱。㊼在許多情況下，此種完全出自神話動機的程序極大地影響到語彙，並在很大過程上改變了語彙。㊽並且，一種神話存在的力量擴展得越遠，他所包含的神話潛力和「意蘊」越大，其名稱的影響範圍也就越廣。因此，「隱秘」這條規則首先適用於神的名稱；因爲，一旦提及神的名稱，便可立即釋放出神身上固有的全部能量。㊾

再說一遍，這裡我們面對的是一個首要的基本動機；儘管這個動機植根於神話思維和情感的最深層，但它甚至在最高的宗教表述中也存在著。在《〈聖經・舊約〉中上帝名稱的估價及其宗教史基礎》一書中，吉斯布萊希特（Giesbrecht）考證了貫穿《舊約》全書的這一動機：它的起源、範圍及其發展。但是，〔不光是猶太教徒，〕早期基督徒也完全是在這一觀念的魔法下緩慢而吃力地向前走著。

狄特里奇（Dieterich）在《密特拉教的崇拜儀式》一書中寫道：

　　名稱的功用在於代理其承受者。提及名稱或許就等於呼喚其人入世；名稱因其是一種眞實的力量而受到畏懼；人們追求對名稱的知識，因爲能說出名稱便可賦予知者支配這一力量的能力──所有這些事實清楚地表明了，當早期基督徒說「以上帝的名義」而非「以上帝」，或說「以基督的名義」而非「以基督」的時候，他們感受到的和試圖表達的是些什麼──因此，我們就可理解諸如「以上帝的名義起誓」而非「以上帝起誓」這樣一些表達式；在洗禮盆上唸出上帝的名稱，上帝之名由此便據有並瀰漫盆中之水，從而使新入教者實實在在地浸沒在上帝的名義之中。宗教禮拜聚會的儀式從唸誦「以上帝的名義」開始，在當時認爲，這樣一來聚會就在上帝名稱的效能範圍內舉行，而不論這一短語具有多少比喻的或儀式的意味。「哪裡有兩人或三人**以我的名義**聚在一處，我便在他們中間了」（《馬太福音》第二十八章，二十節）。這句話無非意味著「無論何處，只要他們在聚會上唸出我的名字，我就會眞的在場」。「浸沒在你的名義之中」這句話曾經有過的含義較之若干教派及其教義對它的詮釋所能猜測到的還要具體得多。㊿

　　同樣，「專職神」也只是在其名稱派定給它的特殊領域內生存和活動。因此，無論是什麼人，只要他確實想得到該神的保護和幫助，他就必須確實進入他的領地，亦即是說，必須「正確」地稱呼其名。這就解釋了爲什麼在希臘、羅馬時期的禱告文及一般宗教言論中會出現特殊的用語法──固定用語的種種轉折表示若干神名間的轉換，以此排除因錯唸合適的基本名稱而引起的危

險。就希臘人而言，柏拉圖《克拉底魯篇》（Kratylos）中著名的一段為我們記錄下了這種實踐；⑤在羅馬，這一實踐產生出一個固定的公式；按照這一公式，與神的性質和意志的諸方面相對應的各種祈神用語，由「要麼——要麼」、「或者——或者」之類的套話分隔開。⑤這種已成套話的稱呼公式每次必定重複；因為祭神的每個動作，向神發出的每個請求，只是在按照合適的名稱祈求神時，才會引起他的注意。因而，正確呼名之術在羅馬得以發展成為僧侶團轄治所必需的尊嚴。⑤

　　但是，讓我們就此止步；因為我們的意圖不在搜集神學和民俗學的資料，而是要闡明和界定這些資料所提出的問題。我們已經發現，語言諸要素與宗教和神話的概念形式之間是相互交織，相互交錯的；這種複雜情況絕非出於偶然；它一定植根於語言和神話所共有的某種特性。一些學者力圖證明，這種密切關係基於言詞，特別是口說命令所具有的那種暗示力量，原始人據信尤其受這種力量的支配；在這些學者看來，全部言語發聲對於神話階段的意識所具有的那種魔法般或魔鬼般力量，無非是那種經驗的客觀化產物而已。但是，這種經驗的和實用的狹隘基礎，這種個人或社會經驗的個別細節不足以佐證語言和神話概念過程中的主要基本事實。我們越來越清楚地看到，我們面臨著這樣一個問題：語言和神話之間確實存在著的這種內容上的密切關係，是否真的不能用最現成的材料——二者演化的共同形式，從二者最初的無意識階段伊始就一直在支配著語言表達和神話想像的條件——來加以說明。我們業已發現，這些條件是由一種與推演式的理論思維背道而馳的把握（apprehension）所決定的。前者趨於擴張、暗示、和系統化的聯繫；後者則趨於凝集、疊縮、和分別的特徵描繪。在推演性思維中，特殊現象被聯繫到存在和過程的整體結

構上；特殊現象被越來越緊、越來越精確地固定在那個整體上。而在神話的概念過程中，事物並不是被理解為它們間接意味的東西，而是被看作它們直接的呈現；事物被看作純粹的顯現，並在想像中得以具相。顯而易見，這樣一種實在化必然會在對待口說的語詞及其力量和內容的問題上，導致一種全然不同於推演式思維的態度。對於理論思維來說，語詞本質上是為了觀念作用的這樣一種基本目的而服務的工具：在一給定現象和其他與之「相似」或按某種協調規律與之關聯的現象之間建立起聯繫。推演性思維的意義即完全在於這種功能。在這個意義上，語詞本質上是某種設想的東西，是一個「記號」或符號，其對象也不是實在的實體，而是語詞建立起的關係。好比說，語詞作為另一種秩序的現象，作為一種新的精神維度的現象**介**乎實際的特殊印象之間；並且，正是由於這種中介地位，由於這種遠離直接材料的狀況，語詞方得以自由自在地往來於個別對象之間，將它們彼此聯繫起來。

而在神話概念的國度裡則必然缺乏這種構成語言的**邏輯**本性之內核的自由理想性。在這一領域內，除了那些具有可觸可感的實在性的給定之物，別無其他任何東西具有含義或存在。這裡沒有什麼「所指關係」（reference）和「意義」（meaning）；心智所關注的每一項意識內容都被直接「翻譯」成具有實際在場性和效應性的術語。這裡，思維不是以一種自由觀照的態度面對其材料，不是力圖理解這些材料的結構和它們成系統的聯繫，也不是分析這些材料的作用和功能，相反，它只是為一個整體印象攝迷住了。這種運思並不發展給定的經驗內容，並不站在那個有利的制高點上前後尋找什麼「原因」與「結果」，相反，它只是滿足於接受單純的現存之物。當康德把「實在」界定為任何遵循一般規律從而在「經驗聯繫」中佔據一席之地的經驗直覺內容時，他是

依照推演性思維的標準給實在概念下了一個徹底的定義。但是，神話的觀念作用和語言的原初概念過程卻全然不知這種所謂的「經驗整體」為何物。它們的功能，如同我們所見，毋寧說是一個幾乎劇烈的分別與個別化的過程。唯有當這個強烈的個別化過程完成，當直接的直覺凝集於或說還原為一點之際，神話或語言的形式才會出現，語詞或瞬息神才會被創造出來。並且，這種獨特的起源還決定了語言和神話共同的精神內容的類型；因為，當理解過程不是以內容的擴張、延伸和普遍化為其目的，而是以內容的最高強化為宗旨時，這一事實不可能不影響到人類的意識。在如此著迷的心智面前，所有其他事物都消失了；所有把具體材料和系統化了的經驗整體聯接在一起的橋樑都斷裂了；唯有現時此刻的實在，按照神話或語言所強化所具形的樣子，注滿了整個主觀領域。經驗的這一個內容一定是實際統治了整個的經驗世界。在它旁邊抑或在它之外，不存在任何可以用來衡量它或與它比較的東西；它的在場即構成了全部存在的總和。此時，指稱該思想內容的語詞並不是一個單純的約定俗成的符號；它匯入其對象，與之結成一個不可分割的同一體。意識經驗並非單純地與語詞結合為一體，而是被語詞所吞沒了。因此，凡被名稱所固定的東西，不但是實的，而且就是**實在**。「符號」和「意義」之間的勢能轉化了；在原來多多少少是充分的「表達」的地方，現在我們發現了「意象」和「對象」之間、名字和事物之間的一種同一的聯繫，一種全然合一的關係。

我們還可以從另一角度觀察並解釋口說的語詞所經歷的這種實體化過程，因為，同類的實體化或質變也同樣發生在心智創造活動的其他領域。的確，它似乎是所有無意識觀念作用的典型過程。全部的文化勞動，不論是技術性的抑或是純智力性的，都是

通過從人與環境的直接關係漸次轉變爲一種間接關係而發展的。起初，緊接感官衝動之後的即是衝動的滿足；但是，在意志與其對象之間逐漸嵌入愈來愈多起中介作用的術語。彷彿爲了達到其目的，意志反倒非得離開目的，而不是直接朝目的前進不可；不是以幾近身不由己的簡單反應將對象攝於近前，而是要求分解區分行爲，覆蓋更大範圍內的對象，以便最後所有這些分解了的動作運用各種「手段」，通力實現預想的目的。

在技術發展領域內，這一不斷增長的中介作用可在**工具**發明及運用中見到。但在這裡，我們可以再次觀察到：從人一開始使用工具，他就從未把工具看作是人造的東西，而把人看作是它的製造者；相反，工具被當作一種因其自身而在的存在，賦有著自身的力量；工具不受人的意志支配，反倒成爲人受其意志支配的神或鬼──人感到自己依賴於它，於是就以種種具有宗教崇拜性質的禮儀崇拜它。在原始時代，斧頭和錘子似乎尤其獲得過這種宗教意蘊；⑤對其他工具，諸如鋤頭、魚鉤、矛或劍的崇拜至今尚可在未開化部族中發現。在依韋部族中，鐵匠使用的錘子被看作是一位強有力的神，依韋人崇拜它並向它奉獻犧牲。⑤甚至在希臘宗教和希臘文學中，引發這種崇拜的情感也時常得到直接的表達。烏西諾曾援引埃斯庫勒斯（Aeschylos）《七將攻忒拜》（Seven against Thebes）劇中的一段作爲例子。其中帕耳忒諾派耳斯（Parthenopaeus）指劍起誓，要摧毀忒拜城，帕氏之崇敬他的劍甚至達到高「於神之上，〔高〕於他自己的眼睛」的地步。「生命和勝利取決於方向和力量，也取決於武器的善良意志；這種情感在戰鬥的危急關口不可遏止地湧上心頭；禱告並非祈求某位遠方的神來指揮這手中的武器──武器本身就是神，就是援者和救者。」⑤

　　由此可見，工具從未被看成是人製造的東西，某種想到而後製造出來的東西；相反，工具被視爲某種「天賜之物」。工具並非起源於人身，而是起源於某種「文化英雄」；這個英雄要麼是神、要麼是獸。將全部的文化價值都歸功於「救世主」的觀念如此普遍，以致總是有人一再試圖在這一觀念中發現上帝概念的本質和起源。⑤⑦這裡，我們面對著神話思維的另一個特徵，它使神話運思截然區別於「推演式」或理論的反思方式。後者以如下事實爲特徵：即使在顯然是直接「給定」的材料中，推演性反思也會辨識出某種思維創造的成分，並強調這一主動性成分。即使是在事實中，它也要揭示出思維概念公式的某種性質；即使是在純粹的感覺材料中，它也要找出製作這些材料的「思維自發性」的影響——然而，當邏輯反思趨於以這種方式將全部接受性轉化爲自發性時，神話的概念過程卻表現出恰恰相反的趨向，亦即是說，神話概念趨於將全部自發性活動都看作是接受性活動，把人類的全部成就都看作是賜來之物。不僅文化的所有技術性工具如此，而且文化的智力工具也是如此。因爲這兩類工具之間本無明顯的界限，只有著並不固定的區分。即使是純精神的財富和成就，譬如人類語言的字詞，最初也完全是在人類的肉體存在和物理支柱的範圍之內設想形成的。普羅斯記載過：按照科拉印地安人和尤多多印地安人的說法，「族主」創造了人和自然；但創世之後，他就不再直接干預事件的過程了。代替這種親身干預，化賜給人他的「語詞」，即對他的崇拜和宗教儀式，這樣人們就可以支配自然，獲取爲本部族幸福和繁衍所必需的一切。如若沒有這種與始俱來的魔法，人們就完全無法維繫生活，因爲大自然不會生出任何東西來回報人的勞動。⑤⑧謝基諾人也普遍相信，狩獵或捕魚之所以會成功主要是由於使用了某種語詞，亦即運用了合宜的魔法公式。

⑤

　　人類的心智不得不經過漫長的演化過程，才能從原來那種信仰蘊含在語詞（邏各斯）中的物理——魔法力量的處境達於認識其精神力量的境界。的確，正是語詞，正是語言，才真正向人揭示出較之任何自然客體的世界更接近於他的這個世界；正是語詞，正是語言，才真正比物理本性更直接地觸動了他的幸福與悲哀。因為，正是語言使得人在**社團**中的存在成為可能；而只有在社會中，在與「你」的關係之中，人的主體性才能稱自己為「我」。然而，創造性的活動，即使是它正在運行的時候，也不是作為本身而被認識的；這種精神活動的全部能量統統都被外射到其結果之中，彷彿被束縛在對象之中，彷彿只有通過反思才能把它從這個對象之中解放出來。這裡，如同工具和儀器的情形一樣，全部自發性都被感知為接受性，全部創造性都被感知為存在，主觀性的每一產物也同樣被感知為實體性。然而，語詞的這種實體化對人類心靈活動的發展來說有著極其重要的意義。因為，它是語言固有的精神力量得以從中被理解的**第一種**形式；語詞首先必須以神話的方式被設想為一種實體性的存在和力量，而後才能被理解為一種理想的工具，一種心智的求知原則，一種精神實在的建構與發展中的基本功能。

5.
宗教思想的連續階段

　　按照烏西諾的說法，就宗教概念的起源而言，我們所能上溯到的最底層是所謂「瞬息神」的層次，他以此來稱呼那些出於危急關口的需要或特殊情感而誕生的意象。這些意象源出於神話──宗教幻覺的激動情狀，並且仍舊帶著原始不定性和自由性的痕跡。不過，自烏西諾的論著發表以來三十年間，民族學和比較宗教學提供給我們的新發現似乎使得我們能夠向前再邁進一步。在烏西諾的著作出版前幾年，一位名叫考德林頓（Codrington）的英國傳教士就發表了一部題為《美拉尼西亞人：其人類學和民俗學之究考》（*The Melanesians: Studies in their Anthropology and Folk-Love, 1891*）的著作。這部論著因提出了一個非常重要的概念大大豐富了宗教史學。考德林頓表明，整個美拉尼西亞宗教的根基是一種「超自然強力」的概念；這個超自然的強力滲透在萬物萬事之中，它可以時而在物體中露面，時而在人身上顯現，但從不排他地固著在任何單個的個別的主體或客體之中，據之為其居所，相反，它可以從一處傳導至另一處，從一物傳導至一另一物，從一人傳導至另一人。由此看來，整個事物的存在和人類的活動似乎可以說都被圈在一個神話的「力場」之內，都被裹在一個潛力的氛圍之中；這個「力」滲透萬物，可以凝集

的形式在某些脫離了日常事物範圍的超常物體中，或在具有特殊天賦的人，例如出眾的武士、祭司或巫師身上顯露出來。然而，這種世界觀的核心，亦即考德林頓在美拉尼西亞人中發現的「瑪納」（mana）（超自然強力）的核心，並不是此類具有特殊具體形相的觀念，而是忽而以這種形式出現、忽而以那種形式露面，時而進入這個體，時而又進入另一個物體的某種一般性「強力」的概念；它是一種既因其「神性」而受到尊崇又因其包含的危險而受到畏懼的力量。因為，在肯定的意義上作為「瑪納」而設想出來的這種力量，同時也作為「塔布」（taboo）（禁忌）力量而具有否定的一面。神性潛力的每一次顯靈，無論它被賜給人還是物，賜給有生命的還是無生命的，都無一例外地降臨在「俗界」之外，都無一例外地屬於一個特殊的存在範圍，而這個特殊的存在範圍則是必須以固定的界限和各種保護措施與普通的和世俗的範圍區開的。⑥

自考德林頓的最初發現以來，民族學一直在繼續追溯這些概念在世界各地的傳播狀況。一些與「瑪納」意義完全吻合的語詞不僅可在南太平洋島民中發現，還可在眾多美洲印弟安部落中以及澳大利亞和非洲等地找到。與「瑪納」概念完全相同的，一種普遍的、本質上尚未區分的強力的概念可在阿爾昆金族（Algon-quin）的「瑪尼圖」（manitu），在蘇茲族（Sioux）的「瓦肯達」（wakanda），在易洛魁（Iroquois）族的「奧蘭達」（orenda），以及非洲諸宗教中找到。基於這樣一些觀察結果，民族學和比較宗教學的研究者們大多趨於認為，這一概念不單單是一種普遍的**現象**（phenomenon），而是神話意識的一個專門**範疇**（cate-gory）。所謂「塔布──瑪納公式」被視為「最低限度的宗教定義」，亦即是說，這個公式表達了構成宗教生命本身之本質的不可

或缺的條件之一，並且還表象我們所知的宗教生命最低層次的那種區分。

　　的確，就對這一公式，以及瑪納概念與其對等物的恰當解釋而言，民族學家尚未取得一致的意見。實際上，他們作的若干種翻譯和嘗試性說明是彼此矛盾，大相逕庭的。「前靈魂」論與「靈魂」論交替並用；視「瑪納」爲某種物質東西的說法，與強調其動力性質從而把它看作純粹是一種力的說法相互對峙。⑥然而，這種意見相左的情形或許反倒能使我們更加接近「瑪納」概念的實際含義；因爲這表明，對於我們的存在和事變的理論觀點以及我們發達的宗教情感施加於「瑪納」概念的那一大堆區分，「瑪納」概念至今依然是完全不偏不倚的，或許可以說是「中立的」。概觀已知材料趨於表明，這種不偏不倚的公正態度恰恰是「瑪納」概念的一個本質特點。我們越是試圖「確定」它，也就是說，越是試圖用我們的思維所熟悉的區分和矛盾範疇來解釋它，我們就會越來越偏離它的眞實本性。考德林頓本人最早也最明顯地試圖描述這一概念的特徵，他不僅把它描述爲一種超自然的魔力，而且還是一種心智的或「精神」的力量。但這個描述中的問題甚至還在他所列舉的例證中就已經顯露出來了。這些例證清楚地表明，瑪納概念的內涵和外延與我們所謂的「精神的」觀念全無相同之處——無論後者是指某種具有**人格**屬性的東西，還是指某種被**有生命的**（以相對於無生命的）性質所規定的東西。⑥因爲並非所有有生命的東西，並非所有精神的東西都具有「瑪納」，唯有那出於某種緣故而被賦予高抬了的超常效力的東西才具有「瑪納」；不僅如此，「瑪納」也可以隸屬於那些普普通通的事物，只要這些事物顯示出某種能夠激發神話想像的罕見形式，並藉此超乎日常經驗

的範圍之上。因而「瑪納」概念以及與之相關的種種概念似乎並不局限於某一個特殊的**客體**（有生命的抑或無生命的，物理的抑或精神的）領域，相反，我們倒是應該說這些概念表明了某種「特徵」；這個特性可以是最多樣的物體和事件的屬性，只要這些物體和事件激起了神話的「驚奇感」，從而凸顯地站立在日常的、世俗存在的普通背景之上。正如蘇德布龍姆（Söderblom）概括他對瑪納概念所作的詳盡而精確的分析結果時所說的：「討論的語詞（『瑪納』、『瑪尼圖』、『奧蘭達』，等等）都同時具有衝突的意義，並且被不同地譯爲『顯赫的』、『極強的』、『極巨大的』、『極古老的』、『魔力極強的』、『魔力極精明的』、『超自然的』、『神性的』——或者具有某種實體的意味，如『力量』、『魔力』、『法力』、『命運』、『成功』、『神』、『愉悅』等等。」㊿

　　這些與我們的邏輯意義迥然不同的「意義」只有當我們在心理態度的類型中，而不是在概念的內容中找尋時，才會產生某種同一性來。這不是一個「是什麼」的問題，而是一個「如何」的問題；這裡關鍵的因素不是注意的對象，而是指向該對象的注意類型。「瑪納」及其若干對等物并不指代一個單一的、確定的屬性；相反，在它們當中，我們無一例外地發現了一種奇特的、一致的**確定屬性的形式**。這一形式確實可以稱作原始的神話——宗教屬性確定形式，因爲它表現出神性藉此與凡俗相分離，與日常的，即在宗教意義上無足輕重的實在範圍相分隔的那種精神「危機」。通過這一分離過程，宗教經驗的對象才可以眞正說是產生了，它在其中活動的領域才可以眞正說是第一次確立了。至此，我們達到了對於我們總問題來說是至關緊要的因素：因爲我們的本來目的就是要把語言和神話都看作是精神的功能，這些功能並不是從一個由按照固定而精細的「屬性」來劃分的給定物體組成

的世界出發，相反，實際上正是這些功能首先創造出了這個實在的組織並使得屬性的設定成為可能。「瑪納」概念以及相關的否定性概念「塔布」，則顯示出這一建構過程最初得以實現的方式。

在我們目前正在探討的這個層次上，神話和宗教的世界尚未取得任何固定的形式，而是以一種可謂**「初生狀態」**呈現給我們。從這個事實出發，我們可以洞察「瑪納」這個詞（以及這個概念）中那種五彩繽紛、變化無窮的意義遊戲。它彷彿在告誡我們，哪怕是想要確定它該歸於哪一種詞類都會步步遇到困難。按照我們的思維和說話習慣，最簡便的方法就是把它當作一個名詞。這就使「瑪納」變成了一個實體，它表象蘊含在個別事物中的全部魔力。它創造出一個統一的現存事物，而又分布在各種各樣的存在物或物體之中。不僅如此，既然這個統一體不僅被設想為是現存的，而且還是有生命的和人格化了的，於是，「瑪納」概念就被賦予了我們自己的基本概念「精神」──看一看人們常常是怎樣把阿爾昆金人的「瑪尼圖」或蘇茲人的「瓦肯達」解釋為不過是他們各自用來指稱「偉大精神」的語詞，接著就自然而然順理成章地設定，阿爾昆金人和蘇茲人一定是把「偉大精神」當作世界的創造者來崇拜的，看看這些，我們不就一目了然了嗎？

但是，如若我們更加精確地分析這些語詞以及它們的意義，我們是無論如何也不會得出這樣的解釋來的。這種解釋反倒表明，不但任何**人格**存在的範疇遠不能真正嚴格地適用，甚至僅僅具有獨立實體性存在的事物這樣一個概念，也過於僵硬而無法描述這裡想要把握的那種轉瞬即逝難以捉摸的觀念。就因為如此，麥奇（McGee）觀察到，就蘇茲人的「瓦肯達」而言，傳教士的種種說法（按照這些說法，「瓦肯達」表現出一種人格原初存在的概念）是完全不可信的，根本經不起更嚴謹的語言研究的推敲。

　　在這些部落中，世界和萬物的創造與控制於是被歸結於「瓦肯達」（這一術語在各部落間略有變化），正如在阿爾昆金諸部落中，全能被歸結於「瑪尼都」（即「全能的瑪尼圖」）一樣；但是，研究卻表明「瓦肯達」採取種種不同的形態，與其說它是一個實體，不如說它是一種質。因而在許多部落中，太陽就是「瓦肯達」，——不是**特指**的「瓦肯達」，也不是**某個**「瓦肯達」，而就乾脆是「瓦肯達」；在這些部落裡，月亮也是「瓦肯達」，霹靂、閃電、星辰、風、香柏，以及其他各種東西都是「瓦肯達」；甚至一個男人，特別是巫師也可以是「瓦肯達」或一個「瓦肯達」。此外，這個術語還適用於地上、空中、水下的怪物；據一些「聖賢」說，地面或土地、神話中的冥界、理想中的天國、黑暗等等統統都是「瓦肯達」或「瓦肯達們」。因而，這一專門語詞適用於各種實體或觀念，並且不加區分地（即不論有無詞尾變化地）用作名詞或形容詞，稍加變化又可用作動詞或副詞。顯然，一個如此變化無常的語詞是無法轉移到較為高度區別的諸文明語言中去的。同樣也很顯然，由這個術語所表達的觀念也是不確定的，是不能簡單地翻譯為「精神」，更不能譯作什麼「偉大精神」；不過我們很容易理解一個不求甚解的研究者，在自己那個確定的精神概念的支配下，面臨不熟悉印地安語的障礙，出於對那種晦暗不明的前書寫階段觀念作用的無知，或許還被善於騙人的提供消息的本地人或成事不足敗事有餘的翻譯所欺騙，從而很容易地逐漸採納這種錯誤的解釋並使之流傳成為定論。這個語詞權且可以譯作「神秘」，或許要比譯為英語中其他任何單個的字眼兒更令人滿意些；不過這

個譯法也還是過於狹窄過於確定了點兒。按照蘇茲印地安人的用法，「瓦肯達」還隱約地附有「能」、「神聖」、「古老」、「輝煌」、「有生命」、「不朽」以及其他一些字眼兒的意義，但它卻不以任何程度的充分性和清晰性表達由這些語詞單獨或集體地表達的觀念。──的確，沒有一個長短合宜的英語句子能夠公正地表述「瓦肯達」這個術語所表達的原始觀念。⑭

　　根據民族學者和語文學者的發現，班圖族諸語言中的「神名」以及它所表現的基本直覺也有著同樣的情形。這些語言提供了一種特殊的標準，據此我們可以估價上述民族的概念過程；因為諸班圖語將所有的名詞都劃分為不同的類，並且還嚴格地區分了人稱名詞和非人稱名詞，因此我們就可根據「神名」被歸在哪一類中而直接推知它所指代的是哪一種特質。以「穆倫古」(mulungu)一詞為例。我們的傳教士都以為是我們的「上帝」這個詞的對等詞，但事實上在東班圖方言中它是被歸在非人稱的名詞類中的，它的前綴和其他形式特點與這類名詞並無任何區別。當然，這一事實本身是容許有其他解釋的；我們可以把這些語言屬性看成是墮落的標記，表明宗教意識的某種變化。譬如，羅埃爾 (Roehl) 在其關於舍巴拉語 (Shambala) 的語法書中就寫道：

　　　　作為人格存在的上帝概念在舍巴拉人當中實際上已經喪失了；他們說起上帝就像說起某種非人格的，整個自然界固有的精神一樣。「穆倫古」生活在灌叢裡，生活在分別的樹上，生活在峭壁上，生活在洞穴裡，生活在野獸（獅、蛇、貓）身上，生活在鳥身上，生活在蝗蟲身上，等等。對於這

樣一種「穆倫古」，在第一類詞（人稱詞）中是不可能有任何地盤的。⑥

　　但美因霍夫卻提出了一種截然相反的解釋。他總結了自己從宗教學和語言學的研究角度出發，對「穆倫古」概念所作的一次細緻分析的結果，其大意是這個語詞首先指稱祖先精神的**地點**，其次才指稱從那個地點釋放出來的**力量**。「但這個力量始終是一種幽靈似的東西；它並沒有被人格化，相應地在語法上也沒有被當作是一個人格實體，只是當外來宗教引入了一種具有人格性質的抬高了的概念之後，才改變了這種情況」。⑥這類例子對我們來說極富啓發性，因爲它們表明我們所處的這個神話概念層次與我們不能隨便運用語法範疇，不能隨便運用截然區分的語詞分類的某個語言概念層次相對應。如果我們想要得到一個與這裡正在討論的神話概念相類似的語言概念，那麼很明顯，我們必須返回到最原始的**感嘆語**層次。⑥阿爾昆金人的「瑪尼圖」，班圖人的「穆倫古」，正是以這種方式而使用的感嘆語，它們表示的不是某一樣東西，而是一種**印象**，並且還被用來表達對任何一種超乎尋常、奇蹟般的、奇異卓絕或令人驚恐的事物的**敬意**。⑥

　　現在，我們就該明白了，生出這些語言形式的意識層次甚至比產生所謂「瞬息神」的意識層次還要先行多少！因爲瞬息神，盡管他轉瞬即逝，畢竟總還是一個個別的、人格的形式，但在這裡，神聖或神性，即以突如其來的恐懼或奇蹟而叱動了人心的那個東西，卻依舊帶有完全是非人格的或說是「匿名的」性質。但是，這個無名的「在場」卻構成了確定的魔鬼或神性的意象賴以成形的背景。如果說「瞬息神」是由創造性的神話——宗教意識產生出來的最初的**實際**形式，那麼，這種實際性則是以神話——宗

教情感的一般性潛能爲其基礎的。⑥⑨「神性」領域與「凡俗」領域的劃分是任何**確定**的神體的前提。自我感到彷彿「浸沒」在一種神話──宗教的氛圍之中，被這個氛圍一重重地包裹著，自我現在就生活和活動在這個氛圍當中；只需一星火花，一次撞擊，自我就立即可以從這個充了電的氛圍裡創造出神或鬼來。這些魔鬼般存在物的輪廓或許還不清晰，還很隱約──但它們卻已表明朝著一個新方向邁出了最初的一步。⑦⓪

正是在這個點上，神話運思改變了方向，從原來的「匿名」階段轉向恰恰相反的「多名」階段。每一個神都把衆多的屬性統一於自己一身；這些屬性原來分屬於各個專職神，現在連這些專職神也都統統集合在一個新的神身上。而他們的後繼者卻不僅繼承了他們的全部屬性，並且還繼承了他們的所有名稱──不是他的專門名稱，而是種種呼喚用語；因爲神的名稱和他的本性是同一回事。因而，人格神的多名性即是他們存在的一個本質屬性。「對於宗教情感來說，一個神的力量是由其名稱之後描繪詞的多寡表現出來的；多名性是位格序列更高的神的必要條件。」⑦①在埃及文獻中，伊絲神（Isis）是作爲「千名之神」，「萬名之神」，「萬萬名之神」而現身的；⑦②在《古蘭經》（Koran）裡，阿拉的神力表現在他的「一百個名稱」之中。在美洲土著諸宗教，特別是墨西哥人的宗教裡，神名的這種豐富性也可以得到佐證。⑦③

由此我們可以說，神的概念實際上是通過語言才眞正獲得了其最初的具體發展與豐富性的。當它出現在言語奪目的光彩之中時，它才因此不再是一個輪廓和一道陰影。但是，語言本性中固有的一種相反的衝動也在這個過程中復甦了：因爲正如言語之具有劃分、確定和固定的傾向，它也具有同樣強烈的一般化傾向。這樣，在語言的引導上，神話心靈最後達到了這樣一點：這裡，

它已不再滿足於神的屬性和名稱的多樣性、豐富性和具體充足性，相反，它通過語詞的統一性來尋求上帝觀念的統一性。即使到了這一步，人的心智也還是不能滿足，也還是不肯止步：在這種統一性之外，它還在努力地尋求著一個不為任何特殊顯現所圍，因而也就不能用任何語詞來表達，用任何名稱來稱呼的「存在」概念。

神話──宗教運思的循環至此便完成了。但是，這個循環的起點與終點彼此並不相似；因為我們是從一個僅只是不定性的領域出發，最後才達到一種真正的一般性領域的。「上帝」並沒有捲入屬性和專有名稱一團紛亂之中，並沒有進入現象那快活的萬花筒中去，相反，「他」作為一種無屬性的東西而與這個世界分隔開了。因為任何一種單純的「屬性」都會限制到它的純粹性質；「一切規定即是否定」（omnis determinatio est negatio）。在任何時代任何民族中，尤其是神秘主義的儀典總是一再努力解決這一雙重的智力難題：既要在神聖的整體性中，在其最高的內在實在中理解上帝，同時又要規避任何名稱或意象的特殊性。因而，全部神秘論都導向一個超越語言的世界，一個緘默的世界。如同愛克哈特（Eckhardt）大師㉔寫道，上帝是「單純的基石、寂然的沙漠、單純的沉默」，因為「這就是他的本性：他是一個本性」。㉕

語言的精神深度和力量驚人地表現在這個事實中：言語本身為它超越自身這最終的一步舖平了道路。這個最困難最奇特的境界是由兩個以語言為基本概念表象的：一個是「存在」的概念，一個「自我」的概念。兩者就其最完全的意蘊而言，似乎都屬一個相對上較晚近的語言發展結果；兩者在其語法形式中都清楚地表現出，言語在表達這概念時所遇到的種種困難，以及言語是如

何只能緩慢地逐漸把握它們的。就存在概念而言，只要稍看一眼**系詞**在大多數語言中的發展和詞源學上最初的意義，⑯就會看到由語言定向的思維如何極其緩慢地才把「being」（存在）和「being－so」（是某某）區分開的。系詞的「is」（現在時第三人稱）形式幾乎無一例外地回返到一個感官上具體的原義；它原先並不表達單純的生存或存在的一般狀態，而是指稱顯像的某個特殊種類和形態；尤其是在某個地點即空間中某一特殊點上的存在。⑰

當語言的發展將存在概念從某個特殊的生存**形態**的束縛中解放出來時，這時，語言就為神話——宗教思維提供了一種新的手段，一種新的智力工具。批判的或「推演性」思維確實最終發展到了這樣一點：「存在」的表達成了一種**關係**的表達，用康德的話來說，存在已不再是「某個事物的可能謂詞」，因此也就不可能再是上帝的一種屬性。但對於並不能辨識這種批判的區別，即令是在其最高境界也仍然是「實體性」的神話思維來說，存在不僅是一個謂詞，而且在發展的某個階段實際上還變成了謂詞的謂詞（predicate of predicates），它成為人們得以將上帝的全部屬性統統歸結在一個單一的標題之下的表達方式。在宗教思想史上，只要有尋求神的**統一性**的要求出現，這一要求就會以表達存在的語言方式為其立足之地，並在「存在」這個語詞中找到其支柱。甚至在希臘哲學中也可以發現宗教思維的這一方向；甚至在色諾芬（Xenophanes）的著作中我們也發現上帝的統一性是從存在的統一性推導出來並加以證明的。但這種關係絕非只是局限於哲學思辯；在已知最古老的宗教史記載中也可以發現這種關係。在早期埃及文獻中，我們遇著了在埃及萬神殿上所有神和獸中的「隱匿的上帝」這樣一種觀念，他在銘文中被稱作無人知其形態，

無人發現過其形象的神。「他對他所造之物乃是一個秘密」,「他的名對他的兒女乃是一個秘密」。除了「創世者」和「人與諸神的造化」之外,唯有一個名稱可以適用於他。這個名稱就是「純粹的存在」。他生養而不是被生養,他生育而不是被生育,他即是「存在」,即是萬物之中的「常」,萬物之中的「存」。因而他「從一開始便常存」,他「從伊始便常在」;現存的萬物萬事,都是他在之後生成變如此的。⑱這裡,所有分別的、具體的和各別的神名全都化作**一個**名稱:存在;神性從它身上排除了所有特殊的屬性,它不能通過任何其他的東西來描述,它的屬性只能是它自己。

由此至真正一神論的基本觀念只有一步之遙。一俟一直是通過客觀世界來尋求並以客觀術語來表達的統一體被轉化為一種主觀的本質,一俟神性的含義不是通過事物的實存而是通過**人格**亦即**自我**的存在而接近,這時,這一步之遙便不復存在了。我們在談到「存在」之表達方式時所說的那一番話也可以用來談論「我」

(I) 這一指稱方式:它得要在語言的製作過程中逐漸地找到,得要從具體的、純感覺的開端中緩慢地一步一步推導衍伸出來。但是,一旦「我」這個表達方式被創造出來,宗敎思維隨即獲得了一個新的範疇。於是,宗敎語言又一次強行佔有了這個新的表達方式,把它當作(彷彿是這樣)攀登一個新的精神高度的階梯。神通過不停頓地重述「我是……」來顯示自我,來顯示那統一的不同側面——這種「自我表述」的形式起源於埃及和巴比倫;此後在後期階段中,它逐漸發展為宗敎表達的典型文體形式。⑲但直到它排除了其他所有形式之後,這一形式才獲得了其最終的形態;這時,神的這個唯一的「名稱」也就相應地成了「自我」的名稱。當上帝向摩西顯示自己時,摩西問他:如若以色列民想要知道是哪一位神委派他到他們中間,他該說哪個名稱呢?上帝回

答說：「我即是我是。因此你要對他們說：『我是』派我到你們中間。」只有通過把客觀實存變形爲主觀的存在，上帝才能真正被高抬至「絕對」的國度，高抬至一種無法用與事物或事物名稱類比的方式來表達的境界。存留下來用以表達這種境界的言語工具就只剩下一些人稱代詞了：「我是他；我是初者，也是終者」，如同《聖經》各先知書中所寫的那樣。⑧

　　終於，觀照的兩條思路──一條是假道「存在」概念，一條是假道「自我」概念──在印度思辯中匯而合一了。印度哲學也是從「神聖語詞」即「梵」出發的。在《吠陀》經典中，全部存在，甚至衆神都要服從「神聖語詞」的力量。「梵」統治並引導自然的進程；認識並佔有「梵」會給予支配世上萬事萬物的創始力。起初，它被完全視爲一個特定體，生存的某個特定階段受制於它；使用它時，祭司必須嚴守每一細節，因爲甚至是某個音節的絲毫偏差或韻律及格律的任何改變，都會使祈禱的潛力化爲烏有。但是，從《吠陀》到《奧義書》的發展嬗變向我們表明，「梵」逐漸地從這道魔圈裡解放出來，成爲涵蓋一切無所不包的心智潛力。從特定事物的本質（這些本質在特殊事物各自的具體指稱詞中得到表達）出發，人類思想現在達到了包容一切的統一性這一高度。個別語詞的力量，打個比方，被「提煉」到神聖語詞本身，亦即「梵」的力量中去了。⑧全部的個別存在物，每一個似乎各具其自身「本性」的事物都在「梵」中得到了表象；但與此同時，它們又都因這包容性而被剝奪了各自的「本性」。爲了表達這種關係，宗教思辯被迫又一次求助於「存在」的概念。爲求把握「存在」概念的抽象含義，《奧義書》採用一種弘揚的手法，把「存在」表徵爲一種更高層次上的潛力。如同拉圖區別了「ὄνγα」（經驗事物的世界）與「ὄνγωϛον」（觀念的純粹存在），我們在《奧義書》

中也發現「個別實在的世界」相對於「作爲存在中的存在（satyasya satyam）的梵」。⑧

　　這條發展路線隨即便遭遇到從相反一極出發的另一條路線，並與之相滲透了。這另外一條路線就是那種把「自我」，而不是「存在」，視爲宗敎思維之基調的心智進程。兩者趨向於同一個目標；因爲「存在」和「自我」，即「梵」和「靈」（Atman）只是在表達方式上而不是在內容上所區別。「自我」是唯一旣不老亦不滅的東西，是唯一不易不朽的東西，因而也就是眞正的「絕對」。而由於這最後的一步已經邁出，由於「梵」和「我」已經同一，宗敎的思維和思辯也就再一次打破了其最初的束縛，即語言的束縛。語詞已經無法再把握和持存這種「主體」和「客體」的同一性了。語言此時在主觀和客觀之間徘徊不定，從一者跑向另一者，又從另一者跑回到這一者；但這卻意味著，甚至是在合二者爲一的時候，語言也總是不得不把它們視爲分別的概念。而當宗敎思辯否認這一區別時，它即是在宣告它已獨立於語詞的力量和語言的引導了；這樣一來，宗敎思辯就抵達了先驗的領域，不僅語言無法企及，就連概念也要望洋興嘆了。剩給這種「泛統一性」（Pan-Unity）的唯一名稱、唯一指稱就只有否定的表達方式了。存在即我（Atman），我被稱作「否、否」；在這「非此」之上別無什麼更進一步、更高一層的東西。因此，心靈的這一反叛，雖則切斷了語言和神話──宗敎思維之間的聯繫，卻只是又一次證明了這種聯繫是多麼地結實、多麼地緊密；因爲一當神話與宗敎力圖越出語言界限，它們亦即達到了自己創造和構形力量（formative power）的極限。

　　當一八七八年馬克斯・米勒發表其《宗敎起源與發展講演集》（*Lectures on the Origin and Growth of Religion*）時，他

主要是依據考德林頓以信函形式寄給他有關美拉尼西亞人「瑪納」概念的最初幾份報告，米勒用這些報告來論證其宗教哲學的基本論點：即整個宗教都以人類心靈把握「無限」(Infinite)的能力為其基礎。他說：

> 我認為，伴隨著每一個有限的知覺都有一個關於無限的知覺，如果說「知覺」這個字眼兒顯得過於強烈，我們不妨說都有一個關於無限的情感或預覺；從第一次觸、聽、或視的行為伊始，我們就不僅同一個可見的宇宙，而且也同一個不可見的宇宙發生了接觸。

於是，「瑪納」一詞（米勒把瑪納解釋為「波利尼西亞人用來指稱『無限』的名稱」）在他看來即是人類「無限」的概念在其最原始階段可能如是的最早最笨拙的表達方式之一。[83]

隨著我們日益熟悉「瑪納」概念及其表達方式所隸屬的那個神話——宗教領域，環繞在這個語詞四周的那個無限性與超感覺性的光環（如同米勒所理解的）也日益失去光澤，直至完全被摧毀；〔我們的研究結果〕告訴我們，瑪納「宗教」不僅完全以感官知覺為基礎，而且還完全以感官慾望，以絕對是「有限的」實際旨趣為基礎。[84]誠然，米勒的解釋也是可能的，但這種可能性只是因為他把「無限」與「不確定」(indeterminate)等同了起來，把「無界限的」與「未確定的」等同了起來。[85]而「瑪納」概念的流動性（這種流動性使得我們幾乎無法把握這個概念，或在我們的語言模式中找到與之對等的語詞）與哲學或宗教的「無限」概念根本就沒有任何關係。正如後者**高於**以任何精確語言加以確定可能性一樣，前者則**低於**語言的固定。語言是在介乎「不確定」

和「無限」之間的中間王國活動的；它改變未確定物的形式，使其成爲一個確定的觀念，而後將它控制在有限的確定範圍之內。因而在神話和宗教概念的領域裡，存有著屬於不同秩序的「不可言傳之物」，其一表象著言語表達的下限，另一種則表象言語表達的上限；但在言語表達之本性所劃出的這兩道界限之間，語言卻能夠完全自由自在地活動，充分地展現其創造力的全部豐富性和具體例示性。

這裡，神話製作心智再一次表現出對於其產品與語言現象之間的關係的某種意識，盡管它的特性使它不能以抽象的邏輯術語，而只能以意象來表達這種關係。它改變了伴隨著語言降臨在一個客觀事實之中而出現的精神黎明，並把它表徵爲宇宙發生過程。讓·保爾（Jean Paul）在某本書裡說過：「依我看來，正如動物在那彷彿是黑壓壓起伏不定的大海般外部世界中逐波飄泊一樣，人也會在外部知覺那如星光般閃爍的廣袤性中迷失方向，如若他不能借助語言媒介將那若隱若現的光亮劃分爲一個個的星宿，從而把整體分解爲部分以便於他的意識去理解。」。這個過程──即從實存隱約的充分性中脫穎而出，變成一個由清晰的、可由言語確定的諸形式所構成的世界的過程──在神話思維中，以其特有的意象方式被表象爲「混沌」與「創世」間的對立。這裡，同樣還是言語促成了這種由無特徵的存在母體向其形式和組織的轉變。於是，巴比倫──亞述的創世神話就把「混沌」描繪成這樣一種世界狀況：那時，天界「尚未命名」，地上也沒有任何事物有名稱。在埃及，創世之前也被稱作「沒有神存在，也沒有物體的名稱爲人知的時候」。⑧

當創世之神說出他自己的名稱，並憑藉寓於那個語詞中的力量召喚自己進入存在時，最初確定的實存就從那不確定的狀態之

中脫身而出了。這個神即是他自己的因，眞正**自己的因** (causa sui)——這一觀念以神話的方式表現在神通過其名稱的魔法而產生的起源說中。⑧在他之前沒有其他的神，也沒有其他的神與他並肩而立。「旣沒有母親爲他造出名稱，也沒有父親說出這名稱，說：『我生下了他』。」在《死者書》(*Book of the Dead*) ⑧中，日神「赫亞」(Râ) 給予自己各種名稱，也就是說，給予自己各種特性和能力，因而是他自己的創造者。⑧從這寓於造物主身上的原初言語力量中，產生出其他一切具有實存和確定存在的萬事萬物；一當造物主開口說話，他就成了諸神和人的誕生之因。⑨

　　《聖經》的創世說中也有著同樣的動機，不過多少有些變化，意義也深化了一些。在《聖經》中，同樣也是上帝的語詞（話）把光明與黑暗分別開來，創造出天和地。但世間造物的名稱卻不再由造物主直接賦予，而要等人來指派。上帝創造出地上的走獸和天上的飛禽之後，又把它們帶到人那裡，看人會怎樣稱呼它們。於是，「亞當把每一種活的造物稱作什麼，那就成了它的名。(《創世記》2：19) 在這個命名行爲中，人不僅在物理上而且在智力上也據有了塵世——令塵世臣服於他的知識和統治。這一特色充分顯示出純粹一神教的那種基本特性和精神境界，即——用哥德的話來說——它總是在把人抬高，因爲信仰獨一無二的上帝使人意識到自己內心的統一性。然而，這種統一性唯有在它以外在的形式，憑借語言和神話的具體結構顯現其自身時才能被發現；這種統一性先要在語言和神話中得到體現，而後才能爲邏輯反思過程重新獲得。

6.
隱喻的力量

　　上述思考向我們表明，神話思維和語言思維在各個方面都相互交錯著；神話王國和語言王國的巨大結構在各自漫長的發展過程中，都受著一些同樣的心理動機制約和引導。但一個基本的動機至此尚未受到關注，而它卻不但能闡明兩者間的關係，而且還能為這種關係提供終極的說明。神話和語言受著相同的，至少是相似的演化規律制約；這一點只有在我們能夠發現兩者從中誕生的共同根源時才能真正懂得、真正理解。兩者的結果，即兩者產生的形式間的相似之處，統統指向一種最終的功能的共同性，指向兩者借以發揮功能的原則的共同性。為了認識這一功能並以其抽象、赤裸裸的原樣表徵這一功能，我們就不能順著神話和語言前進的方向考察其發展，而必須沿著相反的方向回溯其由來──一直要上溯到這兩條同源而分行的路線的發源之處為止。這個共同的中心似乎確實是可以證實的；因為不論語言和神話在內容上有多麼大的差異，同一種心智概念的形式卻在兩者中相同地作用著。這就是可稱作隱喻式思維的那種形式。因此，如果我們想要一方面找出語言和神話的世界的統一性，另一方面又找出其差異性，那麼，我們就必須從隱喻的性質和意義著手。

　　人們常常注意到，語言和神話的理智連結點是隱喻；但在精

確地界定這一過程，甚至哪怕是在涉及這一過程可能採取的大致
方向時，各種理論便分道揚鑣了。人們時而在語言結構中，時而
又在神話想像中尋找隱喻的真正源泉；有時它被認作就是言語，
後者以其原本就是隱喻的本性生出神話，並且是神話的永恒泉
源；與之相反，語詞的隱喻特性有時又被認作是語言從神話那裡
繼承而來，並且永遠無條件佔有的一份遺產。赫爾德（Herder）
在他那篇論述語言起源並獲獎的論文中，強調了全部語言和命題
概念所具有的神話性質：

> 　　由於整個自然都是發聲的；因此，對於人這種具有感覺
> 的造物來說，最自然之事莫過於人生活著、言說著、行動著。
> 某蠻見一樹，其蓋如巨冠；冠動瑟然作響！定是神首點動無
> 疑！此蠻俯地而拜！縱觀感覺人類的歷史，那是一張陰晦之
> 網，從**命名之詞**衍出，一下子就落入抽象思想！譬如，在北
> 美蠻人眼中，萬物皆有生氣，萬物皆有其智其靈。希臘古人
> 和東方各族亦然，可在他們最古老的詞書和語法中見之
> ——正如整個自然在其創造者眼中一樣，這些詞書和語法就
> 是一座萬神之殿！一個充斥生息活動著的造物的王國……
> 滾滾風暴、徐徐微風、清清泉水、湯湯大洋——他們的整個
> 神話體系即在這些奇珍異寶之中，即在古代語言的**詞**與**名**
> 中；最初的詞書就是這樣一座發著聲響的萬神之殿！⑨

　　浪漫哲人沿循赫爾德指明的道路向前走著；謝林（Schell-
ing）也在語言中見出一個「褪了色的神話體系」，語言以形式的
和抽象的區分保存著神話中仍然被視為活生生的、具體的差異的
那些東西。⑨十九世紀下半葉，特別是亞爾伯特・庫恩（A.Kuhn）

和馬克斯・米勒所嘗試的「比較神話學」則走上了一條截然相反的道路。由於該學派採納了以語言學比較方法為神話學比較方法基礎的這樣一條**方法論**原則，語言概念**實際上**先於神話概念在他們那裡已是暗含在其程序之中了。這樣一來，神話似乎便是語言的結果。作為全部神話表述之基礎的「根本隱喻」（root meta-phor）被視為本質上是語言現象，其基本特性有待於研究和理解。而指稱詞的同音異義現象或半諧音現象則被認為會開闢一條通路，引導人們對神話臆想提出說明。

　　因此，讓我們來考慮一下，在我們人類的歷史上必然且確然有過這樣一個時期：那時，任何超出日常生活的狹隘視野的思想，都非得憑借隱喻手段才有可能表達出來，並且這些隱喻那時尚未演變成今天這個樣子，也就是說，還不是像我們眼中那樣只不過是約定俗成沿襲下來的一些說法罷了，它們仍然半是按照其本來特性，半是按照其改變了的特性而被感受和理解的。——任何一個詞，只要它最初被隱喻地使用，現在在使用它時又對它從最初意義到隱喻意義之間所走過的各個步驟沒有一個清楚的概念，那麼，就會有形成神話的危險；只要這些步驟被人忘卻並被填上一些人為的步驟，那麼，我們就有了神話，或者說，（如果我可以這樣說的話）我們就有了患病的語言，不論這語言是指宗教的旨趣還是指世俗的興趣。……通常被稱作神話的，不過是所有語言或早或晚總要經歷的某個階段上的一小段而已。㉝

　　在我們對這些格格不入的理論，對這場語言和神話孰先孰後的論爭作任何判定之前，有必要先就隱喻的基本概念作一番嚴格

的考察並予以界說。人們可以取其狹義；所謂狹義，即指這一概念只包括**有意識地**以彼思想內容的名稱指代此思想內容，只要彼思想內容在某個方面相似於此思想內容，或多少與之類似。在這種情況下，隱喻即是真正的「移譯」或「翻譯」；它介於其間的那兩個概念是固定且互不依賴的意義；在作為給定的**始端**和**終端**的這兩個意義之間發生了概念過程，導致從一端向另一端的轉化，從而使一端得以在語義上替代另一端。任何嘗試探求這種概念和名詞替代過程的發生原因，任何嘗試說明這類隱喻（即有意識地將公認不同的物體劃為同一）的使用何以如此廣泛而多樣，特別是在就思維和說話的原始形式而作這番努力時，都會把人引回到神話思維和情感的一種基本態度上去。海因茲‧韋爾納（H.Werner）在其研究隱喻起源的論著中曾令人信服地論證了這種假說：這種特殊的隱喻，即以一種觀念迂迴表述另一觀念的方法，是那些由魔法世界觀導致的相當確定的動機所決定的，特別是由某些名稱或語詞禁忌導致的動機所決定的。㉔

但是，很明顯，隱喻的這樣一種用法必先假定，觀念與相應的語言都已作為確定的量而給定了；只有當這些要素本身如此這般地被語言固定住、界定了的時候，它們才能彼此交換。這種以前此已知的語彙為質料的位移與替代，必須與真正的「基本隱喻」（radical metaphor）清楚的區別開，因為真正的「基本隱喻」是神話的以及語言的概念本身得以表達的條件。的確，甚至是最原始的言語發聲也要求有一個從某一認知的抑或情感的經驗轉化為聲音的變形過程，亦即轉化為一種該經驗不同的，甚至是全然相對的媒介過程；恰如最簡單的神話形式也唯有憑藉使得某一印象脫離日常的、普通的、世俗的領域，並把它高抬至「神性」層次即神話——宗教「意蘊」範圍的變形過程方能產生一樣。這裡

所牽涉的就不只是位移了，而是一種真正的「進入到另一個起源之中」；實際上，這不只是向另一個範疇的轉化，而是這個範疇本身的創造。

如果有人要問，這兩種隱喻當中哪一種產生了另一種——是神話的視點產生了語言中隱喻式表達方式呢，還是相反，神話視點只能在語言基礎上發展——那麼，上述思考則表明，這個問題實在是似是而非。首先，我們在此討論的並不是「前」與「後」的時間關係，而是語言諸形式和神話諸形式各自之間的邏輯關係，是一種形式怎樣制約和確定另一種形式的方式問題。而這種確定方式又只能是作爲相互作用才可能設想。語言和神話處於一種原初不可分解的相互關聯之中，它們都從這種關聯中顯現出來，但只是逐漸地才作爲獨立的要素顯現的。它們是從同一母根上生出的兩根不同的子芽，是由同一種符號表述的衝動引出的兩種不同形式，它們源於同一種基本的心理活動，即簡單的感覺經驗的凝集與升華。在言語的聲響單位和神話的原始形象中，同一種內心過程實現了自身：語言和神話都是內在張力的轉化渠道，是確定的客觀形式和形象表象主觀的衝動和激情。正如烏西諾強調的：

　　一個事物的名稱決不是由任何意志力所決定的。人們並不是發明出什麼任意的聲音複合體，好把這個複合體作爲某個客體的記號輸引進來，就像人們製作出一個標誌那樣，某個客體在外部世界顯現自身。它引起的精神激動就爲它的命名提供了場合和手段。感官印象是自我與非我遭遇時所接受的東西，其中最活潑最可愛的印象自然要尋求言語的表達；它們就是說話的大眾試圖爲事物分別命名的一塊塊基石。⑱

　　這種起源說在每一點上都與「瞬息神」的起源說完全吻合。同樣，只要我們上溯語言和神話的隱喻直至找到它們的共同根源；只要我們在那種構成全部語言以及神話——宗教表達之基礎的獨特感官經驗的聚集或「強化」過程中去尋找，那麼，語言和神話隱喻的意蘊就會各顯其身，體現在它們之中的精神力量就可以得到恰如其分的理解。

　　如果我們再一次從理論的或「推演式」概念所表現出的懸殊的概念發展各自所循的不同**方向**同樣也可以在它們的若干**結果**中清楚地見出。前者（邏輯的概念發展）從某個個別的單一知覺開始，我們把這一知覺放入越來越多的關係中去觀察它，這樣就擴展了它，攜它超越了其最初的界限。這裡所牽涉的理智過程是一個**綜合性增補**過程，亦即將單個的事例結合到整體之中，並使之在整體中完滿的過程。但在與整體建立關係時，分別的事實並不喪失其具體的同一性和限度。它嵌入現象的整體，但卻作為某種獨立、單個的東西與其他現象保持著一定距離。把個別知覺與其他知覺連結在一起的關係不斷發展著；但這種關係並不使這個知覺與其他知覺混為一體。一個種中的每一個分別的「樣本」總是被「包含」在這個種中；這個種本身又被「歸屬」到更高的屬中；但這也意味著它們始終是分別的，始終都沒有重合。這種基本關係最便當也最清楚地表現在邏輯學家的圖式中。邏輯學家們慣於使用這種圖式來表象概念的等級，表象種屬間包含和歸類的次第。這裡，邏輯的限定是按照幾何限定被表徵的；每一個概念都有隸屬於它的「區域」，由此與其他概念領域區別開。這些區域可以相互交織、相互覆蓋抑或相互滲透，但每一區域都在概念空間中保持著自己界限確定的位置。儘管有綜合性增補和擴展，每一

概念仍然保持著自己的範圍；它可能進入的種種新關係並不能抹
去它的界限，相反卻使這些界限愈發明顯。

　　如果將這種憑藉種屬標準的邏輯概念形式與神話和語言概念
的原始形式作一對比，我們立刻就會發現，這兩種形式代表著截
然不同的思維**傾向**。發生在前一種形式中的是以某一點為圓心，
向日益張大的知覺和概念範圍擴展，而（我們發現）與之恰恰相
反的思維運動則導致了神話式觀念作用的發生。這裡，心靈的圖
景不是擴大而是壓縮了；打個比方，這個圖景被「蒸餾」到只剩
下一點。而只有通過這一蒸餾過程才能找到特殊的本質，才能把
它提取出來，特殊的本質才會承帶上「意蘊」的特定音符。全部
的光都被聚集在「意義」的一個焦點，處於語言或神話概念的這
些焦點之外的一切，實際上都是不可見的。它們之所以「未被注
意到」是因為此時此刻它們尚未被賦以任何語言或神話的「標
記」。在推演性概念的國度裡，統治的君主是一道向四處擴散的光
——邏輯分析愈是向縱深發展，明晰度和發光度就愈是均衡地向
外擴展。但在神話和語言觀念作用的國度內，在那些發射出最強
光的位置左右，總有著其他彷彿被最深重的黑暗包裹著的位置。
知覺的某些內容成為語言——神話的施力中心，成為意蘊的中
心，而其他內容卻依然站在意義的門檻之外。這一事實，即原始
的神話語言概念構成這樣一些**含有中心點的**單位解釋了它們何以
不容進一步作**量**的區別。邏輯的觀照總是不得不被小心翼翼地導
向概念的**外延擴展**；古典的演繹邏輯究其根本不過是組合、類
分、超加概念的規則系統。但體現在語言和神話中的概念絕不能
在外延上而必須在內涵上理解；絕不能從量上而必須從質上理
解。「量」要減至一個純粹偶然的屬性，一個相對而言無足輕重的
性質。兩個邏輯概念如果被歸在較高一級的**大屬**範疇中，雖則有

著這樣一重關係，卻依然保持著它們各自的區別特徵。而在神話——語言思維中，恰恰相反的傾向卻佔著上風。我們發現一種實際上可以稱作消除個別差異的規律在這裡運行著。整體的每一部分就是整體本身；每一個樣本即等於整個的種。部分並不只是表象整體，樣本也不只是表象它的類；它們與所歸屬的整體是同一的；它們並不單純是反思思維的媒介輔助物，而是實際上包含了整體的力量、意義和功效的眞正的「在場」。這裡人們一定會想起可以稱作語言和神話「隱喻」之基本原則的「部分代替整體」(pars pro toto) 原則。全部神話運思都受著這條原則的支配，都滲透著這條原則，這已是大家所熟悉的事實。任何人，只要他把整體的一部分置於自己的力量範圍之內，在魔法意義上，就會由此獲得控制整體本身的力量。至於這個部分在整體的結構和統一體中具有什麼意蘊，它完成的是什麼功能，相對而言並不重要。它現在是或一直是一個部分，一直與整體（不論多麼偶然）聯繫著，僅這一點就足夠了，就足以使它沾染上那個較大的統一體的全部意蘊和力量了。譬如，要控制（魔法意義上的）另一人的軀體，只需佔有他剪下來的指甲或理下來的頭髮，佔有他的唾液或他的糞便就可以了；甚至他的身影，他的投影或他的足跡也可以用來爲這一目的服務。畢達哥拉斯信徒仍然恪守著這樣一條戒律：早晨起身後要立即拉平床舖，這樣身體留在被榻上的印跡就不會被他人用來做有害於他的事情。(96)被稱作「類比魔法」的觀念也主要起源於同一種基本態度。這種魔法的性質表明，這個概念不是一個單純的類比，而是一種眞正的認同。例如，如果一個求雨儀式的做法是把水潑撒在地上，或止雨儀式是把水倒在燒得火紅的石塊上讓水在一片「吱吱」聲中蒸發掉，(97)那麼，這兩種儀式的眞正魔力就在於雨並不僅只是被表象在水滴中，而是被感受到眞地在每

一滴水中在場。作為神話「力量」的雨，即雨的「魔鬼」實際上
就在那裡，完完整整未有分散地在潑出去或蒸發掉的水中，而這
樣做「雨魔」也就順從魔法的控制了。

　　整體與其部分間的這種神秘關係也存在於屬與種之間，種與
其若干例之間。這裏，每一種形式也與另一種形式混為一體；屬
或種不僅由它的某一成員代表，而且就在該成員中生活著活動
著。如果一個群體或一個民族在圖騰制世界概念的支配下按照圖
騰組織起來，其個別成員是按圖騰動物或植物取名字的，那麼，
這決不是什麼用約定俗成的語言或神話「識別標記」來任意劃分
的問題，而是真正的本質同一。⑱在其他方面也是如此；只要牽涉
到屬，這個「屬」就總是整個地在場，整個地有效。植物神或植
物魔生活在收穫時節的每一捆個別的作物裡。因此，一個至今還
很流行的古老鄉村習俗要求把最後一捆作物留在地裡，這樣，豐
足之神的力量就被聚集在這捆殘留下來的作物裡，而來年的豐穫
也就由此而生了。⑲在墨西哥和科拉印第安人中，玉米神據認為完
全不受任何限制地在每一株玉米甚至在每一顆玉米粒中都「在
場」。墨西哥玉米女神「契科曼克」豆蔻年華時是綠油油的莖桿，
老態龍鍾時就是玉米收穫了，但她也還是每一顆分別的玉米粒，
也是每一盤特別的玉米餚。同樣，在科拉印第安人中有若干神靈
代表著不同種類的花，但卻被稱作個別的花朵。不僅如此，在科
拉印第安人的所有魔力造物中也有同樣的情形：蟬、蟋蟀、蚱蜢、
虯蛉都只是被當作眾多個別的整體。⑳因此，如果說古代修辭術
把部分代替整體或整體代替部分這種手法列為一種主要的隱喻類
型，那麼，**這種**隱喻直接從神話心智的基本態度中發展而來就實
在是顯而易見，無須多說了。同樣清楚的是，對於神話思維來說，
隱喻不僅只是一個乾巴巴的「替代」，一種單純的修辭格；在我們

後人的反思看來不過是一種「改寫」的東西，對於神話思維來說卻是一種真正的直接認同。⑩

　　在神話隱喻這一基本原則的光照之下，我們多少可以更清楚地把握和理解通常被稱作語言隱喻功能的那個東西。甚至昆提利阿努斯⑩就曾指出過，這一功能雖則並不構成言語的任何**部分**，但卻支配著人類的談吐，是人類談吐的特性；「蓋人之所言多假於隱喻」（paene quidquid loquimur figura est）。如果真是如此，如果隱喻（在這種一般意義上理解的）不是言語的發展結果，而必須被看作言語的基本條件之一，那麼，任何想要理解隱喻功能的努力，都會把我們再次引回到語言**概念設想**的基本形式上來。這種概念的設想究其根本原出自最初促發每一單個語言概念的那個凝集過程，那個壓縮給定的感官經驗的過程。如果我們設定，這種凝集過程憑藉若干次經驗並沿著若干條線路而發生，從而兩種不同的知覺複合體得以產生同一種「本質」作為它們的內在意蘊，**給予**它們以意義，那麼，就在此時此地我們應該得出語言所能建立起的最初最牢固的聯繫；因為，正如沒有名稱的東西在語言中沒有存在之所，只不過趨於全然晦暗不清，承受著**同一個**名稱的所有事物一定會顯得絕對地相似。語詞固定住的某一側面的相似性，使得各知覺在其他方面的一切差異越來越模糊，最終全部消失。這裡，還是部分篡奪了整體的地位——的確，部分不僅變成了而且就是整體。憑藉所謂「對等」原則，在直接的感官知覺中或從邏輯分類的觀點看來是完全不同的實體，在語言中可以被**看作**是相似之物，因而關於其中任何一個實體的每一陳述都可以轉移到另一實體之上，都可以運用於另一個實體。普羅斯在描述魔法式複雜思維特點時說過：「如果科拉印第安人非常荒誕地把蝴蝶歸入鳥類，這就意味著他們在這個對象身上注意到的

全部屬性，在他們那裡是按照與我們分析的科學觀點完全不同的方式組織並彼此關聯起來的。」⑩但一俟我們認識到這些原初概念是在語言引導下形成的，這種分類法以及其他類似分類法表面上的荒誕性就會消失了。設想一下：如果在「鳥」這個名稱以及在這個語言概念中作為本質特徵而受到強調的因素正是「飛」，那麼，憑藉這個因素以及它的媒介作用，蝴蝶的確是屬於鳥類的。我們自己的諸語言也在不斷地生產著這樣一些分類法，它們與我們經驗的、科學的種屬概念相矛盾。例如，「蝴蝶」這個指稱詞（荷蘭語botervlieg）在某些日耳曼語言中就被稱作「蝴蝶鳥」。同時我們也可以看到，這些語言「隱喻」怎樣反過來作用於神話隱喻，成為後者永不枯竭的源泉。每一個曾經為描述概念和**名稱**提供過出發點的特徵，現在都可以用來混同和認同這些名稱所指代的**對象**。如果閃電的可見形象如同它被語言所固定的那樣集中於「像蛇一般」這個印象上，那麼，這就使得閃電**變成了一條蛇**；如果太陽被稱作「天上的飛翔者」，那麼，它就會作為一支箭或一隻鳥而顯現──例如，在埃及人的萬神殿上，太陽神的形象就長著鷹的頭顱。在思維的這一領域內，沒有什麼抽象的指稱；每一個語詞都被直接變形為具體的神話形象，變成一尊神或一個鬼。任何一個感覺印象，無論它多麼模糊，只要在語言中被固定住保存了下來，就會以這種方式變成神的概念和指稱的起點。在烏西諾列舉的立陶宛人諸神名稱中，雪神布利茲格列「閃光者」排列在牛神咆比斯「吼叫者」身旁；我們發現排在它們身旁的還有蜜蜂神波布利斯「嗡嗡叫者」，和地震神德萊克雷斯「震動者」。⑩在這個意義上的「吼叫者神」一旦在腦海裡形成，無論他以怎樣極不相同的裝束打扮自己，我們也能認出他來：在獅子的吼叫聲中，在風暴的吼叫中，在海洋的吼叫聲中都自然而然地可以直接**聽到**

他的聲音。在這方面，神話一再從語言中汲取新的生命和新的財富，如同語言也從神話中汲取生命和財富一樣。這種持續不歇的互動和互滲證實了語言和神話的思維原則的統一性，語言和神話只不過是這條原則的不同表現、不同顯現和不同等級而已。

　　然而，在人類心靈活動的進程中，即使是這一顯得如此緊密如此基本的聯結也開始分解分化了。語言並不專屬於神話的國度；從一有語言開始，語言在自身內部就負載著另一種力量：邏輯力量。這一力量是怎樣逐漸大放異彩，如滿月高掛中天；它又是怎樣憑藉語言衝開了自己的道路，我們無法在此詳述。不過在這個進化的過程中，語詞越來越被簡約為單純的概念的記號 (sign)。與這一分隔和解放的過程相並行還有另一個過程；藝術，同語言一樣，最初也是完全與神話聯結在一起的。神話、語言和藝術起初是一個具體、未分化的統一體，只是逐漸地才分解為三重獨立的精神創造活動方式。因而，賦與人類言語字詞的神話創生力和具現力最初也給予了**形象** (images)，也給予了每個藝術的再現。尤其是在魔法領域內，語詞魔力處處都由圖像魔力陪伴著。⑩同樣，藝術形象也唯有當神話意識四周劃下的那道魔圈被打破的時候，唯有當它不再被認作神話——魔法形式，而被認作是一種特殊類型的**表述**時，才能獲得其純再現的，特別是「審美的」功能。

　　但是，儘管語言和藝術都以這種方式從它們神話思維的本土上解放出來，兩者理念的、精神的統一卻在更高的層次上得到了維護。如果語言注定要發展為思維的工具，發展為概念和判斷的表達方式，那麼，這一演化過程只能以棄絕直接經驗的豐富性和充分性為代價才有可能完成。最後，直接經驗曾經據有過的具體感覺和情感內容將只會殘留下一具沒有血肉的骷髏。可是，還有

這樣一個心智的國度：其中語詞不僅保存了它的原初創造力，而且還在不斷地更新這一能力；在這個國度中，語詞經歷著往返不已的靈魂輪迴，經歷著既是感覺的亦是精神的再生。語言變成藝術表現的康莊大道之際，便是這一再生的完成之時。這時，語言復活了全部的生命；但已不再是被神話束縛著的生命，而是審美地解放了的生命了。在詩的全部類型和全部形式中，抒情詩清晰地鏡映出這一理想的發展過程。因為抒情詩不僅植根於神話動機，以之為其起源，而且在其最高級最純粹的作品中心也還與神話保持著聯繫。在最偉大的抒情詩人如賀德林（Hölderlin）或濟慈（Keats）身上，神話洞見力再一次以其充分的強度和客觀化力量迸發出來。但這種客觀性已經棄絕了所有物質的束縛。精神生活在語言的語詞和神話的意象中，但卻不受它們支配。詩所表達的既不是神或鬼的神話式語詞圖像，也不是抽象的確定性和關係的邏輯真理。詩的世界和這兩樣東西都不同，它是一個幻想和狂想的世界——但正是以這種幻想的方式，純感受的領域才能得以傾吐，才能獲得充分而具體的實現。語詞和神話意象，這曾經作為堅硬的現實力量撞擊人心智的東西，現在拋棄了全部的實在性和實效性；它們變作了一道光，一團明亮的以太氣，精神在其中無拘無束無牽無掛地活動著。這一解放之所以能獲得，並不是因為心智拋棄了語詞和意象的感覺形式，而是在於心智把語詞和意象都當作自己的**器官**，從而認出它們真實的面目：心智自己的自我顯現形式。

注解（除特別標明者皆爲原作者注）

①玻瑞阿斯是掌北風之神。俄瑞堤姬是希臘公主。據傳玻瑞阿斯捲走了俄瑞堤姬，並和她結婚，生下兒女。——中譯注

②引文轉用朱光潛先生譯文，稍有更動。見《文藝對話集》人民文學出版社，第94頁。——中譯注

③菲玻斯（Phoebus），希臘神話中的太陽神，即阿波羅神。——中譯注

④馬克斯・米勒，〈神學哲學〉，附在《宗教學導論》（倫敦，一八七三年版）第353—355頁。

⑤例如，B.布林頓著《原始部族的宗教》（紐約，倫敦，一九〇七年版）第115頁。

⑥W.馮・洪堡，《卡威文集導言》（科爾編）卷七，第60頁。

⑦普羅斯，《拿雅利考察記第一卷：科拉印第安人的宗教》（萊比錫，一九一二年版）進一步參見普羅斯，《原始民族的精神文化》第9頁。

⑧《波斯古經》，又稱《阿維斯陀》，古代波斯的宗教經典，主要記敘瑣羅亞斯德（約公元前七至六世紀，波斯宗教改革家；瑣羅亞斯德教，亦即「祆教」或「拜火教」的創始人）的生平事蹟和教義。此書是研究伊朗和中亞文化的重要文獻。——中譯註

⑨《耶斯特》卷十，第145頁；《耶斯那》卷一，章二，第35行；參較居蒙《插圖本密特拉神話本文及譯註》（布魯塞爾，一八九九年版）第225頁。

⑩烏西諾，《神祇名稱：試論宗教觀念的形成》。

⑪史比斯，《南多哥依韋族宗教》（萊比錫，一九一一年版）第7頁；特別參見史比斯，《依韋族研究文集》（柏林，一九〇六年版）第462，480，490頁，——這裡引用的例子特別適於用來論證馮特（Wundt）觀點的錯誤，馮特反對烏西諾的觀點，說「瞬息神」並不是什麼經驗材料，倒不如說是

邏輯假設（《民族心理學》卷四，第561頁）。

⑫在英語中，conception一詞由於其詞尾－ion兼有「過程」、「結果」兩種暗示而同時可指「形成概念的過程」和作為這一過程之結果的「概念」。卡西勒在多數情況下是指前一種意義，因此我們暫用「概念過程」作為這個術語的譯名──中譯註

⑬關於這一點更詳盡的討論，請見我著的《符號形式的哲學》，卷一，第224及以下諸頁。

⑭〈論語言的起源〉，《全集》舒范編，第35頁。

⑯見奧托·雅斯帕森《語言的發展》（倫敦一八九四年版）特別參見第332頁及以下諸頁。

⑰G.維索娃，《羅馬宗教及儀式》（慕尼黑，一九一二年版）卷二，第24頁。

⑱關於語言的「合目的」結構問題，參見我著的《符號形式哲學》（卷一，第254頁以下）中更為詳盡的研究。

⑲「論職業對非洲班圖部落語言的影響」，《地球儀》雜誌，第75期（一八九九）第361頁。

⑳「塔拉胡瑪拉人僅只是為著魔法的目的，也就是說，作為祈禱儀式而跳舞」。因此，對他們來說，「舞蹈」，如同noláVoa一詞產生的意義一樣，和「農作」是同義的，普羅斯著〈宗教和藝術的起源〉，《地球儀》第八十七期（一九〇五年，第336頁）。

㉑E.萊克路《澳洲土著》第28頁。

㉒參見普羅斯《尤多多人的宗教和神話》（哥廷根，萊比錫，一九二三年版）卷一，第123頁；卷二，第637頁。

㉓這裡我們似可以引證關於語言「合目的」建構的一個更令人驚奇的例子，這個例子是我的同事奧托·敦普沃夫教授在一次談話中講給我的。在凱蒂（kâte）語中──這種語言至今仍在新幾內亞流行──有一個詞bilin，指代某種草，這種草的根莖非常堅實，牢牢楔在土壤中；據說在地震時這種

草的根莖把地「攏」在一起，這樣地就不會裂開。當歐洲人把釘子引入此地，並且廣泛運用起來的時候，當地人就用這個詞指代釘子──同樣也指代金屬線和鐵棒，簡而言之，用來代任何起著把東西「攏」在一起的作用的東西。

同樣，我們經常可以在幼兒語言中觀察到這類概念。參見克拉拉和威廉姆·斯特思合著《兒童語言》（萊比錫，一九〇六年版）第26頁，第172頁以及其他處。

㉔維索挂，《羅馬宗教及儀式》卷二，第25頁

㉕維斯特曼《依韋語語法》（柏林，一九〇七年版）第95頁。

㉖普羅斯，《尤多多人的宗教和神話》卷一，第25頁；卷二，第659頁。

㉗古埃及人相信人生而有之的「靈體」，是各個人的護衛者，人活著時，附於人體；死後繼續附於屍體或雕像。──中譯註

㉘參見莫賴特（Moret），《埃及神秘》（巴黎，一九一三年版）第118頁，第138頁。特別參見埃爾曼（Erman），〈孟菲斯神學的豐碑〉《普魯士皇家科學院報告集》XLI II（一九一一年）第961頁，一個與此極其相似的例子可在波利尼西亞人的一首創世頌歌中發現，根據巴斯蒂安（Bastian）的德文譯本，（這裡轉譯為英文）讀作如下：

　　　太初之時，空間和星辰，

　　　天上的空間，

　　　泰那那亞神無所不在；他統治著天國，

　　　穆圖黑神寂靜地網罩其上。

　　　那時，

　　　既無聲響，又無生息；

　　　沒有運動，沒有生靈；

　　　不曉白晝，不見光明，

　　　唯有陰晦漆黑的夜。

　　　是泰那那亞神征服了黑夜。

　　　是穆圖黑神剌透間距。

　　　從泰那那亞神生出亞提亞神，

　　　力大無比，充滿生機，

　　　亞提亞神從此統治白晝，

　　　趕走了泰那那亞神。

「大意是泰那那亞神（Tananaoa）引起了這一過程；原初寂靜（Mutuhei）
　由聲音神（Ono）的產生而消去，光神之神（Atea）與紅霞神（Atanua）
　成婚。」見巴斯蒂安，《波利尼西亞的聖者傳說，宇宙起源和神學》（萊比
　錫，1881年版）第十三頁；也見亞士利斯（Achelis）「論夏威夷神話和儀
　式」《外國》雜誌，第六十六期，（一八九三年）第436頁。

㉙波西人，移居印度的伊朗人。七世紀，阿拉伯人征服波斯（伊朗）後，一
　部分瑣羅亞斯德教徒（亦稱袄教徒、拜火教徒）因不願改信伊斯蘭教而遷
　居印度。絕大部分仍保持原宗教和習俗。──中譯注

㉚見《波斯古徑》斐迪南・羅斯迪首次編行本（萊比錫，1868年版）第一章，
　第3頁。

㉛《百道梵書》2，8，8，4（德譯本請見吉爾德（Gelder）編《宗教史讀本》
　第125頁。）

㉜根據毛利人傳統，當他們最初移居新西蘭時，他們並未攜帶原來的神祇一
　道前往，他們只帶了強大無比的《祈禱書》，借此他們確信具有迫使諸神
　服從於他們的力量。參較布林頓，《原始民族的宗教》，第103頁。

㉝伊希絲（Isis），古埃及最受愛戴的女神，是溫柔之妻的象徵。曾被地中海
　沿岸各國尊奉為「最高女神」。──中譯注

㉞「我即是他」，在這個傳說中赫亞神說，「那個有多種名稱和多種形體的

神，我的形式在每一個神中。……我的父母告訴過我我的名稱，它從我生下起就一直藏匿在我的體內，以防某個女巫偷去，從而獲得支配我的力量。「伊希絲對赫亞神說（赫亞被伊希絲神創造的毒蛇咬傷，此刻正向眾神呼救）：「告訴我你的名稱，眾神之父，……那樣毒液便會從你身上流出；因為如果一個人的名稱可以被說起，他就會生存。」毒性比烈火還要灼人，赫亞神再也抵抗不住。他對伊希絲說：「我的名稱就要從體內出來，進入你的體內。」他接下去說：「但你要把它藏起來。不過你可以告訴你的兒子赫魯斯，作為抵禦任何毒藥的魔力。」見埃爾曼，《古埃及人及生活方式》卷二，第360頁；《埃及宗教》卷二，第173頁。

㉟參較布吉引用的例子，《埃及魔法》（倫敦，一九一一年版）卷二，第157頁；還見赫普夫納《希臘──埃及的天啓魔術》（萊比錫，一九二一年版）第680頁。

㊱特別參較福卡特（Foucart）《宗教史及比較方法》（巴黎，一九一二年版）第202頁；「給法老起一新的名稱，其中具有對其特徵的說明和鷹的宣言。然後賦予赫亞神以其他皇室禮儀的名稱，從而使埃及人成為天國的成員，並學過其他成份的重述，形成一種新的特殊存在。這就是赫亞神的具體體現，或更準確地說，是從赫亞神那裡發出的輻射，一種靈魂的力量。這輻射與力量是完整的，它進入法老的人格之中，使法老成為一個新的範例，一個對神性的物質支柱。」

㊲進一步細節請見布吉，同上引書，第164頁。

㊳《語言學》第228頁。

㊴布林頓《原始民族的宗教》第93頁。

㊵參見布吉，同上引書，第157頁；也見莫賴特，《埃及神話》第119頁。

㊶門森，《羅馬國家法》卷三，章一，第203頁；參較魯道夫·西茲爾，〈名稱──古代史特別是希臘人的貢獻〉，《薩克森科學協會論文集》第二十六期（一九一八年）第10頁。

㊷「亞爾蒭阡語中,一個有相同名稱的人的說法是nind owiawina,『他是另一個我』」,(居蒭,《亞爾蒭阡語小詞典》113頁,轉引自布吉,同上引書,第93頁)特別參較吉斯布萊希特,《〈聖經·舊約〉中上帝名稱的估價及其宗教基礎》第89頁。

㊸例如,見史比斯《依韋部落的宗教》第229頁。

㊹頗具典型特徵的例證可在澳洲土著部落的成人儀式中發見;特別參見赫威特,《東南澳洲的土著部落》(倫敦,一九〇四年版);又見詹姆士,《原始儀式和信仰》(倫敦,一九一七年版)第16頁。

㊺參見史比斯,同上引書,第230頁。

㊻《赫米波斯26》

㊼泰恩·凱特,〈科曼奇人民族誌評註〉《民族誌雜誌》第四期,第131頁,(轉引自普羅斯,〈宗教和藝術的起源〉,《地球儀》第八十七期,第395頁。)

㊽在與美恩霍夫的一次私人交談中,我得知,名稱禁忌在非洲尤其起著生死攸關的作用;例如,在許多班圖部落中,婦女不得說出丈夫或父親的名稱,因此她們不得不創用新的字眼。

㊾關於希臘晚期的魔法實踐,參較赫普弗納,《希臘——埃及的天啓魔術》第175:「神越是崇高,越有威力,其眞實名稱就越是猛烈地施力於人。因此,完全可以推論或假定:原神,即造化($\delta\eta\mu\iota\upsilon\rho\gamma\acute{o}\varsigma$)的眞實名稱人是不可承受的;因爲這個名稱即是神性本身,並且處在神性的最大潛能之中,因而對塵世人的本性來說過於強烈,會將傾聽於它的人置於死地。」

㊿狄特里奇,《密特拉教的宗教儀式》第111、114頁。

(51)柏拉圖,《克拉底魯篇》第400頁。

(52)詳見諾頓,《不可知的神:宗教演講形式史研究》(萊比錫,1913年版)第143頁。

(53)參較維索娃，《羅馬宗教及其儀式》卷一，第37頁。

(54)此類例子可在，例如貝斯的《比較宗教史導論》中找到。(萊比錫，1920年版) 第24頁。

(55)史比斯，《依韋部落的宗教》第115頁。

(56)烏西諾，《神祇名稱》第285頁。

(57)參較支特·布雷西格，《上帝觀念和救世主的起源》(柏林，一九〇五年版)

(58)詳見普羅斯，《拿雅利考察記》卷二，〈尤多多人的宗教和神話〉卷一，第25頁；也見普羅斯文「未開化民族的至尊神」，《心理研究》第二期，一九二二年。

(59)參較穆尼，〈謝諾基人的神聖儀式〉《民族學室年度報告集》(史密斯索尼安研究所)。

(60)特別參較莫賴特，〈作爲宗教下限定義的「塔布——瑪納公式」〉《宗教學檔案》XII (一九〇九年)，以及〈瑪納概念〉，《第三屆國際宗教史會議記錄》(牛津，一九〇八年，) 卷一，(重印於《宗教的發源期》倫敦，一九〇九年，一九一四年第三版，第99頁及以下諸頁)。也見赫威特，〈奧倫達及一個宗教定義〉《美國人類學家》第四期，(一九〇二年) 第36頁及以下諸頁。

(61)對民族學文獻中提出的種種理論所作的卓越的批評概述可在F.R.萊曼的著作中找到，見他的《瑪納——南太平洋島民的「超自然力」觀念》(萊比錫，一九二二年版)。

(62)赫威特通過詳盡的語言學比較證明，易洛魁人的「奧倫達」一詞既不同他們關於精神力量的觀念也不同他們關於生命力量的觀念對等，而是自成一格的一個概念及表達方式 (同上引文，第44頁及以下諸頁)。

(63)蘇德布龍姆，《諸神信仰的發展——宗教起源之究考》(德文版，萊比錫，一九一六年版)，第95頁。

(64)麥奇，〈蘇茲印地安人〉《民族學史年度報告集》(史密斯索尼安研究所)，

第128頁。

(65)羅埃爾，《舍巴拉語的系統語法初探》（漢堡，一九一一年版）第45頁及以下諸頁。另一頗具特色的關於「穆倫古」概念之「非人格」性質的報告可見於海斯威克論英屬中非的依奧中該詞用法的描述：「該詞〔穆倫古〕的本地用法和形式並不包含人格意義，因爲它不屬於人格類名詞。……其形式實則指稱寓於某物中的狀態或屬性，如同寓於肉體中的生命或健康狀態一般。在我們業已描述過的諸使用該詞的部落中，祭司們採用該詞用來表示『上帝』。但依奧人拒絕用它來表示某種人格的觀念。在他們看來，這更是人的本性中的一種質或能力，其意義被他們擴展到能包容整個精神世界。有一次，當我試圖在基督教的主神之人格意義上使用『穆倫古』這個字眼來打動一位上年紀的依奧人首領時，他開始談起『Che Mulungu』『上帝先生』；這就表明，對他來說，這個字眼原來並不表達我所賜予它的人格觀念。」海斯威克，〈英屬中非洲依奧人的某些唯靈論信仰〉《大不列顛及愛爾蘭人類學研所雜誌》XXXII （一九〇二年），第94頁。

(66)美因霍夫，〈班圖人的神的概念〉《一般使命——時代雜誌》第五十期（一九一三年），第69頁。

(67)在個別情況下，這一關係甚至可從詞源上追溯到。布林頓即從表示驚訝與驚嘆的感嘆中推出蘇茲人的「瓦肯達」一詞（《原始民族的宗教》第60頁）。

(68)根據蘇德布龍姆轉用（同上引書，第100頁）的一份羅吉・威廉的報導，當亞爾昆金人注意到在男人、婦女、鳥、獸、或魚身上有某種異常事物時，他們慣於驚呼：瑪尼圖！也即是說「這就是神」！因此，當他們彼此間談到英國的船隻和高大建築物，談到耕種土地，尤其是談到書籍和文字時，他們就會以「Mannitowok」「這些是神」、「Cummannitowok」「你是神」結束談話。特別參較赫斯威克，上引書，第94頁：「穆倫古被視爲任何某種神秘性質的事物中的施事者。當依奧看到任何超出理解力範圍之外的東西時，他們就驚嘆地說：『這是穆倫古！』。雨後之虹總是『穆倫古』，

雖則某些依奧人已開始使用蒙安亞人的『uta wa Lesa』『利薩之箭』。」

⑥⑨「潛能」這一字眼已被那些試圖描述瑪納概念及與之相關的觀念的人不由自主地採用了；例如，參較赫威特的定義（同上引書，第38頁）：「奧倫達是產生或導致神秘效果的一種假設的潛能或潛能性。」也參較哈特蘭的「主席就職演講」，《英國科學促進協會報告書》（紐約，一九〇六年，第678頁及以下諸頁）。

⑦⓪同樣，這種「不確定性」的病症也可在語言中找到，在諸如此類的鬼怪頻繁出現的指代方式中找到；例如，在班圖諸方言中，此類存在的名稱沒有第一類詞，即囊括「獨立的施事者、人」的名稱詞的前綴；相反，根據美因霍夫，用一種分別的前綴用來表示精神體，不過這些精神體不被視爲「獨立的人格，而被看作賦予人以精靈或降臨於人的東西；因此，它們作爲自然力適用於疾病，同樣也適用於煙、火、溪流、或月亮。」（美因霍夫，《班圖語比較語法要目》，柏林，一九〇六年，第6頁及以下諸頁，參較本文第59註釋。）

⑦①烏西諾，《神祇名稱》，第334頁。

⑦②參較布魯格奇，《古埃及宗教與神話》（萊比錫，一八八八年），第645頁；關於「伊希絲多名者」這一表達方式（也發現有拉丁文碑銘），請見維索娃，《羅馬宗教及儀式》卷二，第91頁。——在魔法實踐中，這種神的「多名性」概念實已成爲固定傳統；因此，在希臘化埃及的魔法公式和祈禱文中，我們發現，請求酒神狄俄尼索斯和太陽神阿波羅的用語中用來稱呼它們的若干名稱是按照字母排列順序排列的，這樣每一段韻文都表現字母表上的一個字母。細節詳見赫普夫納，《希臘——埃及的天啓魔術》第684節，第175頁。

⑦③細節詳見希林頓，《原始民族的宗教》，第99頁。

⑦④愛克哈特（約一二六〇—一三二七）中世紀德意志神秘主義哲學家和神學家。著有《德語講道集》。——中譯註

(75)見普菲佛爾，《十四世紀的德意志神秘主義者》卷二：「愛克哈特大師」（萊比錫，一八五一年），第160頁。

(76)英語中，Being（存在）也是係詞be的現在分詞和動名詞。

(77)這一原則的例證可見於我的《符號形式的哲學》卷一，第287頁及以下諸頁。

(78)參較布魯格奇《古埃及宗教與神話》一書中的碑文片段和譯文，第56頁及以下諸頁，第96頁及以下諸頁。

(79)關於這一形式的起源和傳播，請見諾頓之詳盡研究（對宗教哲學研究者也不無教益））：《不可知的神》，第177頁及以下諸頁，第207頁及以下諸頁。

(80)《舊約・以賽亞書》第四十八章，第十二節；參較第四十三章，第十節。關於「我是他」的意義，請見戈爾德西爾，《希伯萊人的神話》（萊比錫，一八七六年版）第359頁及以下諸頁。

(81)關於作爲「神聖語詞」，作爲祈禱文和魔法的「梵」的基本意義，請參較奧爾登勃格《印度——日耳曼語言及考古研究》卷八，第40頁，還見奧爾登勃格，《〈吠陀〉宗教與佛教起源》（哥廷根，一九一五年版）第17頁及以下諸頁，第46頁及以下諸頁。霍布金斯曾給出過多少有些不同的解說，他認爲「力量」是「梵」的基本概念。他還認爲這一概念後來移注於做爲禱文的「語詞」中，並且保留了原來的魔法潛能。（霍布金斯，《宗教的起源和演化》，紐赫文，一九二三年，第309頁。）

(82)例證可見道伊森，《〈吠陀〉哲學》（萊比錫，一八九九年），第119頁及以下諸頁。

(83)參見弗利德里希・馬克斯・米勒，《宗教起源與發展演講集》（倫敦，一八九八年），第46頁及以下諸頁。

(84)米勒在引用考德林頓一封信時說：「全部美拉尼西亞宗教實際上就在於使這一瑪納爲個人所用，或者說是它爲某人自己的利益所用——全部宗教，也就是說，在宗教實踐的範圍內，祈禱和祭獻犧牲，都是如此。」

㊄「我在這些講演的過程中所要證明的就是：『不確定』和『無限』實際上是同一個事物的兩個名稱。」（同上引書，第36頁）

㊅A.莫賴特，《埃及日常宗教禮儀的儀式》（巴黎，一九〇二年），第129頁。

㊆出自一份雷頓古紙記錄。見A.莫賴特，《埃及神秘》，第120頁及以下諸頁。

㊇古代埃及從第十八王朝至羅馬時代置於死者墳墓中的一種書冊。以法術文句寫成，以求死者獲得死後幸福。——中譯註

㊉《死者書》（娜維埃編），17，6；參較埃爾曼，《埃及宗教》（柏林，一九〇九年），第34頁。

⑩請將這一段與莫賴特在他《埃及神秘》一書「語言造物的神秘」第103頁及以下諸頁中舉的例子加以比較；也見萊布蘇茲，「《死者書》的最古文本」，第29頁。埃及人關於語詞創造力的這一觀念是如何與希臘宗教的基本觀念和概念結合起來的，以及這一結合對基督教「邏各斯」觀念的發展起了何種作用，最初是由萊岑斯坦提出的，見他《宗教史的兩個問題》（斯特拉斯堡，一九〇一年）），特別是第80頁及以下諸頁。

⑪〈論語言的起源〉，《選集》卷五，第53頁及以下諸頁。

⑫謝林，「神話哲學導論」，《全集》，卷一，第52頁。

⑬馬克斯·米勒，《語言科學講演集》（紐約，一八七五年）第372頁—第376頁。

⑭海因茲·韋爾納，《比喻的起源》（萊比錫，一九一九年），特別參見第3章，第74頁及以下諸頁。

⑮烏西諾，《神祇名稱》，第3頁。

⑯道伊布納編，《魔法與宗教》（佛萊堡，一九二二年），第8頁。

⑰帕金森，《南太平洋三十年》，第7頁，引自韋爾納，《比喻的起源》，第56頁。

⑱參較我的研究著作，《神話思維的概念形式》（萊比錫，一九二二年）第16頁及以下諸頁。

⑨參較曼哈特，《樹木和田野的禮儀》第二版，(柏林，一九〇四——一九〇五年) 卷一，第212頁及以下諸頁。

⑩參見普羅斯，《地球儀》雜誌第87期第381頁；特別參較《拿雅利考察記》卷一，第47頁及以下諸頁。

⑩這一點將會更明顯地有效，如果我們考慮到：對於神話和魔法思維來說，並不存在諸如單純的圖像之類，每一個意象都具體表象它的對象，亦即它的「靈魂」、它的「鬼魂」的「本性」。參較，例如布吉，《埃及魔法》，第65頁：「上邊已經說到，一個神或鬼的名稱或標記或圖象可以變成一個護身符，保護一個佩帶它的人；只要用來製造這個護身符的質料還沒變，只要護身符上的名稱、或標記、或圖象未被抹去，護身符中的大力量就一直持續。但埃及人比這更向前走了一步。他們認為，有可能將任何一個男人、女人、動物、或有生命的造物所表象的存在之靈魂以及質和屬性移注到這個人或動物的形象中去。廟宇中的神象表象它所表象的那個神的精神。從遠古時代起，埃及人就一直認為，每一尊雕像和形象都含有內在的精神。」參較，例如赫斯威克，《英屬中非洲依奧人的某些唯靈論信仰》(見上文註釋，第70頁)：「照像機起初是一件使人恐懼的物體。當它對準一群土著人時，他們發出恐懼的喊叫，向四面八方逃散。……在他們的腦子裡，『利索卡』(靈魂) 是和圖像連在一起的。因此，把這圖像移至照像底片上就意味著失去了形狀，而失去形狀的軀體就是疾病或死亡。」

⑩昆提利阿努斯 (Quintilian) 公元一世紀羅馬修辭家。——中譯註

⑩普羅斯，《土著人的精神文化》，(萊比錫，一九一四年)，第10頁。

⑩烏西諾，《神祇名稱》，第85頁及以下諸頁，第114頁。

⑩進一步的細節請見我的《符號形式的哲學》第二卷，特別是第54頁及以下諸頁。

語言與藝術

譯自D.P.韋爾納編《符號‧神話‧文化》一書（耶魯大學，一九七九年）。第一部分張法譯，劉全華校；第二部分劉鋒譯，于曉校；〈藝術的教育價值〉，徐培譯，于曉校。

語言與藝術

一

　　語言和藝術可能被認為是我們人類一切活動的兩個不相同的焦點。我們對它們似乎比對別的事情更熟悉。語言從我們生命伊始，意識初來，就圍繞著我們，它與我們智力發展的每一步緊依為伴。語言猶如我們思想和情感、知覺和概念得以生存的精神空氣。在此之外，我們就不能呼吸。藝術看起來被限定在較為狹窄的範圍內。

　　這是因為藝術似乎是個別人的才能，而不像語言那樣是普遍的才能。儘管如此，我們覺得，藝術決不是一個附加物，決不是，生活的多餘的補充。我們決不能把藝術當作人類生活的裝飾品。而必須把它視為人類生活的要素和本質條件之一。那些對偉大的藝術作品有感受力的人確信，沒有這些藝術品，生活就沒有意義，幾乎不值得活下去。但是有一個奇怪的矛盾和事實，這就是：一旦我們超出了直接經驗的範圍，開始反思語言和藝術，這種根本的確信就顯得暗淡，至少被投下了陰影。

　　哲學用反思的方法探討語言和藝術問題，總是陷入二律背反和懷疑主義的困境。我們發現，與對語言和藝術熱情讚美相並存的，是一種對二者的深切的不信任。我們可以發現從早期希臘思想到當代思想始終貫穿著這樣一條發展線索。柏拉圖是第一個感

到這種差異的人。像其他一切偉大的希臘思想家一樣，他深切地感受到邏各斯（Logos）的力量，並且幾乎被這種力量壓倒了。邏各斯，即語詞，對他來說就是言語的能力和理性的能力。但他漸漸意識到，語詞這種才能是一有問題的、含糊的才能。由於人們使用它的方式不同，它既可以成爲眞理的來源，又可以成爲錯誤的來源。對柏拉圖來說，蘇格拉底的對話昭示出詞語的眞正的，即正當的運用。在蘇格拉底的對話中，他發現了哲學的眞正方法：對話邏輯（dia-logic），或者說，辯證方法。然而他在看到蘇格拉底的同時，也看到了詭辯派，他們不是語詞的哲學家，而是語詞的藝術家，不是運用它來探求眞理，而是用它來達到實用目的，爲了激發人們的情感，爲了敦促人採取特定的行動，修辭藝術在詭辯派的手中變爲最危險的武器。它變爲一切眞正哲學和一切純正道德的敵人。在柏拉圖看來，語言的謬誤和詭辯因藝術的謬誤和詭辯而成長壯大。我們在修辭學中發現語詞的巫術因詩歌和藝術的巫術而增添了魔力。

初看上去，柏拉圖變成了藝術的嚴厲審判者和不妥協的敵人。這好像是巨大的歷史矛盾。柏拉圖豈不是哲學史上所出現過最偉大的藝術家嗎？但恰恰是這個思想家懷疑一切藝術的魅力，並且極強烈地意識到藝術的一切引誘性和蠱惑性。在柏拉圖的對話《智者篇》（Sophists）中，藝術家和詭辯者是被相提並論的。他們不是把人的靈魂提升到眞正的知識上，提升到直覺事物永恒原型，即理念上，而是相反，玩弄那些原型的影像。他們通過欺騙我們的理解力和想像力，使我們進入一個夢幻世界。詭辯派和藝術家並非如哲學家那樣，是理念的發現者，是道德和信仰理念的教師。與此相反，詭辯家和藝術家是 $εἴδωλοποιοί$——幻象的發明者和製造者。他們通過我們對語言的迷信和對形象的迷信來

欺騙我們。

只要我們從語言和藝術就是對事物經驗實在的再造和模彷，而沒有其他更多的目的這一假設出發來爭論，這些反對看來就是不可避免的和不可回答的。很顯然，照此看來，世界的摹本永遠不如其原本眞實與完善。我們怎能希望發現語言符號和藝術符號確切地表達了事物的本來面目和本質呢？不是據說如果某一符號並非是唯一的符號，那麼這個符號一定和它所描述和表達的東西風馬牛不相及嗎？然而，一旦我們改變一下出發點，不按形而上學系統，如柏拉圖的理念體系那樣來定義實在，而是按人類知識的批判分析來定義實在，問題就會以完全不同的新樣子出現了。

正是康德，通過這種分析，爲新的科學概念和科學眞理概念舖設了道路，而且在他的體系最後一部著作《判斷力批判》（Critique of Judgment）中，康德還成爲一個新美學的創立者。然而在康德的這部著作中沒有論及語言問題。他給了我們一套知識哲學、道德哲學和藝術哲學，卻沒有給我們一套語言哲學。但只要我們從他的批判哲學所建立起來的普遍原理出發，我們就能填補這一空白。遵循這些原理，我們必須研究語言世界。語言世界不是一個擁有自身實在性的實物，不是一個原初的或者派生的實在，而是作爲人類思維的工具，它引導我們去構造一個客觀世界。如果語言意謂著一個客觀化的過程，那麼它是建立在自發性上，而不是建立在接受性上。照康德的說法，我們知性的一切所謂純概念都暗含著一個特定的能力，一個基本的自發性。這些範疇並不被要求去描述一個絕對的實在，物自體的實在。它們是把現象聯繫起來的規律。正如康德試圖證明的那樣，只有通過這種聯繫，通過這種現象的綜合統一，我們才能夠去設想一個經驗世界，理解體驗中的對象。

　　如果我們對當下的問題採用這一原理，就發現必須在一個不同的領域去尋找語言的意義及價值。語言不能看作事物的摹本，而應當視為我們關於事物概念的條件。如果我們能夠說明語言不僅僅是形成這些概念的最有價值的助手之一，而且可以說是形成這些概念的必要前提，我們也就心安理得了。我們已證明，語言決不是實物，高級或低級的現實，語言是我們經驗對象的前提，是我們思考所謂外部世界的先決條件。我很想說明語言完成它的任務的具體步驟，以此來證明我的論題。但是這個說明任務將遠遠超出這篇短論文的範圍。這裡我只能簡略地談一談這個非常錯綜複雜的問題。我不能把我的論點得以建立的經驗證據擺在你們面前。除了對認識論的一般考慮外，我的證據有三個不同的來源：語言學、言語心理學的諸發現和心理病理學領域的實驗。

　　從第三個來源開始吧。心理病理學告訴我們，在每一失語症——病理損傷或語言能力喪失——的研究中，我們必須區分兩種不同的言語形式。一般而言，患此症的病人並未喪失運用語詞的能力，但他不能按照語詞的通常意義使用這些語詞，他確實不能運用詞彙指謂或稱謂經驗對象。如果你問他某一事物的名稱，他多半不能給你正確的回答。然而，他卻能很好地把語詞運用到另外一個目的上：用於表達他的情感。如果你領他到壁爐前請他告訴你所見之物的「名稱」，他將吐不出「火」這個字。但是在危險之時，他會立刻喊出「火！」表示害怕或呼喚報警。

　　英國的精神病學家，精心研究這類失語症或言語障礙的傑克遜（Jackson）為了指出這種差異，介紹了一個特殊的術語：低級言語和高級言語，他把兩種言語鮮明地區分開來了。在前一種情況下，我們的語言是以感嘆的方式來使用，後一種情況下，它們則是以陳述的方式來使用。情感語言與陳述語言不同，在情感語

言中，我們只有感情的爆發，就好像我們的主體精神狀況突然像火山噴發出一樣。在陳述語言中，我們有一諸觀念的客觀連接，我們既有主語，又有謂語，還有二者的關係。在人對「客觀」世界的發現中，對有著固定性質的經驗事物的世界進行發現時，正是這種言語，即陳述言語成為人的首要思路。在這條思路的指導下，我們才發現一個對象世界，一個具有固定性質的經驗事物的世界。這裡，我不願捲入備受爭議的所謂動物語言的問題中去。這個領域的最新著作告訴我們，這個問題離發現一個清楚並為眾人所接受的結論還遠得很。從這些討論中，我們知道的只是一個事實，雖然人們進行了大量的觀察和實驗，我們還沒有一丁點經驗證據證明動物中存在**陳述**語言這個東西。

　　言語畢竟是人類學特有的概念，人類學特有的內容。甚至那些傾向於承認動物的叫喊和人的言語之間有一種近似關係的哲學家、語言學家最後都得出這樣的結論：我們應當更多地強調不同的方面，而不是相同的方面。例如加狄倫 (A. H. Gardiner) 在他的著作《言語和語言理論》(*The Theory of Speech and Language*) 中說：「在動物的發聲和人的言語之間，有一個差異如此之重要，以致它幾乎掩蓋了這兩種行為本質的家族相似性」，語言的客觀「陳述」特徵是人類語言最顯著的特徵，在動物的發聲中永遠沒有這種東西。顯而易見，這一差異不只是偶然的東西，這是一個更深刻特徵的徵兆。這個特徵統治和決定著我們人類的全部經驗。

　　一個無語言的存在物，一個動物，所生活於其中的現實與人的現實是很不同的。不能夠用人類的標準來判斷動物的理解方法，認識方式或辨識方式。我們通過動物心理學而熟知的事實告訴我們，動物的經驗比起人的經驗來可以說是處於一種更易變

動、更爲動盪、更加未定的狀態中。現代比較心理學爲描繪這些狀態已新創了專門的術語，我們得悉，動物不是生活在經驗「事物」的環境裡，而是生活在一個混沌未分、特性瀰漫交織在一起的環境裡，它確不知道那些是確定的、有特色的、固定的和永恒的對象。這種對象恰是人類世界的特殊標誌。我們把一個固定不變的「本質」賦予這些對象，使它們在各種不同的條件下都可以被辨知出來。

　　但是看來，在動物的經驗中缺少的正是這種辨認能力，如果相同的刺激在不同的環境中出現，一個動物對這個確定方式的特殊刺激，常常顯出非常不同、甚至完全相反的反應。讓我們用一個富有特色的例子來說明這個事實。一個德國心理學家觀察了家中一隻蜘蛛的習性。這蜘蛛組了一個火山口狀的網，這個網愈來愈窄，像個漏斗，蜘蛛在這個管狀網中等待著自己的食物，只要一隻蒼蠅被網的外層網絲粘住，蜘蛛立即撲上去，把毒牙刺入犧牲者，使之麻痺。但是如果最小的蒼蠅進入管網中，或者如果蜘蛛在別的地方而不是在交織的網上碰上這隻小蒼蠅，它根本不願意碰這個蒼蠅，甚至還會避開它。在此例中，我們看到，一個動物的特殊狀況有任何變化，都足以使這個動物的「識別」方法失靈。

　　正是只有在人類這裡，我們發現了這樣的聚合統一性，把各種感覺材料聯結爲同一的概念統一體。這個聚合統一性是思考不變的、永恒現實的條件。現實性是由客觀事物和客觀性質所組成的。在這個聚合統一的過程中，語言起著決定性的作用。顯然，就是對我們共同經驗的單一對象的表象，如一所房舍的表象，其主要之點也不在於單一的圖像，或是諸圖像的複合，不在於感性材料的總合。一個簡單的現象學分析清楚地告訴我們，我們對房

屋的理解包含著大量的各種各樣的成份，它不是單一知覺所給與的，它包含著諸知覺的整套層次，這些知覺由一定的規則彼此結合，相互聯繫，依觀察者與房舍的遠近距離不同，依他的視點，他的特殊眼光，依光線的不同狀況，房舍的外貌會不斷地變換它的形象。然而這些千變萬化的形象都被認爲是同一「對象」、同一事物的表象。爲了保持和維護對象的同一性、名稱的同一性，語言符號的同一性是最重要的輔助手段之一。

　　語言造成的固定化支持著理智的結合統一，而理解和認識經驗對象則有賴於理智的結合統一。如果教一個兒童，用同一個名稱去指稱在不同條件下顯示出來的多樣變化的現象，那麼也就是教他把它們看作一個固定的統一體，而不只是紛繁多樣的現象。該名稱已成爲一個固定中心。一切都可以歸之於它。該名稱好像創造一個新的焦點，來自不同方向的光線都在這裡相遇，在這裡融合爲一個理智的統一體。在談及同一對象時，我們就看到了這個統一體沒有這一照明的光源，我們的知覺世界將是昏暗而模糊的。著名的法國語言學家，弗格斯特的索緒爾（Saussure），在《普通語言學教程》（*Cours de Linguistique générale*）中說：「離開了語言，我們的思想就只是一團雜亂無章的東西……有了它，思維就像一條薄薄的面紗（透過它我們可以看見事物）沒有預先制定的觀點。在語言現象之前，一切都是含糊不清的」。

　　然而我們可以毫無保留地採用這種觀點嗎？我們必須承認，語言在某種意義上是人的智力活動的根本，是人最主要的嚮導，它給人指出了一條新的道路，這條道路逐漸引向一個對象世界。但是我們可以說，這是一條唯一的道路嗎？我們可以說，沒有語言，人就會陷入黑暗之中，人的情感、思想、直覺將會籠罩在模糊的神秘裡嗎？做了這樣的判斷之後，我們切莫忘了，除了語言

世界之外，還有另一個具有自己結構和意義的世界。這似乎是另一個符號世界，它在言語世界和語詞符號世界之外，這就是藝術世界：音樂，詩歌，繪畫，雕刻和建築的世界。

語言給了我們第一個通向客體的入口，它好像一句咒語打開了理解概念世界之門。然而概念並非通向現實的唯一門道，我們理解現實不僅用普遍的概念系統的普遍原則去包攝它，也用具體的和個別的形象去直覺地感知它，這種具體直覺不能單靠語言獲得，實際上我們普通的語言不僅有概念的特點和意義，它還有直覺的特點和意義。我們普通的詞彙不僅是意義的符號，它們也充滿了形象和特定的情感。它們不僅作用於我們的理智，也作用於我們的情感和想像。

人類文化初期，語言的詩和隱喻特徵確乎壓倒過其邏輯特徵和推理特徵。但是，如果從發生學的觀點來看，我們就必定把人類言語的想像和直覺傾向視為最基本的和原初的特點之一。另一方面，我們發現在語言的進一步發展中，這一傾向逐漸減弱。語言變得越抽象，它就越擴大並演變其本來的能力。語言從日常生活和社會交際的必要工具的言語形式，發展為新的形式。為了構想世界，為了把自己的經驗統一和系統化，人類不得不從日常言語進入科學語言，進入邏輯語言、數學語言、自然科學語言。

只有通過這個階段，人才能克服在日常用語中容易遇到的危險、錯誤和謬誤。這些危險在哲學思想史中被一再的描繪和告知過。培根說，語言是幻想和偏見的永恆源泉，是「idolon fori」，即市場偶像，他說：「雖然我們認為我們支配自己的語詞，然而實際上是我們被這些語詞佔有和支配。言詞強烈地影響最聰明的人的理智，它們最容易攪亂和歪曲他的判斷。」而且培根補充說：「必須承認，要我們脫離謬誤和假象是不可能的。因為它們與我

們生活的本質和條件是不可分的。無論如何，小心對待它們，對人類作出正確的判斷來說是極端重要的。」①

經過多次徒勞無益地企圖避免普通詞彙的危險之後，人類科學終於發現了一條正道。科學語言不同於日常語言，科學語言是另一類符號。這些符號是以不同的方式形成的。人發展了一套科學語言，使用這套語言，每一術語都得到清楚明白的定義。通過這套語言，我們可以描繪諸觀念的客觀聯繫和諸事物的相互關係。人從日常言語中使用的詞彙符號前進到算術的、幾何的、代數的符號，前進到化學公式一類的符號，這是人客觀化進程的決定性步驟。但是人不得不為這個收獲付出極高的代價。人向著較高的理智目標前進了多少，人的直接性，生命的具體體驗就消失了多少，留下的是一個理智符號世界，而不是直接經驗的世界。

要想保存和重獲直接的、直覺的進入現實的方式，需要新的活動、新的努力。進行這項工作不是靠語言，而是靠藝術。語言和藝術的共同特點是，它們都不應僅被看作是現成的給定的、外在現實的再造和模仿，只要我們用這種方式看它們，就無法回答整個哲學史中對語言和藝術提出的反對意見。這樣柏拉圖在說藝術家比模仿者更低，他的作品沒有創造意義的價值，僅是摹本的話時，他就完全是正確的。後來哲學家們試圖通過賦予藝術一個更高的目的來避免這個結論。他們說，藝術重造的不僅是現象世界和經驗世界，而是超感性世界。這種觀點在後來的一切唯心主義美學系統中，如在普羅丁（Plotinus）、謝林、黑格爾那裡都非常流行。在這些體系裡，美不僅僅是事物經驗的或物理的性質，它是理智的、超感性的述語。我們可以在英國文學中，例如在柯勒律治（Coleridge）和卡萊爾（Carlyle）的著作中發現這種構想。卡萊爾說：在每一藝術品中，我們都能分辨出通過時間顯示出來

的永恒性，可以看出諸如像神這一類的東西。

　　思辯是一種非常迷惑人的解決問題的方法，因爲好像通過這種方法，我們不僅有了藝術的形而上的合法根據，而且似乎還有了神聖化的藝術。藝術成了絕對或神的最高顯現之一。按照謝林的說法，美是表現在有限形象中的無限。美由此變爲宗教崇拜的對象，與此同時它又處在失掉自己基地的危險中。它如此高升到感性世界之上，以致我們忘掉了它的地上根源，它具有人性特點的根源。它的形而上的合法性預示了要變爲它的特定本質和本性的否定。事實上，在黑格爾的體系中，藝術就不可能逃脫這樣的命運。這裡它作爲絕對精神的形式之一顯示出來。但是它的光彩在哲學日出的新光芒前就消失了。藝術只是一個相對的、低級的眞理，而不是最終的眞理。它比宗敎和哲學都要低級。黑格爾說：「對我們來說，藝術再也不是眞理存在達到自身的最高方式了。它的形式已經不能滿足精神的最高需要，我們再也不相信形象了」。但是不相信形象，不相信具體的直覺，並不意味著藝術獲得哲學的解釋或合法化，而是意味著藝術的死亡。

　　黑格爾的現代追隨者們完全意識到這個危險，竭力想扭轉它。在這點上，克羅齊（Benedetto Croce）就背離了他的哲學前輩。克羅齊宣稱：藝術建立在人的獨立的、完全自主的活動上，藝術必須以藝術的標準來衡量。藝術具有宗教和哲學的眞理所不可比擬的內在價値。但是當我們針對語言和藝術而研究克羅齊的著作的時候，我們卻深感驚訝，他完全否認區別語言和藝術的可能性。按他的理論，二者不僅緊密相關，而且恰巧合而爲一。在克羅齊美學著作的標題中，我們會發現這樣的命題：作爲表現之科學和一般語言學的美學。

　　從哲學上講，美學和語言學並非無關的不同問題。它們不是

哲學的兩個分枝，而是一個分枝。「誰研究一般語言學即語言哲學，就是研究美學。反之亦然。」克羅齊對這個矛盾的敘述提供的唯一理由是藝術和語言都是「表現」。表現是個不可分的過程，它沒有程度的區別，也無可能的差異，我們不能說表現有不同的種類，因此，在克羅齊的理論中，一封信就其是一種表現而言，與藝術品，繪畫，戲劇都處於同一水平。但我認為，這種理論沒有注意到一個雙重性的問題。

　　首先，表現的純粹事實不能和表現藝術的事實相提並論。如果我為提供或獲得有關經驗事實的信息或者為了實用的目的寫了一封信，我並不因寫這一行為而成為藝術家。一個人甚至會寫一封很富激情的戀愛信，信中他的深情可以得到真實誠摯的表現。然而他也不會僅因此而成為一個藝術家。我並不認為克羅齊的英國追隨者科林伍德 (R. G. Collingwood) 在其《藝術原理》(*The Principles of Art*) 一書中的觀點是對的。他把藝術定義為和盤托出一個人的情感活動。他由此斷定，我們每個人說出的每一話語，作出的每一姿態都是藝術作品。藝術家並不是縱情顯示自己情感的人，也不是有極大的技巧表達這些情感的人。被情感支配只是感傷主義而非藝術。如果一個藝術家不是專心於自己的作品，而是專心於自己的個性；如果他感受自己的愉快，或者如果他喜歡「憂傷的歡樂」，那麼他將變為一個感傷主義者。藝術家不是僅生活在我們普通的現實中、生活在實踐經驗事物的現實中，而且同樣他也不是生活在個人內部生活領域中、自己的想像或夢幻中，自己的情感或激情中。在這兩個領域之外，他創造了一個新的領域——造型的、建築的、音樂的形式領域，形象和圖案的領域，旋律和節奏的領域。

　　要生活在這樣的領域——色彩或音響，線條或外形，聲調和

節拍——中，在某種意義上，才是一個真正藝術生活的開始和目的。這裡，我無意保衛爲藝術而藝術的構想。藝術不是展示和享受的空洞的形式。我們在藝術手段和藝術形式中直觀到的是一個雙重現實：自然的現實和人類現實。凡偉大的藝術品都給我們提出對自然和生活的新探討和新解釋。而且這解釋只有按照直覺，而非概念，按照形式，而非抽象符號才可能。只要從視覺中失去了這種美感形式，我就失去了我的審美經驗的基礎。從而我可能會同意把藝術歸屬在一個更普遍的概念之下，即「表現」這個概念之下。但是這樣我必須同時考慮審美現象的特殊之處。

表現本身並不是審美過程，而是一個一般的生物學過程。達爾文寫了一本完全與此相關的著作《人和動物中的情感表現》，該書中他試圖說明，我們在動物界發現的各種表現方式有一種原始的生物學意義和目的。它們是生物性行動的殘跡或準備要採取生物性行動。例如猴子敞露牙齒，是爲了向其敵人顯示，它具有最可畏的武器。這裡我們無須纏入這個生物學理論的細枝末節中去。但即使我們把自己限定在人類範圍，也很容易指出並非一切表現都是相等的。它們並非都具有審美意義。單獨一個情感的語音——歡樂或悲傷，愛或恨的語音——絕不是審美現象。

克羅齊說語言和藝術是同一的，因爲他在兩者中發現了有決定意義的同一特徵。這特徵用他的術語就叫做抒情風格。按照克羅齊的說法，每一個成功地表現了自己思想或情感的人都是一種詩人。我們本來都是抒情詩人，然而字詞的表達，通過語言符號的表現並不等同於抒情的表現。抒情詩中給我們印象最深的不僅是意思、詞彙的抽象意義，而是音響、色彩、旋律、和諧；是語言的協調一致。

偉大的抒情詩人華茲華斯（Wordsworth）把詩定義爲：「強

烈情感力量的自發外溢。」但僅是情感力量或僅是情感外溢不能創造出詩來。自我情感的豐富充沛必須由另外的力量，由形式力量控制和支配。每一言語活動都包含著形式力量，都是它的直接證據。但是我們日常語言與抒情表現的趨向不同。當然甚至普通言語都可以包含而且確實包含著一定的抒情因素。

我在這一點上和你們交談的時候，僅是想和你們交換一下我對一個普通哲學問題的觀點和思想。但另一方面，我又不可能不給你們一些別的印象。從我講述的方式、聲調和著重處，聲音的抑揚頓挫和變調，你們可以感到我個人對該問題的那些方面感興趣。可以感到我向聽眾演說的愉快。同時你們可以感到由於我在這裡不能用自己的母語，而只有用我還不嫻熟的外國語講說以致顯出不滿意和窘迫。但是你們和我都對我講演的這一方面不感興趣。對我們來說，重要的和相關的東西是與此截然不同的事情，即我們問題的客觀的和邏輯的意義。我們探討某一理論問題，試圖共同動腦筋來解決它。我們不得不使用的語言不是情感語言而是敘述語言；是邏輯語言而非是抒情語言。

但是我們一進入審美領域，我們的一切語詞就好像經歷了一個突變。它們不僅有抽象的意義，好像還熔化融合著自己的意義。如果一個實業家，比方說一個工程師，希望建一條鐵路或者一條運河，給我們描繪了某一區域；或者一個地理學家或地質學家為理論目的用科學術語描繪同一地區。這些描述與審美表現方式，與抒情詩或風景畫有天壤之別。實業家，地理學家或地質學家只對經驗事實，對物理事物或性質感興趣。藝術家無視這些性質。他全神貫注於事物的純形式之中，直觀事物的直接外觀。他不把自然作為物理事物的聚集或作為因果的鏈條來理解。但是他也很少把自然作為主觀現象，作為感知的總合來看待。

　　關於一般的感知，我們可以在一定程度上接受感傷主義的理論，我們可以像休謨那樣說，每一觀念都是印象的模本。但是在藝術經驗中，這個理論破產了。事物的美不是一個僅用消極的方式就可以來知覺和享受的屬性。為了理解美，我們總是需要一種基本的活動，一個人心的特殊能力。在藝術中我們不是對外來刺激作簡單的反映，不是簡單地再造我們自己頭腦的敍述。為了欣賞事物的形式，我們必須創造它們的形式。藝術是表現，但是一個積極的而不是消極的表現。它是想像，但是創造的而不是再造的想像。

　　藝術的情感是創造的情感，這種情感是我們生活在形式生活中感受的情感。每一形式都不僅是一種靜態存在，而是一種動態力量，一種它自身的動態生命。在藝術品中感受到的光色、質量、重量與在日常生活對這些東西的感受截然不同。在日常經驗中，我們把它們看作現成的感覺材料。我們用邏輯思想或經驗推斷加工感覺材料建立起物理世界的、外部世界的概念。而在藝術中，不僅我們感性經驗範圍擴大了，而且我們對現實的景象和景色的看法也發生了變化，我們用一種新的眼光，用一種活生生的形式媒介來看待現實。普羅丁（Plotinus）在他論美的文章中說：費忌阿埃斯（Phidias）在創作宙斯雕像時，他創造的這個神的形式簡直就和宙斯自己選擇的形式毫無二致，假如宙斯決定以人的形象出現的話，他就是這個樣子。費忌阿埃斯能夠給死的大理石灌注進神的生命氣息，因為對他來說，作為一個偉大的雕刻家，大理石本身就不是死的材料，不是一塊質料，而是充滿了內在生命，充滿了生命運動和能力的東西。

　　根據這個觀點，我們可以否定克羅齊《美學》（Aesthetics）的另一基本論點。克羅齊堅定地否定藝術有不同的或可分的種

類。藝術是直覺。直覺是唯一的和個別的。因此，藝術作品的劃分沒有哲學價值。如果我們試圖劃分藝術作品。如果我們說抒情詩、史詩和戲劇詩是不同種類的詩歌，或者，把詩歌作為和繪畫或音樂相對的東西，我們就在使用相當膚淺和習用的標準。克羅齊認為，這樣的劃分可能有實用的意圖，但是它無論如何也沒有理論的意義。這種劃分使我們的行為像圖書館管理員一樣，不過問書籍的內容，而按作者姓名的字母順序，或者按照開本形式來決定怎樣編排這些圖書。但是只要我們記住，藝術不是用一般方式，用非特定的方式來表現，而是用特定的媒介來表現，克羅齊的謬論就消失了。一個偉大的藝術家在選用其媒介的時候，並不把它看成外在的，無足輕重的質料。文字，色彩，線條，空間形式和圖案，音響等等對他來說都不僅是再造的技術手段，而是必要條件，是進行創造藝術過程本身的本質要素。

　　但是每一藝術依賴其特定質料這一點在詩歌中產生了一個複雜的問題。當與其他藝術比較時，詩不得不面臨嚴重的新困難。正如我們所指出的，語言總是含有一種抒情成份。它有其詩的因素，它用形象和隱喻的表現方式說話。但語言愈發展，它擔負它特有的理論工作就愈多，它的抒情成份就愈是被其他成份壓抑和代替，日常言談的詞彙和形式不能派用於藝術目的。它們產生於實際需要，如促進特定的行動，或者指稱和區分我們共同經驗的對象。但是既沒有進入實用的領域，也沒有進入理論領域，它力求朝向另一目標。詩能夠使用同樣的手段達到自己的目標嗎？我們能夠運用語言的一般詞彙，事物的類名稱，又使它們適用於全新的工作以表達我們具體的個人直覺嗎？

　　一切偉大的詩人都是偉大的創造者，不僅在其藝術領域是如此，而且在語言領域也是如此。他不僅有運用而且有重鑄和更新

語言使之形成新樣式的力量。意大利語、英語和德語在但丁、莎士比亞和歌德死時與他們生時是不相同的。這些語言由於但丁、莎翁和歌德的作品經歷了本質性的變化，這些語言不僅爲新的詞彙所豐富，也爲新的形式所豐富。但詩人不能完全杜撰一種全新的語言，他須得尊重自己語言的基本結構法則，須得採用其語法的語形和句法的規則，但是在服從這些規則的同時，他不是簡單地屈從它，他能夠統治它們，能將之轉向一個新的目標。

　　每一詩人的作品在一定意義上都可以和那些試圖找到哲學家寶石的煉金術士的作品相比較。詩人好像是把普通言語之石點化爲詩歌之金。我們在但丁或埃瑞斯托（Ariosto）②的每一段詩中，在莎士比亞的每一齣悲劇中，在歌德和華茲華斯的每一首抒情詩裡，我們都可以發現這種點石成金的天賦。他們的一切都有其特殊的聲音，有其帶特徵的韻律，有其無與倫比的、令人難忘的旋律。也就是說，他們每一個都爲特殊的詩的氛圍所環繞。萊辛（Lessing）在《漢堡劇評》（*Hamburgische Dramaturgie*）中說：要偷莎士比亞的詩句就像偷赫丘利（Hercules）③的神棒一樣不可能。莎士比亞的每一詩句都有其心靈的印記。它不能外借，也不被其他詩人挪用。更令人吃驚的事實是，莎士比亞決不重複。他不僅說一些以前聞所未聞的語言，而且他的每個人物都講帶著具有自己個性特徵的語言。在《李爾王》和《馬克白》中，在《科利奧蘭納斯》（*Coriolanus*）和《奧賽羅》中，在《布魯圖斯》和《哈姆雷特》中，在茱麗葉和德絲苦蒙娜（Desdemona）裡，在貝亞特麗齊（Beatrice）和羅莎琳（Rosalind）裡，我們聽到的是個性的語言，是像個體靈魂的鏡子一般的個體聲音。

　　能夠如此，因爲詩人有一種特殊的稟賦，能把日常語言抽象的一般名稱擲進詩的想像的熔爐，鑄出新的樣式。由此他能夠表

達一切具有無限細微差別的情感，歡樂和悲傷、愉悅和苦惱、絕望和狂喜等等別的表達方式不可及的和說不出的微妙情感。詩人不僅用詞彙描繪，他激起了，我們最深的情感，並使之透過形象顯現出來。這是詩的特權，同時也是詩的局限。由此可知，我們稱爲詩的意境的東西，是不能和它的形式區別開來的。雪萊（Shelley）在《爲詩辯護》（*Defense of Poetry*）中說：因此翻譯是徒勞無益的：尋求把詩人的創造從一種語言注入另一種語言，其聰明不亞於把一束紫羅蘭投進熔爐，以便使你可以發現它的顏色和香味的公式原理。該植物必須從種子再生長出來，否則它決不能開花──這是一個通天塔般的災難性負擔。

　　我認爲，在這裡可以發現對詩歌的一般藝術的眞正辯護。這辯護反駁了如柏拉圖之流的哲學家和托爾斯泰之流的道德家的攻擊。托爾斯泰在藝術中看到情感感染的持續和危險的根源。他說不僅情感感染是藝術的確定標誌，而且感染的程度是藝術價值的唯一標準。然而很容易知道這種理論錯在何處。托爾斯泰忽視或輕視的是詩歌最根本的因素和主旨：形式因素。有激情的人不能用這種激情影響我們。在看莎士比亞的戲劇時，我們沒有受馬克白野心的影響，沒有受理查三世殘酷的影響，也沒有受奧賽羅的妒忌的影響。詩人給我們的是一種最深的情感，正如華茲華斯所說，它是「在平靜中回味的情感」。甚至在最富情感的詩歌中，在戲劇和悲劇中，我們感到的這種突然的變化，如哈姆雷特所說，在我們激情的驚濤駭浪暴風驟雨中，我們感到一種節制。只有在形式的領域我們能夠贏得這種節制。這裡我們不能進入亞里士多德的悲劇理論，也不試圖解釋「淨化」這個術語的含義。解釋會把我們捲進困難的哲學問題裡去。

　　但是，把一切哲學考慮都拋在一旁，在系統的意義上，我們

可以說，由悲劇或其他藝術作品造成的「淨化」，不能從道德的意義去理解，更不必說從心理學的意義去理解了。它不是我們情感的純化或淨化，而是我們的情感被提高到一個新的狀態中。那些在現實生活中必須經歷我們在欣賞索福克涅斯 (Sophocles) 或莎士比亞的悲劇所感受到的那些情感的人，將不僅被這些情感的力量所壓迫，而且被這些情感壓倒和毀掉。但是在藝術中，我們就不會面臨這些危險。我們在這裡感到的是沒有物質內容的純粹的情感生活。我們激情的重擔從肩上放下來，留下的是內部情感，是沒有重力、壓力和重量的激情的起伏波動。「激情」(passion) 這個詞，按其最初的詞源學意義來理解，似乎是指一種心靈的被動狀態。

但是在藝術中，激情像突然改變了性質，變為主動狀態。它不僅是一種情感狀態，同時含著一種觀照活動。藝術不是用語詞或圖像的幻象來欺騙我們，而是請我們進入它的世界——純粹形式的世界來陶醉我們。用這種特殊的媒介，藝術家重構了世界，這就是我們在一切偉大的藝術天才那裡發現的真正力量。揚格 (Edward Young) 在〈試論獨創性作品〉(Conjectures on Original Composition) 中說：「獨創性作家的筆，像阿米達 (Armida) 的魔杖，在貧瘠的荒地裡，呼喚出百花盛開的春天。天才和智慧者的差異正像魔術師和建築師的差異一樣。一個用不可見的方式豎起自己的建築物，另一個靠熟悉運用普通工具建造自己的建築」。

這個簡短的講演中，我只能給一個有很多重要系統結論的問題勾劃一個粗略的輪廓。這對任何特殊問題作詳細的討論都是不可能的。我想要強調的只有一點，用文化哲學和一般知識理論的觀點來看待問題具有至高無上的重要性。只要我們滿足於用那模

仿給定的、準備好的現實的傳統觀點，我們就會失去對語言和藝術進行更深刻的理解的眞實線索。一句眾所周知的名言表達出這種傳統觀點來：「藝術是對自然的模仿」。多少世紀以來，它統治著我們的美學理論，甚至在語言哲學的發展中，它也總是扮演了主要角色。

　　但是無論藝術還是語言，都不僅僅是「第二自然」，它們還有更多的性質，它們是獨立的，是獨創的人類功能和能力。正是憑著這些能力，我們成功地建立和組織了我們的知覺世界，概念世界和直覺世界。在這個意義上，語言和藝術擁有的不僅是再創的特徵和價值，而且是創造的和構造的特徵和價值，正是這特徵使語言和藝術在人類文化世界佔有了一個眞正的位置。

語言與藝術

二

在最後兩講中，我想就我認爲是哲學人類學之根本的那個問題作一番概述，我想探討一下我稱之爲客觀化過程的一般過程的不同發展階段。我的論點是，我們不能將經驗對象的世界看成是一個直接的事實，即不能將它看成是一個冷酷無情的事實。從哲學分析的觀點來看，客觀性不是人類知識的起點而是其結局④。當然，凡是哲學都包含著一個本體論——一個關於存在的一般理論。在這方面，我們可完全贊同亞里士多德將形而上學界定爲關於存在本身（即作爲存在的存在）的學說。一種批判的哲學絕不否認這樣一種本體論的必要性或重要性。但批判哲學已不再把本體論理解爲關於絕對存在的描述，即不再把它理解爲關於物自體及其性質的描述。批判哲學把本體論的任務限制在現象這個領域之內，限制在由經驗知識的各種不同模式所給予我們的對象這個領域之內。

在《純粹理性批判》的著名一章，即在論述將對象區分爲現象和本體的根據的那一章中，康德正是在這個意義上說，人類知性的一切基本概念都只是些用以說明現象的原則，「本體論自詡以系統的形式提供了關於事物的先天綜合知識（例如因果律）。其實，本體論，這一驕傲的名稱須用純粹知性的分析論這一謙抑得

多的名稱來替代。」⑤⑥從這一批判的和分析的觀點來看，我們所謂的「客觀性」並非給定的（gegeben）而是交給的（auf-gegeben）；它並不是一個直接的無可置疑的事實，而必須被視為一項任務。

如果我們選擇人的世界即文明的世界而不是物質的或形而上的宇宙作為我們的出發點，那麼這一論點就能獲得特殊的力量。顯而易見，人的世界並不是作為某種現成的東西而存在的。它需要建構，需要通過人的心靈不斷努力才能建立起來。語言、神話、宗教、藝術和科學都不過是朝著這個方向邁出的一些單個步驟而已。它們並不是對事物現成本質的模仿或複製。事實上，它們都只是通往客觀性道路上的一些各不相同的中途站或駐足所。我們所說的人類文化可以界定為我們人類經驗的漸次性的客觀化，可以界定為我們的感覺、我們的情感、我們的願望、我們的印象、我們的直覺體知和我們的思想觀念的客觀化。

我們可以選擇各種不同的方法來研究這一通往人類文化世界的一般過程。第一種似乎被人們廣泛採用的方法就是比較方法。哲學人類學必須遵循斯賓諾莎（Spinoza）的箴言：不能把人視為「國中之國」。⑦人只是進化總鏈條上的一個環節，文化生活總要受制於有機生活的狀況。因此我們必須首先研究有機生活的狀況。現代生物學和現代動物心理學，為我們比較研究有機生活的各種形式提供了一則十分有趣的材料。生物學家約漢拿斯・馮・烏克斯居爾（Jonannes von Uexküll）寫過　部著作，標題為《動物的外部世界與內心世界》（*Umwelt and Innenweet der Tiere*）。在這部書中，他聲稱凡是有機體都有其特定的外部世界和特定的內心世界，也就是說，都有其外部生活和內心生活的一種特定模式。我們不能直接感知到或觀察它們，而必須運用一種

間接方法。動物的解剖結構爲我們提供了重建其外部經驗和內心經驗的線索。在這方面迥然不同的動物並不生活在同一實在之中。一個具備大腦或複雜神經系統的動物與一個屬於比較低級的有機體的動物不可能具有同樣的經驗。烏克斯居爾的研究表明，一個對人和所有動物種類都完全一樣的對象世界根本不存在。他說，「在蒼蠅的世界，就只能看到蒼蠅類的『事物』；在海膽的世界，就只能看到海膽類的事物。」⑧

我們不可能憑藉烏克斯居爾及其他學者在動物心理學這一領域內所進行的觀察，就對我們的問題提出一個肯定的答案，但從他們已確證的事實中，我們卻可以得出一個十分重要的否定結論。較之我們自己的人類經驗，動物的經驗極不穩定。事實上，動物的外部經驗處於一種液化狀態之中。爲了描述這一狀態，現代比較心理學新創了一個專門術語。我們得知動物並不是生活在穩定事物的領域內，而是生活在複雜的或擴散的性質的領域內的。它並不知道那些確定明晰、永恒不變的對象，而這些對象正是我們人類世界的顯著標誌。我們把一個恒定不變的「本質」賦予這些對象，即使在各種迥然不同的情形下，我們也可以把它們辨認識別出來。動物經驗中缺乏的正是這種識別能力。一個動物可以採取一定的方式來對某種特殊的刺激做出反應，但如果同樣的刺激出現在異乎尋常的環境中，那麼這一動物就會做出迥然不同甚至完全相反的反應。

讓我們用一個有代表性的實例來說明這一事實。一位德國心理學家曾經觀察過一隻家養蜘蛛的生活習性。⑨這蜘蛛編織了一個火山口狀的網，這個網愈來愈窄恰似一個漏斗。蜘蛛在這個管狀的網中等待著自己的獵物。一旦蒼蠅被網的外層粘住，蜘蛛便立刻猛撲過去，將毒牙刺入獵物，使之麻痺。但是，如果一隻小

蒼蠅進入迷官一般的網巢內部時，或者蜘蛛在別的地方而不是在交織的網上遇到它，蜘蛛就不會碰它一下，甚至還會遠遠避開。通過這一實例我們可以看到，動物受到刺激的那一特殊環境一經改變，就足以使識別過程不可能。在人身上，也唯有在人身上，我們才能看到這種穩固性，才能看到各種感覺材料結合為同一概念統一體，而這種概念統一體便是思維永恒不變的實在——由客觀事物和客觀性質構成的實在——的條件。

的確，我們人類經驗的特徵和特權就是，我們並不僅僅達到了一般的生物狀況，我們的行動並不僅僅是由一些模糊不清的印象或情感，由欲望或感覺引起和推動的。當然我們都難免有這些模糊印象或感情，從某種意義上說，它們甚至可被視為我們一切活動的原初刺激。洛克（Locke）採用了一種完全不同的心理觀察和心理分析的方法。有一種觀點認為，人類心靈的一切複雜現象都必須還原為一些原始的、不可置疑的感覺材料，而這些感覺材料就是感覺的簡單而固定的因素。洛克不同意這一觀點。但即使如此，洛克在《人類理智論》（*Essay on Human Understanding*）十分有趣的一章中還是力圖說明，某種模糊不清、難以解釋的「不安」是全部人類生活，甚至還是我們的全部精神活動的首要和不可或缺的動機之一。⑩

但是，人是從來不會固守自己的原始狀態的。他並不是單純地聽憑感覺、情感和模糊不清的印象支配的。他超越了這一模糊不清的原始狀態，而進到了一個新的心靈狀態。他不僅生活在實在中，而且開始意識到實在。在達到這一新的精神狀態之前，他絕不可能談論對象世界，也絕不可能談論經驗事物及其永恒不變的性質。我們可以用許多完全不同的名稱來指示這一過程，在哲學史上，我們遇到了許多企圖描述這一過程却各不相同的術語。

這些五花八門的術語無關宏旨，只要我們牢牢記住這一過程本身的一般性質就足夠了。最常見、最古老並且在一定意義上古典的術語就是理性（reason），這一術語是從希臘文「Logos」（邏各斯）一詞翻譯過來的。人正是通過邏各斯，即通過理性的力量而有別於動物的。

在希臘哲學中，這一術語的意義原本十分清晰、確定，但經過長期的發展演變，這一術語變得含糊不清了。它具有某種形而上學的內涵，而我們在探討哲學人類學時正想避開這種形而上學的內涵。為了達到這一目的，我們必須事先假定有一個獨立存在的實體性的東西，稱為理性、心靈或精神。形而上學地使用「理性」一詞會導致謬誤和錯覺。康德在討論「純粹理性的謬誤推理」一章中警告我們要提防所有這些謬誤和錯覺。我們再也不能用一種實體性的、本體論的方式來界定理性或精神了。我們必須將它界定為一種功能。它不是一種獨立存在的實體或力量，而是一種組織我們人類經驗的方式。這種組織是由語言、神話、宗教、藝術和科學引起的。如果我們尋找一個囊括所有這些各不相同的活動的共同名稱，那麼我們傾向於使用「統覺」（apperception）一詞。在這個意義上使用「統覺」一詞是從萊布尼茨（Leibniz）開始的。

根據萊布尼茨，我們可以將動物的世界描繪成一個感覺（perception）的世界，描繪成一個細微感覺（petites perceptions）的世界，但卻必須將人的世界描繪成對實在的統覺（apperception）。這種統覺（萊布尼茨意義上的）隱含著一種新的意識狀態和一種關於客觀性的新的概念。或者我們寧可使用「反思」（reflection）這一術語（同樣，這一術語有著悠久而複雜的歷史，但赫爾德（Herder）在他那篇討論語言起源的論文中對這一術語下了專

門的定義）。據赫爾德說，語言並非起源於感覺或情感而是起源於反思。

> 人的思想自由馳騁，感覺從各個感官浩浩蕩蕩湧入思想中。在這感覺的海洋裡，人可以採取一種說話方式把**某一**波浪孤立出來，使之停滯不動，然後將自己的全副注意力集中在這一波浪上，並且意識到自己在這麼做。此刻人表現出反思。在人的朦朧睡夢中，各種形象撲朔迷離，從他的感官掠過。當一夢初醒之時，他可以將注意力集中在某一點上，有意識地玩索某一形象，並且清晰冷靜地注視這一形象，辨析那些證明其為此物而非彼物的特徵。此刻人表現出反思。人非但生動明晰地知悉事物的全部屬性，且能**辨認**出一個甚或數個根本屬性（這一辨認活動會立刻產生一個清晰明白的概念，是心靈最初的判斷活動——是什麼使得這種辨認活動成為可能的呢？）此刻人表現出反思。這種辨認活動是通過一個必須使之抽象出來的特徵而產生的，是通過二個作為意識因素清晰地顯現出來的特徵而產生的。再前進一步吧！讓我們歡呼新發現！反思的第一特徵便是心靈的語詞。人類言語隨之而產生！⑪

我不想在此就術語的使用問題進行辯論。我的論點是，我們可以用理性、統覺和反思這幾個詞來描述的那整個過程，意味著經常不斷地使用符號——神秘的或宗教的、言語的、藝術的、科學的符號。離開了符號，人就只能像動物一樣生活在實在中，就只能對各種不同的物理刺激做出具有特徵的反應，並以此來保持自己的狀態。如果人只是為了保持自己的生物存在，那麼他就無

須超越動物的界線和本能生活的範圍。在《心理學原理》(*Princi-ples of Psychology*) 一書中，威廉・詹姆斯 (William James) 說，凡是動物本能都包含著與主體的某種實際關係。⑫人類生活的廣大領域以及不計其數的人類活動都仍然處於同一水平上：它們都是對實際需要作出的實際反應。但在符號世界中——在語言、藝術和科學中——人開始了一個新的過程，即理論生活和反思生活的過程，這一過程逐漸地，不斷地幫助他對客觀世界構成新的概念。

要想徹底探究和描述這一客觀化過程的先後順序實非易事。但最先出現的並非物理對象的世界，並非自然科學研究的「自然」的世界。自然科學是人類思維很晚才出現的一個錯綜複雜的產物。人最初接近自然並不是通過物理學思維或數學思維，而是通過神話思維。神話思維對受制於各種恒定規則的對象所具有的任何穩定秩序，毫無所知。神話並非沒有原則可循，也不是對事物所作的荒誕不經、支離破碎和矛盾百出的表述。相反，在對實在進行解釋的時候，神話遵循的是一條與科學思維全然不同的原則。康德把自然界定為事物的存在，因為它是由某些一般規律來制約的；科學思維正是以這一關於自然的概念為先決條件的。可是神話是不知道什麼一般規律的。神話世界不是一個遵循因果律的物理世界，而是一個人的世界。因此，神話世界不是一個可以歸結為幾個因果律的自然力量的世界，而是一個戲劇世界——一個行動的、超自然力的、神或鬼的世界。毫無疑問，這也是一種客觀化，但卻又是一種具有特定方向和趨勢的客觀化。

在神話中，人將自己最深處的情感客觀化了。他打量著自己的情感，好像這種情感是一個外在的存在物。但這種新的客觀性自始至終都要受到個性的限制。在有機世界中，在動物的生活中，

我們不能找到任何與這種神話想像和神話思維過程類似的東西。毫無疑問，高等動物不僅具有範圍極廣的情感，而且還具有採取多種不同方式來表達情感的能力。達爾文曾對這一問題做過專門的研究，他寫過一部十分有趣並且非常重要的著作，標題爲《人和動物的情感表達》(*The Expression of The Emotions in Man and Animals*)。但在這裡，無論動物如何表達自己的情感，它也絕對超越不出這些情感的範圍。它不能將這些情感客觀化，不能賦予這情感以外在的形式，並以此將它們實在化。

在神話思維中，我們發現的正是這種客觀化和實在化。也就是說，各種情感——恐懼、哀愁、痛苦、激動、歡樂、極度興奮、狂喜——都具有自己的形狀和面貌。就此而言，我們可以把神話界定爲對宇宙的面相學的解釋 (physiognomical interpretation) 而不是理論或因果解釋。⑬神話思維中的一切都呈現出一種特殊的面相。人就是生活在這些複雜多樣的面相特徵中的，這些特徵不斷地影響他，給他留下極其深刻的印象。他觀察世界，就如同我們在人與人交往中，習慣於觀察旁人、觀察自己的同類一樣。他的周圍並不是一些僵死的東西，相反是一些充滿情感的東西。這些東西要麼慈祥要麼歹毒，要麼友善要麼可怖，要麼已經司空見慣要麼顯得離奇古怪，要麼使人信心倍增要麼令人敬畏恐懼。據此，我們可以輕而易舉地解釋神話思維的一個基本特徵。如果說神話思維必須遵循某一確定的規則的話，那麼這一規則肯定不能與自然的規則和科學思維的規則相比附。因爲科學思維總是竭力找到事物的永恒的性質和固定不變的關係。

但是神話並不承認這些永恒的性質。它不是根據我們通常的經驗思維也不是根據物理學解釋自然，而是根據我們的面相學經驗來解釋自然的。再也沒有什麼別的東西比這種經驗更加起伏不

定的了。人的面部表情常常出乎意外地瞬息萬變，由一種狀態轉
向相反的狀態：由歡樂轉爲悲慟，由興高采烈轉爲鬱鬱寡歡，由
溫柔慈愛轉爲雷霆暴怒。神話思維將這種經驗擴展到整個宇宙。
沒有任何東西具有確定不變和永恒常在的形狀；一切事物都具有
突變的趨勢。我們都熟諳這類神話變形，並且都還記得奧維德
（Ovid）作品中對這些神話變形所作的饒有詩意的描寫。一個人
隨時都有可能變成一個新的形狀。尼俄珀變成一塊石頭，達佛尼
變成一株月桂，阿拉西尼變成一隻蜘蛛，⑭諸如此類，不勝枚舉。

　　但是，如果我們把神話世界看成是一個純粹夢幻的世界，看
成是一堆雜亂無章、粗陋不堪的迷信、錯覺或幻覺，那就大錯持
錯了。即使是神話也遵循著自身的規則，它不僅僅是漫無目的的
編造，而且還具有某種組織感情和想像的趨向。在神話思維的早
期階段，我們可以看到一些在德國學者烏西諾（Hermann
Usener）的著作中稱爲瞬息神（Augenblicksgötter）的神話人
物。他們似乎是在一瞬間下意識地和漫不經意地創造出來的。他
們還沒有獲得一個固定的形狀，它們變動不居，起伏不定。人們
已經感覺到魔鬼力量的存在，但卻無力將它們描述出來，賦予它
們一個確定的形式和名稱。但是，根據烏西諾的理論，神話思維
的這一原始狀態在進一步演化的過程中經歷了一次變化。瞬息神
被其他一些神所替代，在烏西諾的著作中，這些神被稱爲專職神
（Tätigkeitsgötter）和人格神（Persönliche Götter）。⑮

　　我不能在此就這一理論進行辯論。我在一篇專題論文《語言
與神話》（*Sprache and Mythos*）（瓦伯格研究院叢書，1925 年出
版）中曾強調該理論對宗教史和文化哲學的重要性。⑯但是如果我
們徹底探究這一發展過程，那麼我們可以說，即使在這一領域內
我們也可以看到一個把我們由單一引向特殊，再由特殊引向普遍

的連續不斷的發展過程。在多神教思維中，世界已不再是一個由變化莫測的魔力支配的渾沌狀態了。世界被劃分爲一些明確的區域，劃分爲一些行動的範圍，其中每一區域或範圍都有一個專門的神來統轄。在這些神中間，我們可以看到一種等級秩序。我們可以找到一個至高無上的神，我們看到宙斯擔負著雙重職能，即宇宙論方面的職能和倫理方面的職能。宙斯是上蒼之神，是眾神和人類之父，同時又是正義的守護神。所有這一切表明，即使是神話思維對組織和客觀化也不乏清晰敏銳的意識，只不過其客觀化不是通過理智而是通過想像來實現的。

　　同一發展過程不僅可以在神話形象和神話表現這一領域內見到，而且還可以在作爲所有神話思維和宗教思維的動機的那些情感中見到。人們常說，一切宗教都源於恐懼——「Primus in orbe deos fecit timor」。⑰但是純粹的恐懼只是人心靈中的一種被動狀態，這種被動狀態難以解釋我們時常在神話思維和宗教思維中見到的那種自由不羈的活動，那種創造性和創造力。恐懼可以創造出魔鬼，卻不能創造出比較高級的神，我們也不能從中得出一神教的教義。誠然，即使是許多深刻的宗教思想家也傾向於把宗教歸結到人的某種被動的情緒，而不是歸結到人的某種創造性的、自主的和積極的功能。施萊爾馬赫 (Schleiermacher) ⑱《宗教演講錄》(*Reden über*) 一書中將宗教界定爲「絕對依賴上帝的情緒。」⑲齊克果 (Kierkegaard) 認爲，所有宗教思想，特別是基督教思想，其最深刻的根源都存在於我們的焦慮不安的情緒中。「焦慮不安」是哲學中的一個中心問題。關於這一觀念他曾寫過一篇專題論文。在這篇論文中，齊克果聲稱，一個人越富於創造性，他的焦慮也就越深刻。⑳

　　但是我認爲我們不能接受這一理論。我不否認恐懼和焦慮從

發生學意義上，可以視爲我們宗教意識中最重要的現象之一。但在宗教的演化和發展過程中，恐懼和焦慮也給其他許多完全不同的情緒和情感留有餘地。在英國人類學家馬萊特（Marett）的一本書中，宗教的歷程被描繪成「從符咒到祈禱」（From Spell to Prayer）的歷程。㉑我們可以把神秘思維和神秘儀式解釋爲恐懼的產物，我們也可以認爲它們企圖通過控制魔鬼和衆神的力量來滌除恐懼。但宗教思維又導致了另一觀念的形成。恐懼和焦慮，純粹的屈服和純粹的被動順從不再是各種更高一級宗教的原則了，這裡我們看到的是另一些感情——信心和希望，愛和感激。那種宗教信仰倚靠的正是這樣一些感情。在哲學性宗教中，首先是在柏拉圖的宗教中，上帝的理念本身就是等同於善的理念，是整個理念王國的頂峰和極致。

　　但是，如果我們現在從神話思維的領域進到一個新的領域，即語言的領域，那麼我們就會發現自己轉入了一個新的世界。誠然，語言和神話聯繫得如此緊密，以致乍看上去兩者似乎是不可能彼此分開的。也就是說，語言思維充滿著和滲透著神話思維。我們越是追溯到語言更原始的階段，這一點就越是顯而易見。即使是在我們自己高度發達的語言中，也仍舊浸透著神話思維。在日常言談中，我們不是用概念而是用隱喻來說話的。我們難免要使用隱喻。這種富於想像和隱喻的言談方式，似乎是與神話思維的基本功能密切關聯的。同時，凡是人類語言都希望傳達出一定的感情、願望和欲念。它們不僅是觀念和抽象思想的交流，而且還充滿著情感。但如果我們把語言視爲一個整體，如果我們徹底探究其總的發展過程，那麼要把它歸結到這樣一個情感背景，事實證明是不可能的。

　　在關於語言起源的思辯理論中，我們可以看到兩派在語言史

和哲學史上不斷交鋒的理論。一派是擬聲論，另一派是感嘆論。馬克斯・米勒（Max Müller）和其他一些人將這兩派理論戲稱爲「汪汪論」和「呸呸論」㉒。擬聲論認爲一切語言都起源於自然聲音的模擬，這派理論一直起著十分重要的作用。柏拉圖在《克拉提魯斯》（*Cratylus*）這篇對話中曾描述過這一理論，但他最終卻又歪曲了它。在現代，這派理論似乎已經失去了原有的聲譽，幾乎沒有一個現代哲學家或現代語言學家仍從原來意義上堅持這一理論了。可是另一派理論，即感嘆論似乎仍有很大市場。

　　認爲對人類語言的唯一可能的解釋就是將它歸結爲一個一般現象，即動物叫喊的現象，這是美國一些學者在他們的哲學論著中堅持的論點，也是格雷斯・德・拉古納（Grace de Laguna）在《言語及其功能和發展》（*Speech, Its Function and Development*）一書中堅持的論點。㉓現代語言學的元老之一雅斯柏森（Otto Jespersen）也堅持同一理論，認爲語言史中的一切事實都是朝這一方向發展的。雅斯柏森在他的兩本書中發展了自己的理論，一本是早期著作《語言的發展》（*Progress in Language*），出版於一八九七年，另外一本是他最後一部綜合性著作《語言及其本質、發展和起源》（*Language, Its Nature, Development and Origin*）（一九二二）。他並不想作一般性的純思辯的論證，他認爲只要作一番經驗分析就足以證實他的觀點。他說，「我所推荐的方法就是，將我們二十世紀的現代語言追溯到歷史及我們現有材料允許我們追溯到的那個時期。我是第一個始終不渝地運用這一方法的人。……如果我能夠找出與後期語言階段相對的早期語言階段的某些典型特徵，那麼我們就完全有理由得出這樣一個結論：同樣的特徵在遠古的時候就業已達到比現在更高的程度。……

　　「現代言語是從更爲古老的形式演化而來的。如果我們在更大的規模上將言語在這一演化過程中經歷的變化追溯到人類的童年，如果我們通過這種方法最終找到了一些口頭發出的聲音，這些聲音已經不再被稱爲眞正的語言了，而要被稱爲某種先於語言的東西──那麼問題也就解決了。因爲變化是一種我們能夠理解的東西，而無中生有則永遠是人類理智所無法理解的」。㉔但正是在這一點上出現了方法論上的困難。通過一系列中間環節，我們可以盡力把我們自己的語言同某種純粹情感叫喊的原始狀態聯繫起來。但即使在這種情況下，我們必須承認的「變化」也仍然是一種邏輯的創造。在原始狀態中那種完全出自本能的發聲，那種情感叫喊，在更高一級階段上必須被看成是某種迥然不同的東西。以前那種感情的表達，那種歡樂或恐懼的感嘆已經變爲一種客觀的陳述，一種關於事物及其關係的陳述和判斷。

　　這一語言的嶄新用途是雅斯柏森自己理論的前提條件。這一點不僅爲他自己所承認，而且還爲他用來說明自己觀點的實例所證實。他說：「當交流取得了比感嘆優先的地位時，當人們發出聲音是爲了告知同伴某事的時候，我們才第一次跨入語言的門檻。……最初那一連串毫無意義的聲音後來又是如何變成了表達思想的媒介的呢？……我們可以設想一個窮凶惡極的敵人戰敗而死，這時一群人圍繞敵人的死屍載歌載舞，歡慶勝利。……這些根據某一旋律唱出的聲音組合起來，很自然就成了這一特殊事件的專有名詞，……倘若環境稍加變化，又可成爲殺死敵人的那個人的專有名詞。通過隱喻的轉換，這一發展過程可以進而擴展一些類似的情形。」㉕

　　但是這一解釋並未解決我們的問題，雅斯柏森是用未經證明的假定來進行辯論的。把言語歸結爲情感叫喊，同時又聲稱這些

叫喊在某一階段上改變了自己的意義，即被當作「名稱」來使用
了，這是一種循環論證。「名稱」這一概念本身就已經概括了我們
的整個問題；這一概念已經預先假定了情感叫喊向一種新的功能
的轉折，即向嚴格意義上的「符號」功能的轉折。正是通過這一
功能——用雅斯柏森的話來說——交流才取得了比感嘆優先的地
位。

　　凡是屬於這一類型的理論都在強調與雅斯柏森完全相同的論
點，因而都可以用我們的上述觀點來加以反駁。這些理論希望通
過考察語言的最簡單形式，來盡可能縮小語言與其他基本過程之
間的距離。但剛剛朝著這個方向邁進了幾步之後，它們就無可奈
何地停滯不前了。它們不得不承認一個特殊的差異，這一差異不
僅是量上的而且是質上的。不管是在低級階段還是在高級階段，
不管是在「原始」階段還是在高度發展的階段，這一差異都毫無
二致。在《言語和語言理論》（*The Theory of Speech and
Language*）一書中，加狄倫（Gardiner）傾向於承認人類語言和
動物語言的「根本同質」（essential homogeneity）。可是他隨即
又補充說，我們在動物世界發現的那些「情感獨白」與言語大相
徑庭。㉖刺激或反應儘管種類繁多，卻足以產生類似「真正」語言
的東西。他說，「動物的發聲與人類的言語之間差別如此之大，以
致幾乎使這兩種活動的根本同質黯然無光。」的確，表面上的同
質僅僅是一種質料方面的同質，這並不排除形式上的和功能上的
異質。相反的，還強調了此點。加第內說得很正確，「在感嘆與言
語之間存在著不可逾越的鴻溝，我們完全可以說感嘆是對語言的
否定，因為只有當我們不能或不願說話時我們才使用感嘆。」㉗

　　通過賦予事物一個名稱來描述或指示事物，這是一個嶄新的
和獨立的功能，它意味著我們朝「客觀化」又邁進了新的一步，

而這新的一步是不能歸結到言語的低級的情感水平的。只要看看現代言語精神病病理學提供的那些我們業已熟知的事實，這一切就不言而喻了。在此，我只想舉一個有代表性的特殊實例。所謂失語症的研究（病人由於大腦損傷而喪失了使用名稱的能力，失語症的研究即指這類病例的研究）告訴我們必須區分人類言語的兩種不同形式。一般說來，這種病的患者已經完全喪失了使用詞語的能力。他再也不能在一般通用的意義上運用這些詞語來表示或指示經驗對象了。如果問患者事物的名稱，通常他們不能給出正確的答案。㉘但他可以將詞語派作他用，即可用詞語來表達情感或者描述東西的用途。如果你把一杯水端到他面前，他不會說出水的名稱來，但他會告訴你，他所看見的是某種可以飲用的東西。如果你讓他看一把刀，他會告訴你這是用來切東西的。如果你把他領到火爐旁，他不會說出「火」這個詞來；但由於害怕危險，他會高聲大叫「火！」，以此作為恐懼的呼號或驚異的叫嚷。

英國精神病學家傑克遜（Jackson）對這類失語症病例進行了仔細研究。為了指出這一區別，他引進了一個專門術語。他將言語描繪成「低級」言語和「高級」言語兩種形式，並且將它們截然分開。在前一種形式中，我們的言詞用於感嘆，而在後一種形式中，我們的言詞則用於「陳述」。在使用情感語言時，我們只有感情的爆發，也就是說，這不過是主觀心靈狀態像火山一般的突發而已，而在使用陳述語言時，我們具有一種客觀的思想聯繫，我們有一個主語、謂語以及兩者之間的某種關係。對於人來說，這種類型的言語，這種陳述的言語正是他發現「客觀世界」，發現具有恒定不變性質的經驗事物世界的最初線索。沒有它的指導，要接近這樣一個世界似乎是不可能的。正是通過語言，我們才學會了把自己的感覺進行分類，把它們歸在一些總的名稱和總的概

念之下。只是通過這一分類整理的工夫，我們才能理解和認識客觀世界，即經驗事物的世界。

　　我們只要作一番現象分析就可以清楚地看到，即使是對我們日常的經驗對象的理解，例如對一所房子的理解也包含著大量繁雜的因素，也必須依靠各種錯綜複雜的心理狀態和邏輯狀態。這樣一個對象給予我們的並非某種單一的感覺，而是一組感覺，這些感覺按照某一確定的原則結合起來，彼此關聯。根據觀察者所站位置的遠近，根據他的觀察角度和特定的視覺，根據明暗狀況的不同，這所房子的形狀也變化不定。但所有這些迥然不同的形狀卻被認爲代表著同一對象，同一事物。因而，名稱即語言符號的同一性對於保持這一客觀對象的同一性大有幫助。

　　對於經驗對象的理解和辨認有賴於思維活動的穩固性，而語言的穩定性正是思維活動穩固性的支柱。如果你告訴一個小孩，在各種完全不同的情況下呈現出來的各不相同、變動不居的外表形狀應該用同一名稱來指示，那麼這個小孩就學會了將它們視爲一個恒定不變的統一體，而不是將它們僅僅視爲一些紛雜繁多的東西。現在有了一個穩定的中心，所有簡單的外表形狀都可以歸到這個中心。也就是說，名稱創造了一個新的思想中心，射向各個不同方向的光線互相交織，合併爲一個思想統一體，我們在談到同一對象時考慮的正是這樣一個思想統一體。沒有這一盞明燈，我們的感覺世界很可能仍是暗淡無光，模糊不清的。由此可知，語言的比較研究不僅具有語言學的或歷史學的意義，而且還具有根本的哲學意義和哲學價值。

　　因爲正是通過這種比較我們才能更好地理解和評判語言的眞正功能。只是由於辨明了語言的個別特徵，我們才能夠眞正洞察到語言的一般性質和功能。歌德說，「一個不懂外語的人同樣對他

的母語也一無所知。」我們必須深透到外語中去，以便使自己確信，語言的真正差異並不在於學習一套新的詞彙，也不在於詞彙的構造，而在於概念的構造。因而學習外語往往是一種精神冒險，恰似一次探險旅行，最終我們發現了一個新世界。即使是在學習一些聯繫緊密的語言——例如德語和瑞典語——的時候，我們也很少發現真正的同義詞，即在意義上和用法上完全吻合的詞。不同的詞往往表達出略微不同的意義。它們以各自不同的方式組合和關聯我們的經驗材料，因而造成完全不同的理解模式。兩種語言的詞彙絕不可能相互貼切，錙銖不差，也就是說，它們包含著各不相同的思想領域。

在對不同的語言進行比較的時候，我們常常發現，它們對感覺經驗世界進行分類整理的方式，並不遵循某一刻板的、唯一的和預定的邏輯定理。我們的語言概念無須根據某一思想模式或直覺模式來加以塑造，事實上，這樣的模式並不存在，最大限度的靈活性和變易性隨處可見。正是通過這種變易性，語言才能夠反映一個民族或言語社團的整個生活，名稱的多寡往往代表著感情與生活的特殊方向。但總的目標都是一致的，即都是要對我們的感覺世界進行分類和整理。現代傑出的語言學家索緒爾 (Ferdinand de Saussure)在《普通語言學教程》(*Cours de linguistique générale*) 一書中說：「離開了語言我們的思想只是渾沌一片。……思想本身恰似一團迷霧。語言出現之前絕無預先確定的思想可言，一切都模糊不清。」㉙㉚

我絕不想詰難這一論斷，因為他與我的觀點恰相吻合。但我認為，從綜合的哲學觀點來看，我們不能不加任何限制地全盤接受這一論斷。我們必須承認語言從某種意義上來說是人的一切智力活動的根基。語言是人的主要嚮導，為他展示了一條通往關於

客觀世界的新概念的新道路。但是難道我們可以說這是唯一的道路嗎？難道我們可以說離開了語言人就會淹沒在黑暗之中，他的感情、他的思想、他的直覺就會掩蔽在朦朧與神秘之中嗎？在作這種判斷的時候，我們不應該忘記，除了語言之外還有另外一個人的世界，這個世界有著其自身的意義和結構。事實上，在言語和文字符號的世界之上還有另外一個符號世界，即藝術——音樂、詩歌、繪畫、雕塑、建築——的世界。

語言首先把我們帶進了概念世界。我們不僅需要將實在歸在某些一般概念和一般規則之下，以此來理解實在，我們還想直覺到它的具體個別的形狀。這樣一種具體的直覺光憑語言是不能達到的。的確，我們的日常言語不僅具有概念的特徵和意義，而且還具有直覺的特徵和意義。我們的常用詞彙不僅僅是一些語義符號，而月還充滿著形象和特定的情感。它們不僅訴諸我們的感情和想像——它們還是詩意的或隱喻的詞組，而不只是邏輯的或「推理的」詞組。在人類文化的早期，語言的這種詩意的或隱喻的特徵似乎比邏輯的或推理的特徵更佔優勢。德國思想家赫爾德的老師和朋友喬治‧哈曼（Georg Hamann）有言，詩是人類的母語。但是，如果說，從發生學的觀點來看，我們必須將人類言語具有的這一想像的和直覺的傾向，視為言語的最基本和最重要的特徵之一，那麼另一方面我們會發現，在語言進一步發展過程中，這一傾向逐漸減弱了。語言越是擴大和展開其固有的表現力，它也就變得越抽象。語言於是就從那些作為我們日常生活和社會交往的必要工具的言語形式發展成為一些新的形式。

為了構想世界，為了把自己的經驗統一起來，加以系統化，人必須將日常言語上升到科學語言，即上升到邏輯的、數學的和自然科學的語言。只有達到了這一階段，他才能克服在使用日常

言語時不可避免遭到的危險、犯下的錯誤和謬誤。在哲學思想史上，這些危險曾不止一次被描述過、指斥過。培根認為語言永遠是錯覺和偏見的根源，他把語言形容為市場偶像（idolon fori）。他說，「雖然我們自認為駕馭了詞彙，可是我們的確常常為它們左右和駕馭。」詞彙強烈地影響著哲人智者的智識，往往容易歪曲他的判斷，使之陷於糾纏之中。培根還說，「我們必須承認，要想擺脫這些謬誤和假象是不可能的，因為它們與我們的本質和生活狀況密不可分。但是時時提防這些謬誤和假象卻對人類判斷的真正行為至關重要」。㉛

　　人類科學為避免日常詞彙的危險作了許多漫無目標的努力之後，似乎最終還是找到了真正的道路。科學語言與日常語言完全不同。雖然它也離不開符號的使用，可是它的符號卻截然不同，是以另外一種方式構成的。人發現了一系列科學語言，在這些科學語言中，每個術語都界定得清晰明確，毫不含混。通過科學語言，人可以描述思想的客觀關係和事物的聯繫，他把日常言語中使用的文字符號、算術、幾何和代數符號上升到我們可以在化學公式中見到的那種符號。這是客觀化過程中決定性的一步。但人也為這一成果付出了慘重的代價。在接近更高一級的智力目標的同時，人直接具體的生活經驗也在不斷消失，兩者是成正比的。剩下來的只是一個思想符號的世界，而不是一個直接經驗的世界。

　　如果我們還想保存和恢復這種直接地、直覺地把握實在的方法的話，我們就需要一種新的活動和新的努力。這一任務只有通過藝術而不是通過語言才能得以實施。語言和藝術的共通之處就在於，兩者都不可僅僅看成是對現成的、給定的和外在的現實的複製和模仿。如果我們這樣看待語言和藝術，那麼哲學史上對它

們的各種責難就無可辯駁了。在這種情況下，柏拉圖說藝術家劣於模仿家，他的作品毫無獨創意義和價值，只是模仿的模仿，就是完全正確的了。

　　我們應當牢記，藝術和語言遠遠不是模仿，而是自主的和獨立自足的活動。只要以這些活動作爲中介，人才能建立起一個客觀經驗的世界。我們只有牢記這一切才能反駁上述論點。但在實施這一任務的時候，藝術和語言就分道揚鑣了，它們走向各不相同的方向。日常語言朝著概括和抽象這一方向發展，最終達到了一個新的階段，即科學語言的階段。但在藝術中，抽象和概括這一過程被一種新的努力所遏止，從而停滯不前了。在這裡，我們踏上了相反的道路。藝術不是一個將我們感覺材料加以分類的過程。藝術沉湎於個別的直覺，遠遠不需要逐步上升到一般概念上去。

　　在藝術中，我們不是將世界概念化，而是將它感受化。但是藝術將我們引向的那些感受又絕不是這樣一些感受；這些感受被感覺主義的傳統語言描繪成感覺的模仿或感覺的模糊印象。在藝術中，隱喻的使用具有完全不同的性質，不，具有完全相反的性質。藝術不是印象的複製，而是形式的創造。這些形式不是抽象的，而是訴諸感覺的。一旦我們摒棄了感覺經驗的世界，它們便會立刻喪失根基，便會立刻蒸發。但是我們在藝術中獲得的並不是所謂事物的第二性質。藝術家是不「知道」這些性質的。關於第二性質的觀念不過是一種認識論上的抽象——這種抽象可能對建立完整連貫的知識論，對建立科學哲學極有成效甚至完全必要——而已。

　　然而藝術和藝術家必須面對和解決一個完全不同的問題。藝術和藝術家既不是生活在概念世界中，也不是生活在感覺世界

中，而是生活在自己的王國中的。我們如果想描述這個世界就必須引進一些新的術語。這個世界不是一個概念的世界，而是一個直覺的世界，不是一個感覺經驗的世界，而是一個審美觀照的世界。我認為我們應該在這個意義上理解康德的定義：美是在純粹觀照中使人愉悅的東西。這種審美觀照是客觀化總過程中新的和決定性的一步。

　　藝術王國是一個純粹形式的王國。它並不是一個由單純的顏色、聲音和可以感觸到的性質構成的世界，而是一個由形狀與圖案，旋律與節奏構成的世界。從某種意義上可以說一切藝術都是語言，但它們又只是特定意義上的語言。它們不是文字符號的語言，而是直覺符號的語言。假如一個人不懂得這些直覺符號，不能感覺到顏色、形狀、空間形式、圖案、和聲和旋律的生命，那麼他就同藝術作品無緣。這樣，他不僅被剝奪了審美快感，而且還失去了接近實在的一個最深刻方面的機會。㉜

　　回顧一下我們對神話、語言和藝術所作的一般性分析，我們也許傾向於把分析的結果壓縮成一個簡短的公式。可以說，我們在神話中見到的是想像的客觀化；藝術是一個直覺或觀照的客觀化過程，而語言和科學則是概念的客觀化。我想這樣一個公式並不是沒有價值的，它還是包含著一定真理的。當然，在應用這一公式時，我們必須小心謹慎，切不可滑入所謂官能心理學（Vermögens-Psychologie）的錯誤中去。人的大腦並沒有劃分成一些嚴格獨立的區域。從我們的科學分析的觀點來看，把人心靈的諸多不同現象歸在一些總的類別之下，是完全許可甚至十分必要的。但在這樣做的時候，我們不要讓自己被威廉·詹姆斯描寫成並加以摒棄的「心理學家的謬誤」所欺騙。我們必須相信，我們用一個獨立的名稱來指稱的東西，是一個獨立的整體或獨立

的功能。人並不是一個由各種單一的、彼此孤立的心智能力構成的混合體。他的活動朝向各個方向，然而又不能分成各個不同的部分。

在所有這些活動中，我們看到了人的全部本質。在人類文化的所有分支中，感情和情感、想像和觀照、思想和理性都有其應有的和確定的位置。因此，我們不能將神話、藝術、語言歸結到這些心智能力之一而將其餘的心智能力置諸腦後。神話絕對不僅僅是想像產物。它並不是一個不健全、不正常的大腦的產物，也不是夢幻或幻想，荒謬觀念和怪誕觀念的聚合體。在人的思維的發展過程中，神話起著十分重要的作用。它是對宇宙之謎所作的最初解答。它企圖（雖然以一種不完全和不適當的方式）找出萬物的起始和原因。因此，神話似乎不僅是幻想的產物，而且還是人類最初求知慾的產物。神話並不滿足於描述事物的本來面目，而且還力圖追溯到事物的根源。它想知道事物何以如此。它包含著宇宙論和一般人類學。許多偉大的神話宇宙論，例如埃及人或猶太人的宇宙論，在思想方面都不乏真正的敏銳性和深刻性。

另一方面，藝術在根源和起始上似乎與神話密切相連，即使在其發展過程中也沒有完全擺脫神話思維和宗教思維的影響和威力。正是在那些偉大的藝術家身上——在但丁和彌爾頓身上——，在巴赫的彌撒曲和西斯廷教堂裡米開朗琪羅的天頂畫中，我們可以感覺到這種威力的全部力量。現代一些最偉大的藝術家仍然時時渴慕神話世界，並將它當作失樂園而痛惜不已。在德國文學中，這種渴慕表現在席勒(Schiller)〈希臘諸神〉(Die Götter Griechenlands) 一詩中。在賀德林 (Hölderlin) 的詩中，我們也經常不斷、極其強烈地感覺到這種渴慕。㉝詩人——真正的詩人——不是也不可能生活在由僵死的東西，即物理或物質對象構成

的世界中。他只要接近自然,就必定使自然生動活潑,躍然紙上。
在這方面,真正的詩歌常常保留著神話感情和神話想像的基本結
構。神話和藝術生活在個人的世界中,而不是生活在物理的世界
中。在英國文學中,華茲華斯最強烈、最驚人地表現了詩人感情
的這一方面,在〈序曲〉(Prelude) 的著名一節中他描述道:

> 自然萬物,從岩石、果實、花朵,
> 到覆蓋道路、四處散落的碎石,
> 我無不賦予道德生命:我瞧見它們在感受,
> 我將它們與某種感情緊緊相連,那渾然巨物
> 棲憩在催發勃勃生機的靈魂之中。我目睹的
> 一切無不蘊含著內在旨趣,跳動著生命。

　　在閱讀這一節詩──或任何一首偉大的詩──的時候,我們
可以立刻感到詩的語言到底在哪一方面與概念的語言大相徑庭。
詩的語言包含著最強烈的情感因素和直覺因素。語言的形式符號
不僅是語意的,同時還是審美的形式符號。不僅在詩的語言中,
而且在日常語言中都不能排除這一審美因素。離開了它,我們的
語言就會黯然無光,就會喪失生命力。㉞
　　在我們上一講中,我力圖對我認為是人類文化最基本、最有
代表性的特徵之一的那個緩慢而連續不斷的過程作一番概覽。我
試圖將這一過程描述成客觀化過程。在人類活動的各種不同形式
中──在神話和宗教、藝術、語言、科學中,人所追求和達到的
就是將他的感情和情感、他的願望、他的感覺、他的思想觀念客
觀化。

在我們上一講的結尾，我引用了索緒爾《普通語言學教程》中的一段話，在這段話中，他從語言的角度表述了這一觀點。索緒爾說，「離開了語言我們的思想只是渾沌一片。……思想本身恰似一團迷霧。語言出現之前絕無預先確定的思想可言，一切都模糊不清。」只要我們遵循威廉‧馮‧洪堡 (Wilhelm von Humboldt) 首次引進到語言研究中的方法，索緒爾講的這一切便可一目了然。洪堡是語言批判哲學的鼻祖，他諄諄告誡我們不要將語言視為某種產物 (ergon) 而應將它視為某種活動 (energia)。㉟我們絕不能以某種純粹靜止的方式將語言界定為一套固定語法形式或邏輯形式的系統。我們必須從語言的實際操作，即言語行為方面來考慮語言。在言語行為中，我們的全部主觀生活和個人生活隨處可見。言語的節奏和節拍、重音、強調、旋律不可避免並且準確無誤地反映著我們的個人生活，反映著我們的情感、我們的感情和興趣。如果我們不時刻牢記問題的這一方面，那麼我們的分析就不全面。現代語言學家也時常強調這一事實。㊱

然而，語言的概念意義和概念價值並不因為上述考慮而削弱。克羅齊 (Croce) 錯誤地認為抒情 (liricita) 是語言真正的和基本的根源。㊲語言中的確不乏抒情的成分，但卻總是有另外一個因素，即語言固有的邏輯性來與之抗衡。卡爾‧瓦斯勒 (Karl Vossler)──針對克羅齊──說，文體而非語法才是語言的真正基礎。但我不知道離開了語法的文體何以可能。不僅詩歌不能離開我們日常語言的詞彙，而且所有其他藝術都具有一個嚴格的客觀面，即都具有自身的邏輯性。在音樂中，我們或許能夠十分明確地感覺到這種邏輯性，離開了它，就不會產生「音樂理論」一類的東西。我們都承認柏拉圖的論斷：一個人若沒有神靈憑附 (θεία μανιά) 就不能成為藝術家。但靈感並不是藝術的唯一源

泉。智力方面的巨大努力，原始概念的分類、強化和集中，合理的判斷，嚴格的批判──所有這一切都爲創造一部偉大的藝術作品所必需。

因此，神話、語言或藝術的特徵並不在於，在它們之中的某一個身上我們可以看到一個顯著的過程或心智能力，而在別的形式中這一過程或心智能力卻完全見不到。這些心智能力中的某一個是否出現並不重要。它們之間的關係才是至關重要的。在神話中，想像的力量無處不在，在神話的最初發展階段中，這種力量似乎還佔有絕對的優勢。在語言中，邏輯的重要性，即嚴格意義上的邏各斯逐漸得到了加強。在日常語言向科學語言的過渡中它並業已取得了決定性的勝利。在藝術中，各種衝突似乎得到了調解，而這種調解正是藝術的基本特權之一，也是藝術最深刻的魅力之一。在這裡，我們再也感覺不到那些互相對立的傾向之間的衝突了。我們各種不同的力量和需要，融合成一個完美和諧的整體。這樣，我們就可以解釋康德關於美的定義了。康德說：「美是與總體知識相關的顯現力的自由遊戲 (des freien Spiels der Vorstellungskräfte)」㊳

在一個偉大的藝術天才身上，這種自由遊戲獲得了最高度的發展，獲得了無與倫比的力量。康德問，構成天才的心智能力是什麼呢？在回答這個問題時他說，「天才」意即精神 (geist)，而精神是一種使心靈的各種不同能力達到完美的和諧和平衡的東西。「因此，應當說，天才在於某種幸運的配置，這種配置不能憑藉科學學到，也不能通過勤奮努力獲致。這配置使我們能夠找到某一特定概念的諸觀念，並且能夠把這些觀念表達出來，從而使伴隨這一概念的主觀心靈狀態得以傳達給別人。」㊴正因爲如此，康德才拒絕將天才這一稱號授予那些偉大的科學家，雖仍然敬佩

他們。因爲，與藝術相比，科學總是一種片面的活動，在這種活動中，理智控制著並且從某種意義上來說壓抑著人的其他力量。我們都還記得一位法國著名數學家的軼事，他在觀看了拉辛（Racine）的《伊菲革涅亞》（*Iphigénie*）之後問他的朋友這樣一個問題，「這證明了什麼呢（Qu'est－ce que cela prouve）？」

這樣一個問題與藝術的精神是背道而馳的。一件藝術作品不單是由各種不同的因素構成的，它時常包含著互相對立的兩極。用赫拉克利特（Heraclitus）的話來說，我們可以把藝術作品稱爲一個自身互相分裂互相區別的統一體（ὅν διαφερόμνον ἑαυτῶ）。它既統一又雜多，既訴諸想像又訴諸理智，既有情感又有平靜。把藝術歸結爲單純的情感表現是錯誤的。克羅齊把表現情感的熟練技巧看成是一個根本的美學事實。但在這裡，我們也必須作一個限制和一個明確的區分。當然我們不可否認，最偉大的藝術家都是擅於表現最深厚最豐富的情感的。他們具有豐富多樣的強烈感情。這是我們無以企及和模仿的。但這並不造成質量上的差別，而只造成程度上的差別。表達情感的能力並不是一個特殊的而是一個一般的人類稟賦。一個人可以寫出一封激情洋溢的情書，可以眞實誠懇地表達出他的感情，但他並不單單因爲這個事實就成了一個藝術家，即使他採用詩體，他也並不因此就成了一個詩人。

最近我在克羅齊的英國信徒和追隨者科林伍德（R. G. Collingwood）一本書中看到這樣一個論斷：我們可以把藝術描述成一種坦白供認感情的功能。基於上述原因，我不能同意這一論斷。每個人都能夠做到這一點。事實上，科林伍德從這一定義中又推演出了另一個論斷，他說，「我們每個人發出的一切聲音，作出的一切手勢都可以構成藝術品」。⑩但這是一個值得懷疑和自相矛

盾的論斷。藝術家並不是一個沉溺於表露情感的人，也不是一個
具有表達這些情感的無與倫比的熟練技巧的人。聽任情感左右意
味著感傷主義而不是藝術。假如一個藝術家不是沉湎於對他的材
料的直覺之中，不是沉湎於對聲音、銅或漢白玉的直覺之中，而
是沉湎他自己的個性之中；假如他感覺到自己的快樂或津津有味
地欣賞「悲哀的樂趣」；那麼他就成為一個感傷主義者，而不再是
一個藝術家了。

　　藝術並不是生活在我們日常的、普通的、經驗的物質事物的
實在中的。但是說藝術僅僅存在於個人的內心生活中，存在於想
像或夢幻中，存在於情感或激情中，也同樣不真實。當然，藝術
創造的一切都是以他的主觀經驗和客觀經驗為基礎的。一個像但
丁或歌德，莫扎特或巴赫，林布蘭或米開朗琪羅一樣的藝術家會
給予我們他對自然的直覺和他對人類生活的解釋。但這種直覺和
解釋總是意味著變化，也就是說意味著變質。生活和自然再也不
是以其經驗的或物質的形狀呈現在我們面前了。它們再也不是不
透明的、不可滲透的事實了，而是充滿著形式的生命。

　　一個真正的藝術家正是生活在這些形式中，而不僅僅是生活
在他個人情感中的；他正是生活在形狀與圖案，線條與模型，節
奏、旋律與和聲中的。這意味著生活中嶄新的和相反的一極。華
茲華斯把詩界定為「強烈感情的自然流露」。但我們在華茲華斯那
裡又可以找到另外一個完全不同的定義。他告訴我們詩是「在平
靜中回味的情感」。即使在最富於情感的詩中，在戲劇和悲劇中，
我們也可以感到這種突變，可以感到——如哈姆雷特所說——我
們激情的激流、風暴和旋風的緩解。這就是藝術引起的人類生活
的客觀化，這或許是最有代表性的成就，這一成就在其他領域是
看不到的。

　　讓我們用歌德作品中的一段話來結束這些一般性考察。歌德說，「真理，或者叫做神明（兩者實指同一物）永遠不能直接把握。我們只能憑藉反光，憑藉實例、符號，憑藉一些單個而又互相聯繫的現象才能看到它。我們意識到它是不可理解的生命，但我們又不肯放棄理解它的意願。」㊶歌德所說的基本現實，即終極現實的確可以用「生命」一詞來表示。㊷人人都可以接受這一現象，但這一現象又是「不可理解的」，因為它不承認任何界說，不承認任何抽象的理論解釋。如果解釋意味著把一個我們一無所知的事實還原為一個眾所周知的事實，那麼我們就根本不能解釋它，因為並不存在什麼眾所周知的事實。我們不能給生命下一個邏輯的定義（per genus proximum et differtiam specificam），我們也不能找出生命的起源或第一原因。

　　生命、實在、存在、生存，不過是一些用來指示同一基本事實的不同用語而已。這些術語描繪的並不是一個固定的、沒有伸縮餘地的、和實體性的東西。我們必須將它們理解為某一過程的名稱。唯有人才不僅參與這一過程而且還意識到這一過程。神話、宗教、藝術、科學只是人在意識、反思和解釋生命時採取的一些步驟，其中每一步驟都是我們人類經驗的一面鏡子，而這面鏡子事實上又有折射的角度。哲學作為最高的、綜合性的折射模式，力圖理解所有的這樣步驟。哲學不能將它們包容在一個抽象的公式之中，但卻力圖深透到它們的具體意義中去。這意義是建立在一般原則之上的，而這些一般原則又是語言哲學、藝術哲學、宗教哲學和科學哲學來加以研究。

　　在我們以往的討論中，我常常有這樣一個印象，就是你們當中一些人認為我在這裡辯護的是一套主觀唯心主義的體系，在這一體系中，自我、主觀心靈、思維主體被視為中心，被視為世界

的創造者，被視爲終極實在的基石。在此我不想就術語進行辯護。我們知道，當《純粹理性批判》初版遭到同樣責難的時候，當有個書評家把這本書描寫成主觀唯心主義體系的時候，康德感到十分震驚。爲了批駁這一觀點，他寫了一篇專題論文，即《導言》。

在這討論中，我們只能觸及這個問題。爲了澄清這一觀點，我們不得不探討知識的一般理論。因爲只有在這一理論的基礎之上，我們才能對下面這一問題作出清晰明確、令人滿意的回答，即「實在論」和「唯心論」、主體和客體、意識和存在這些術語到底是什麼意思。如果不進行徹底的認識論分析，所有這些術語就都仍然是含混不清的。例如，我們就難以理解一個像黑格爾那樣的哲學家，他用了不下四個術語——**存在**（Sein）、**定在**（Dasein）、**實存**（Existenz）、**現實**（Wirklichkeit），而這四個術語必須仔細區分，彼此意義大相徑庭。

但是我認爲我們這裡關心的問題並不需要這些認識論上的細微分析。它們在很大程度上獨立於任何關於事物絕對本質的形而上學理論。形而上學的實在論者和形而上學的唯心論者可以用同樣的方法回答這些問題。因爲人類文化的事實畢竟是一個需要根據經驗方法和原則來考察的經驗事實。我認爲我們都是經驗實在論者，不管我們堅持什麼樣的形而上學理論或認識論理論。

自我，個人的心靈不能創造實在。包圍著人的實在並不是他創造出來的，他只能將它作爲一個終極事實來加以接受。但是卻必須由人來解釋實在，使之連貫、可以理解、易於領悟，而這一任務是以不同的方式在各種人類活動中，在宗教和藝術、科學和哲學中來加以實施的。在所有這些活動中，人被證明不僅僅是外

在世界的被動接受者；他是積極的和富於創造性的。但他所創造的並不是一個實體性的東西，而是一種關於經驗世界的陳述，是一種關於經驗世界的客觀描述。

注解

① 《培根哲學著作》（*The Philosophical Works of Francis Bacon*）第二卷，
　《知識的進展》（*The Advancement of Learning*），（倫敦一九○二年）第
　119頁。

②埃瑞斯托（一四七四——一五三三），義大利詩人，——中譯註

③赫丘利　羅馬神話人物，相當於希臘神話中宙斯之子。——中譯注

④另見三卷本《符號形式哲學》（*The Philosophy of Symbolic Forms*）卡西
　勒關於符號和〈超越知識的模仿理論〉的討論，拉爾夫·曼海姆（Ralph
　Manheim）譯（紐黑文：耶魯大學出版社，一九五三——一九五七），第一
　卷，93—114頁。——原編者註

⑤參見藍公武譯本213頁，商務印書館一九六○年版。——中譯註

⑥德文初版247頁；二版303頁，——原編者註

⑦參見卡西勒：〈斯賓諾莎在一般思想史中的地位〉（Spinozas Stellung in
　der allgemeinen Geistesgeschichte），《摩根雜誌》（*Der Morgan*），第三
　卷，第五期（一九三二），325—348頁。——原編者註

⑧《動物的外部世界和內心世界》（*Umwelt nud InnenWelt der Tiere*）（一
　九○九；一九二一柏林二版）。見《人論》（*An Essay on Man*），23—24
　頁。——原編者註

⑨參見「語言與藝術（1）」。——原編者註

⑩見第二卷，21章，29節。——原編者註

⑪赫爾德：《論語言的起源》（*Uber den Ursprung der Sprache*）（一七七
　二），《全集》，蘇芬（B.Suphan）編輯，第五卷，34頁及以下諸頁。（見《符
　號形式哲學》，第一卷，152—153頁）。原編者註

⑫兩卷本。（紐約：亨利·荷爾特出版公司，一八九○），第二卷，442頁。

　　——卡西勒註

⑬參見卡西勒在《符號形式哲學》第一部分中關於表現功能(Ausdrucksfun-ction) 的討論。——原編者註

⑭尼俄珀 (Niobe)：希臘神話中底比斯王后，由於哀哭自己被殺的子女而化爲石頭。達佛尼 (Daphne)：希臘神話中化爲月桂樹的女神。阿拉西尼 (Arachne)：希臘神話人物。傳說她善於紡織，技藝超過雅典娜。女神嫉妒，將她變成蜘蛛。——中注譯

⑮見赫爾曼·烏西諾：《神祇名稱：試論宗教觀念的形成》(*Gotternamen Versuh einer Lehre Von der religiosen Begriffsbildung*) (波恩：F.科恩公司，一八九六) 十六、十七節。——原編者註

⑯《語言與神話》(*Language and Myth*)，蘇珊，朗格 (Susanne K.Langer) 譯 (紐約：哈珀兄弟公司，一九四六)，特別是一一三章。——原編者註

⑰手稿此處有「盧克萊修 (Lucretius) 說」的字樣，但「盧克萊修」被劃去。這一引語實則出自珀特羅紐 (Petronius)。——原編者註

⑱施萊爾馬赫，一七六八——一八三四，德國新教神學家。在斯賓諾莎和費希特思想的影響下，發展了一套神秘主義思想，把人們對上帝的依賴情緒視爲最基本的宗教情緒。著有《論宗教》、《論基督教信仰》等書。——中譯註

⑲參見弗里德里希·施萊爾馬赫：《宗教論：給有教養而鄙視宗教的人的演講》(*On Religion: Speeches to Its Cultured Despisers*)，約翰·奧門 (John Omen) 譯 (倫敦：克根—保羅—特倫西—特呂布納出版公司，一八九三)，「第二次演講」，特別是45頁。見《符號形式哲學》第四部分，〈神話意識的辯證法〉(The Dialectic of Mythycal Consciousness)，特別是259—260頁，；《人論》第七章〈神話與宗教〉(Myth and Religion)。——原編者註

⑳索倫·齊克果：《恐懼的觀念》(*The Concept of Dread*)，瓦爾特·勞里

(Walter Lowrie))譯(普林斯，新澤西：普林斯頓大學出版社，一九四四)。──原編者註

㉑《宗教入門》(*The Threshold of Religion*)(倫敦，一九〇九)。──卡西勒註。參見《符號形式哲學》，第二卷，16頁。──原編者註

㉒「汪汪論」(bow–wow theory)和「呸論」是人們給「擬聲論」和「感嘆論」起的滑稽名稱。「汪汪」是模仿狗叫的聲音，「呸呸」是人們不高興或不耐煩時發出的聲音。──中譯註

㉓紐黑文：耶魯大學出版社，一九一七，──原編者註

㉔紐約：亨利·荷爾特出版公司，418頁。──卡西勒註

㉕同，437頁。──卡西勒註

㉖牛津：克拉倫敦出版社，一九三二，118頁及以下諸頁。──原編者註

㉗本飛(Benfey)，《語言學史》(*Geschichie der S prachwissenschaft*)(慕尼黑，一八六九)，295頁。參見上引雅斯柏森著作，415頁。──卡西勒註

㉘參見「語言與藝術 (1)」。──原編者註

㉙二版(巴黎，一九二二)，155頁。──卡西勒註。見索緒爾：《普通語言學教程》(*Course in General Linguistis*)，偉德·巴斯金(Wade Baskin)譯(紐約：麥克格勞─希爾出版社，一九六六)，111—112頁。──原編者註

㉚參見高名凱譯本，第157頁，商務印書館一九八〇年版。──中譯註

㉛參見培根《新工具》(*Novum Organum*)，四十三，五十九節；以及「語言與藝術 (1)」。──原編者註

㉜關於卡西勒論藝術的著作見 註釋①。──原編者註

㉝見卡西勒：〈賀德林和德國唯心主義〉(Hölderlin und der deutsche Idealismus)，《邏各斯》(*Logos*)第七─八期(一九一七─一九一八)，262—282頁，30—49頁；重刊於《觀念與形式》(*Idee und Gestatl.*)，《論文五篇》(*Funf Aufsatze*)(柏林：布魯諾·卡西勒出版社，一九二一)。另

見《觀念與形式》中〈席勒哲學著作中的唯心主義方法學〉(Die Methodik des Idealismus in Schillers Philosophischen Schriften)，《英國歌德學會出版物》(Publications of the English Goethe Society，第十一期，一九三五)，37—59頁。──原編者註

㉞正文在此處中斷，另外還有一句未寫完的話，以「這是很明顯的」開始。──原編者註

㉟參見「威廉·馮·洪堡語言哲學中的康德因素」(Die Kantischen Elemente in Whlhels von Humboldts Sprachphilosophie)，刊於《保爾·亨澤爾記念文集》(Festschrift fur Paul Hensel)，105—127頁；以及《符號形式哲學》，第一卷，155—163頁。在卡西勒手稿中，索緒爾引語的開頭與這句話之間有中斷。──原編者註

㊱在此卡西勒引用了文德瑞耶斯 (J.Vendryes) 的《語言：歷史的語言學導論》(Language,A Linguistic Introduction to History)，保爾·拉丁 (Paul Radin) 譯 (紐約：諾普夫出版社，一九二五)，表明他想從這部著作中引用一段話，但未給出明確的旁註。文德瑞耶斯強調語言以聲音和言語行爲爲基礎，將語言放在文化和社會結構發展的研究之中：「因此語言是絕妙的社會事實，是社會交往的結果。……從心理學上講，最初的語言行爲就在於賦予一個記號以符號價值。這一心理過程將人的語言與動物的語言區別開來」(11 頁)。卡西勒或許想引用這段話。參見卡西勒在《人論》中關於人是符號動物這一定義的討論，以及關於與「動物反應」和「人類反應」相聯繫的記號和符號之間差別的討論 (見第三章)。──原編者註

㊲參見「語言與藝術 (1)」。──原編者註

㊳《判斷力批判》(Kritik der Urteilskraft)，第九節。──卡西勒註

㊴同上，第四十九節。──卡西勒註

㊵《藝術原理》(The Principles of Art) (牛津，克拉倫敦出版社，一九三八)，279—285頁──卡西勒註。(參見「語言與藝術 (1)」。──原編者

註）

㊶「試論大氣氣候（一八二五）」(Versuch einer Witterungslehre)，刊於《自然科學論文集，第二部分》(*Schriften zur Natur Wissenschaft, Zweiter Teil*)，《歌德全集》(*Goethes Samliche Werke*) 第四十卷，慶典版（斯圖加特和柏林：F.G.科塔夏偉店繼承人出版社），55頁。——原編者註

㊷見卡西勒關於「生命」(Leben) 與「精神」(Geist) 之間關係的討論：〈現代哲學中的「精神」與「生命」〉(「Spirit」and「Life」in Contemporary Philosophy)，刊於《恩斯特・卡西勒的哲學》(*The Philosophy of Ernst Cassirer*)，西爾普 (P.A.Schilpp) 編輯（伊利諾州文凡斯頓：在世哲學家文庫，一九四九），857—880頁；德文初版，一九三〇。——原編者註

藝術的教育價值

　　在教育哲學中，我們必須研究許多問題，而藝術的教育價值則是其中最困難的問題之一。從一開始，哲學即不得不面對這一問題。但現在看來，要找到一個各方面都能接受的解決方案仍是遙遙無期。諸多龐大的古希臘思想體系所沒有解決的基本問題，今天我們依然對之束手無策。當年柏拉圖和亞里斯多德為之絞盡腦汁的一些體系方面的難題，如今仍是我們苦戰的對象。柏拉圖是第一位感覺到這個問題真正嚴重性的偉大思想家。①但他理不開這個「亂麻」，於是只得動用了「快刀」。

　　有那麼一個古老的傳說，說柏拉圖起初並不是哲學家，而是一位詩人。但自他結識了蘇格拉底，便改變了志向，因為他意識到一項新的使命有待他去完成。這是一項哲學使命，要求他作巨大的犧牲。於是便把寫下的詩統統付之一炬。假如這種說法屬實（似乎也沒有什麼理由懷疑其真實性），柏拉圖的行為的確是一個典型的、意味深長的象徵性行動。它所象徵的不僅是柏拉圖個人生活的一個轉折，而且也是古希臘文化及教育體系的一次轉變。在此之前，荷馬的詩一直是古希臘教育的中心和焦點。每一個希臘兒童都能背誦這些詩。這些詩是兒童教育的本源，構成了兒童的宗教道德理想。但所有這一切竟都被柏拉圖否定了，推翻

了。爲了建立其理論，即理想國的理論，他必須與希臘文化生命中最深沉、最強烈的本能進行搏鬥，向它們挑戰。在讀到柏拉圖《理想國》（*Republic*）中的那些名句時，我們仍會感覺到柏拉圖從事這項新使命時所面對的一切個人的以及體系方面的巨大問題，並會了解到柏拉圖爲達其目的而必須克服的所有障礙。但爲追求知識而勇往直前的精神支持著他，柏拉圖並沒有在這障礙面前退縮。他沒有尋求妥協，反給我們拿出來一個激進的解決方法。

如果教育屬於理想國的主要任務之一，是一切其他任務被包容、被濃縮於其中的一項任務的話，那麼，就不能給詩與藝術在這個國度的建制中保留位置，因爲此二者不是建設性力量，而是破壞性力量。它們是不守法的，破壞性的。哲學家和立法者應該遏制這些不守法的力量。柏拉圖說：

　　正如我們所指出的那樣，長於模仿的詩人縱情於非理性的自然，於是就在普通人心中播下了邪惡的種子，使人心變得猶如一城，在這城中，邪惡可以橫行，忠良卻遭排斥。……詩人是影像的製造者，與眞理相距甚遠。這，還不算我們所控告的一條最嚴重的罪狀。最嚴重的罪狀是：詩具有危害善的力量。我想，我們之中最優秀的人，在聽荷馬史詩的某一片段時，或聽一悲劇作者表現某個可悲可嘆的英雄，這英雄或通過一大段演說，或悲戚哭泣，或捶胸頓足，以這些方式抒發自己的哀痛，這時候，你們知道，我們之中最優秀的人也會樂於表示同情，並爲那最會撥動我們心弦的詩人的高超技藝而歡欣若狂。但當哀痛的時刻降臨到我們自己頭上時，你們就會發現，我們會爲相反的品質而自豪——我們又樂意平靜、安穩了，認爲這才是男子漢所應有的氣度，而聽詩歌

朗誦時使我們欣喜的那種品質則是婦人氣的。一個人正在做一件我們誰都厭惡做、不屑做的事，我們卻對他表示讚賞，這難道會是正確的嗎？……可用相同的道理說明的還有欲望、憤怒以及所有其他的情感，還有願望、痛苦和歡樂。據認為，這一切與任何一種行動都有著不可分離的關聯，詩也正是利用它們來養育、澆灌感情而不去使感情枯萎；為了增進人類的幸福和美德，本應對感情加以限制，詩卻讓它佔據了支配地位。②

　　這些對藝術教育作用的指責，誰曾駁倒過？在整個美學史中，我們不斷發現有人響應柏拉圖，支持他的觀點。駁倒柏拉圖的論點，或至少挫其鋒芒，曾經成為所有藝術理論的一個首要任務。柏拉圖最優秀的學生亞里斯多德是第一個試圖為詩辯護的人。亞里斯多德的悲劇理論，骨子裡就是這種傾向。我在這裡不想討論亞里斯多德的catharsis（宣泄、淨化、陶冶）這個術語在語文學上應作何解釋。但是，亞里斯多德理論的真正目的是要驅除柏拉圖所散布的疑慮，這點看來是非常清楚，無須否認的。亞里斯多德反駁說，藝術，並不是要激起我們的情感。這樣的藝術，尤其是悲劇藝術，顯示出一種相反的效果。亞里斯多德在其《政治學》（*Politics*）一書中寫道：「我們可以看看怪歌的情況。通常怪歌對人的頭腦起一種陶醉作用，但是，在聽怪歌的時候，處於狂喜狀態的人卻會安靜下來，好像是接受了醫療，進行過導泄」。③

　　聽過高尚的悲劇詩之後，我們並沒有陷入一強烈而矛盾的情緒之中；相反，我們倒通過釋放恐懼，憐憫找到了安寧、寬慰。在古希臘倫理學中，這種安寧的狀態被稱作euthymia。在德謨克

利特(Democritus)的倫理學體系中，euthymia被認為是道德的最高目的，即至善。它並非是指一種特殊的、確實的快感，而是指內在的心靈和諧，一種不受過分強烈的感情所干擾的安寧，這種安寧或曰平靜，就像無風浪的大海，波瀾不興，水平如鏡。但是，藝術真能有這樣的catharsis效果嗎？真能引人達到這樣的寧靜嗎？

　　如果我們看一看現代美學的發展，我們就會發現這個問題並未解決。這個問題仍像以往一樣，眾說紛紜，莫衷一是。這裡只舉一個特別的例子就夠了。這例子是一個人，其人不但是位思想深刻的人，同時也是位偉大的現代詩人。在其〈什麼是藝術〉(What is Art)這篇論文中，列夫‧托爾斯泰把柏拉圖對藝術的道理及教育價值的所有指責又重複了一遍。他說：「我們處在被所謂的藝術作品包圍之中。成千上萬篇韻文，成千上萬篇詩歌，成千上萬部小說，成千上萬齣戲劇，成千上萬幅畫，成千上萬的音樂作品紛至沓來。……但在所有這些不同分支的藝術作品中，在這每一分支裡，都只有一件作品要比其餘成千上萬的作品高些，與它們不同，猶如鑽石與假鑽石之不同。這樣的一件藝術品是無價之寶，其餘的不僅沒有價值，而且比沒有價值還壞，因為它們是騙人的，會把人們的趣味引向邪路。但是，在外觀上，無價之寶和惡劣的贗品卻是完全一樣的。」④

　　要分辨所有這些被稱為藝術作品的東西，就要有個標準，但這個標準到哪裡去找呢？在托爾斯泰看來，顯而易見不可否認，這個標準只能是道德的和宗教的標準。藝術是否有內在的價值，不能由其表現的方式、表現的事物來確定，也不能由其描寫的感情性質來確定。假如它描寫、表現的是單純、質樸善良的感情，那麼它就是好的；假如它激起了放蕩、激烈、亂的感情，那麼它

就是壞的。托爾斯泰的女兒婚後返家省親，一群農婦組成一個大合唱隊，用嘹亮的歌聲歡迎她歸來。同一天晚上，一位受推崇的音樂家也在他家中演奏了一支貝多芬的奏鳴曲。托爾斯泰把從二者得到的感受作了對比，覺得喜歡前者遠勝於後者。他說：「農婦的歌聲才是眞正的藝術，傳達了眞切、熱烈的感情；而貝多芬的101號奏鳴曲則是失敗之作，沒有任何眞切的感情。……」⑤

顯然，托爾斯泰所攻擊的，不僅是當時的藝術，即人們所說的十九世紀的頹廢藝術。他連世界上最偉大、最感人的藝術家貝多芬和莎士比亞都攻擊到了。所有的唯美主義、爲藝術而藝術的提法都是不健康的、危險的。什麼沒有目的的藝術，什麼其本身就是目的的藝術，這些都不過是在玩弄詞藻。藝術有一個明確的目的，這目的不僅是要進行描寫，要從事表現，而且還要改善我們的感情。假如藝術忘記了這個目的，那就是忘記了自己，就成了無用的、無意義的遊戲了。「知識之所以能由低級而向高級發展，靠的就是那些更正確、更必要的知識不斷地驅除、取代那些錯誤的、不必要的知識；感情由低級向高級發展也是一樣。通過藝術，那些對人類幸福不那麼有益、不那麼必要的感情不斷被有益的、必要的感情所取代。這就是藝術的目的。……藝術的高下優劣之分，要依它在多大程度上達到這一目的而定。」⑥

華茲華斯把詩說成是「強烈的感情的自然流露」。托爾斯泰是接受不了這樣的定義的。依他看來，決定一件藝術作品價值的，並不是感情的力度，而是它的質量，它內在的道德及宗教的價值。「藝術並不是一種快感，也不是一種安慰或娛樂；藝術是一件大事，是人類生活的一個器官，他把人的合情合理的感覺化成感情。在我們這個時代，人們普遍的宗教感覺是人與人之間的兄弟關係。我們知道，一個人的幸福是與他人聯繫在一起的。眞正的科

學應該指出將這種感覺應用於生活的各式各樣方法。藝術則應當使這種感覺變成感情。」⑦

　　柏拉圖的藝術理論與托爾斯泰的藝術理論，二者對我們來說，同是一個巨大的歷史難題。這兩位思想家顯然沒有低估或鄙視藝術的力量，相反，他們都有最豐富的藝術經驗，對藝術的力量也有最深刻的感受。於是，我們不禁要問，對藝術價值最嚴厲的責難怎麼會出自這兩位之口？柏拉圖是哲學史上最偉大的藝術家；托爾斯泰運用小說繪出了現代生活的一系列最深刻、最豐富的畫卷，同時他也是一位偉大的、無與倫比的詩人。可以說，正是由於柏拉圖和托爾斯泰對藝術的最精微的差別、對藝術所具有的魅力如此敏感，他們才對藝術的弱點、藝術的內在危險及誘惑性進行了嚴厲的責難。他們試圖創立一種藝術理論，想以此使人能夠抵禦這些誘惑。柏拉圖以政治家、唯心主義哲學家的身份道出了自己的觀點；托爾斯泰則以道德家和宗教思想家的身份說出了自己的觀點。但是，他們的批判矛頭卻指向了同一點。他們要批判的是那種享樂主義的藝術理論，即那種認為藝術作品的最高的、唯一的宗旨就是賦予我們一種具體的、特殊的快感的觀念。

　　假如這種對藝術的享樂主義的解釋是真實的，那麼，藝術也就確實不大可能有任何教育價值了。教育與快感不同，需要更強烈的力量、更堅實的基礎。對藝術作享樂主義的解釋，受到了現代美學理論（例如克羅齊理論）的激烈非難。然而，這種解釋依然有其市場，依然得到了許多有力的辯護者，在美國的哲學文獻中尤其如此。美國哲學文獻中最有名的一本書——桑塔亞那（Santayana）的《美感》（*The Sense of Beauty*）就是這種藝術享樂主義的典型例子。桑塔亞那說：「科學是隨著對知識的需求而產生的。我們對科學沒有其他要求，只要求它真實。藝術則是

隨著對娛樂的需求而產生的。眞實進入了藝術只是爲了有助於完成這些目的。⑧

　　假如這個定義無誤，那麼，藝術也眞是應該受到柏拉圖或托爾斯泰的反對了。馬歇爾 (Marshall) 在一本書中將美說成是「一種相對穩定的或眞實的快感」。這確實是對我們審美經驗的一種很不完全、很誤人的描述。⑨因爲對娛樂的需求可以通過更好的、更便宜的方式得到滿足。米開朗基羅建造了聖彼得教堂，但丁或彌爾頓寫下了宏偉的詩篇，巴赫創作了B小調彌撒曲，這些大藝術家做這些事居然是爲了娛樂，這種想法本身就殊爲荒唐。所有這些大藝術家都會贊同亞里斯多德在《尼科馬科斯倫理學》(*Nicomachean Ethics*) 一書中的這句話：爲了消遣而心力交瘁，看來是愚蠢的，是十足的孩子氣。⑩

　　享樂主義諸體系在倫理學和美學方面有一個共同的缺陷。但這些體系又被認爲有其優點：它們都是那麼簡單明瞭。從一種心理學的觀點來看，人們總是愛用一個前後一致的原理來解釋人類生活的所有現象，並將這些現象歸結爲同一個基本的本能。但是，通過更進步的系統的分析．我們就會發現，這種簡單、方便的做法是很成問題的。在這裡，首先我們必須弄清楚在傳統倫理的或美學的享樂主義諸理論中，被完全忽視或抹殺的那些具體的區別。快感與痛苦是最普通不過的現象。不僅對人而言是這樣，而且對一切有機的生命而言似乎也是一樣。快感與痛苦伴隨著我們的一切活動，無論是體力的活動，還是腦力的活動。然而，正是由於這一點，快感與痛苦才不能用來限定或解釋任何一種特殊的活動，也不能用來解釋它的特性及特徵。

　　假如快感被認爲是一種通用的標準，那麼，這標準眞正能衡量的只是快感的程度，而不是快感的種類。關於這一點，康德的

《實踐理性批判》一書中有一段頗爲精闢的論述：「假如意志力取決於我們所預期會從某一起因得到的快感或不快感，那麼，我們會受什麼樣的理念影響就是無所謂的了。我們做選擇時所關心的只是這種感覺有多大；能持續多久；能在多大程度上反複體驗它；得到它困難不困難，困難程度如何。對一個圖財的人來說，只要有黃金，只要這黃金不管在那裡都具有相同的價值，那麼，無論這黃金是從山中挖來的，還是從沙裡淘來的，對他來說都是一樣。同樣，一個人若想終生享樂，他就不會去問那些理念是屬於悟性的還是屬於感覺的；他所關心的只是從長遠看，那些理念能給他多少、多大的快感。」⑪

　　過去，總可以找到一種論點來爲美學的享樂主義理論辯護。假如我們承認這種理論，我們就能夠免將生活與藝術割裂開來；二者之間的鴻溝也可以塡平；藝術也就不再是一個孤立的領域，一個國中之國了。藝術成了我們最深沉的、不可避免的自然本能的實現。爲那種**爲藝術而藝術**的原則辯護的人常常把藝術作品抬得如此之高，以致令那些不在行的人（profanum vulgus），那些未得門徑的芸芸眾生望而卻步。詩人斯提凡那·馬拉美（Stéphane Mallarmé）說過：「一首詩，對普通人來說肯定是不可理解的，但對升堂入室的人來說則是室內樂。」⑫把藝術看得如此深奧，表面上是把藝術抬高到了頂點，但同時，也就剝奪了藝術一項主要任務。因爲一種潛能，假如它沒有在我們具體的實際生活組織中表現出力量，那麼，它就是無效的。看來，還是使藝術「大眾化」一些，使之成爲我們日常生活中的東西爲好。有人就反對把藝術拔高的作法，說：「看一幅畫，讀一首詩，或聽一段音樂，其實跟參觀畫展或早晨起床穿衣戴帽是差不多的事。……這些行爲之間並無根本性的區別。」⑬但是，眞有那位藝術大師會這麼想嗎？

他真是會認為自己的創作活動就是如此平庸、如此瑣屑的事嗎？作為聽眾，我們雖然在平常無數的事物中得到了極大的、無庸置疑的快感，但當我們聽莎士比亞的一齣戲劇，聽貝多芬的一支協奏曲時，我們便會有一種強烈的差別感。這種差別感是眾所周知的，而對這種差別感加以解釋則對任何一種美學理論來說都是首要的、基本的任務之一。

　　美學的歷史似乎不斷搖擺於兩極之間──一極是從理智出發看待藝術，而另一極則是從感情出發看待藝術。前者流行於所有的古典藝術理論以及新古典藝術理論之中；後者眼下似乎為我們大多數現代藝術理論所認可。藝術可以被描述為、被解釋成「對自然的模仿」或「感情的表現」。「模仿」這個術語從來都是含有某種理論成份的。亞里斯多德把模仿說成是人類本性中的一個基本本能，一個再明白不過的事實。他說：「人從孩提之時就有模仿的本能。人類優越於其他低等動物的原因之一，就是人類是世間最善模仿的生物，並且從一開始就通過模仿進行學習。」⑭這就說明了我們為什麼能從藝術中得到快感。因為學著做某事不僅對哲學家來說是一大快事，對哲學家以外的所有人來說也是一大快事，不管這些人的學習能力有多麼低。人看到一幅圖畫之所以感到欣慰，是因為看圖畫的同時，人學到了、獲得了事物的意義，例如，畫中人是某某。這種廣泛的模仿說流行了許多世紀，並在整個美學思想發展史上留下了印記。

　　但是，從十八世紀初開始，我們感到一種新的傾向在不斷增強。假如我們讀一讀諸如法國批評家巴德（Batteux）一七四七年發表的著作《歸結於同一原理的藝術》（*Les leaux arts réduits ā un même principe*），我們就會發現，巴德是堅決維護那種傳統的觀點的。但即使是他，在談到抒情詩這一藝術的特殊分支時，

仍不免對他自己的模仿說的真實性感到有些不放心。他自問道：
「抒情詩怕是跟模仿大不一樣吧？抒情詩不是由歡樂、讚美、感
激引發出來的歌嗎？不是心靈的呼喊、不是完全發乎自然、與藝
術卻完全無關的一種激情嗎？我在抒情詩裡看不見任何畫面，只
能感到火、感情和陶醉。因此，這兩種說法是正確的：第一，抒
情詩是真正的詩；第二，抒情詩不是模仿的產物。」⑮巴德是古典
及新古典主義美學的堅定捍衛者，如今卻說出了這番話，這太有
意思了。巴德自己雖然認為上面所說的、與古典理論相左的事是
可以解釋得了的，但他為了證明抒情詩同所有的藝術形式一樣，
都可以按那種常規的模仿說加以理解而提出的那些論點，卻是缺
乏說服力的。隨著一種新生力量的出現，所有那些論點突然被一
掃而光。這裡，盧梭的名字標誌著思想史上、藝術理論上以及教
育理論上的一個具有取決性意義的轉折點。盧梭摒棄了整個古典
及新古典的傳統。他的《新愛洛伊斯》（*Neuvelle Héloise*）向世人
顯示了一種新穎的革命性力量。⑯此後，模仿說就只得讓位於一個
新的藝術概念，一個新的藝術理想了。藝術不是經驗世界的複製，
不是自然的模仿者。藝術是感情和激情的噴發；使一件藝術作品
具有真正意義和價值的，是這些激情的深度和力度。

　　那種認為抒情藝術是一切藝術的典範的理論，在當今哲學中
借助克羅齊的著作，得到了最佳、最典型的闡發。根據古典主義
及新古典主義的理論，藝術的最終任務是模仿自然。但這種看法
總有其局限性，因為藝術家並非製造了自然的一個單純的模本，
他必須美化自然，使自然完整化、理想化。他的對象並非普通的、
籠統意義上的自然，而是「美的自然」，用法國古典主義者的話說
就是 la belle nature。但是，「美的自然」這個概念卻遭到克羅
齊的斷然否定。他的哲學是一種精神的哲學，而不是自然的哲學。

從這個概念的角度來看，理想的或美的自然，就像說木製的鐵，在言詞上就不通。克羅齊說：「美並非事物（樹木也好、顏色也好）的屬性。美，同其他的價值一樣，只能是精神活動的產物。」⑰在克羅齊的理論中，藝術就等於語言。他的書的書名就是 *Estetica come scienza dell'expressionere linguistica generale* （《作爲表現科學和一般語言學的美學》）。從哲學上講，美學與語言學所涉及的是相同的問題，二者並不是哲學的兩個分支，而是同屬於一個分支。「研究一般語言學或者說研究哲學語言學，就是研究美學問題，反之亦然。」⑱藝術和語言都是「表現」，而表現則是一個不可分割的過程。

　　無疑，克羅齊的這一理論含有某種眞理的成份。他有力地攻擊、並以非常充分而圓通的理由駁斥了傳統的模仿論及各種享樂主義的理論。但在某一點上，他的論點卻可能受到同樣的反擊，因爲他也沒有能夠看出審美活動的眞正特殊性是什麼。他所描述的不過是我們可以把審美活動歸類於其中的一個普通的種屬，他並沒有描述審美活動的眞正特徵、它的區別性的標誌。克羅齊不承認一般的「表現」與「美學的表現」之間有任何差別。這樣，他就得出了十分矛盾的結論：我們不能說有不同種類的表現，表現是一種獨一無二的行爲，不容許有程度高低之分以及其他任何的區分；假如我寫的一封信完滿地表達了我的思想活動，我的感情，那麼，這封信就如同一齣戲或一幅畫一樣，是一件藝術作品。克羅齊理論所關心的只是表現的**事實**，而不是表現的**方式**。對他來說，任何表現都是抒情行爲，都包含著他所謂的抒情性（liricita）那種獨特的成份。

　　但我認爲，這一理論從兩個方面來看是不能成立的。單純的表現的事實不能看做藝術的事實。假如我爲一件平常的事寫了一

封信，我並不能因此就成了藝術家。一個人即使是寫了一封熱情橫溢的求愛信，如實地表現了他內心深處的摯情，也不能因此就成了藝術家。毫無疑問，藝術大師都是非常善感的。他們所具有的感情，就其新奇、熱烈的程度而言，是常人無法比擬的。但是，這種強烈而多樣的感情，其本身既不是偉大的藝術才能的證明，也不是藝術作品的決定性特徵。藝術家並不是一味展示自己的感情、並以最大限度地將這些感情表現出來爲能事的人。讓感情牽著鼻子走是感傷主義，而不是藝術。如果一個藝術家不去致力於創作自己的作品，不去使自己的直覺具相化，而只是沉溺於自己的個性之中；如果他只是尋求自己的快樂，或只是玩味那「悲傷的樂趣」，那麼，他就成了一個感傷主義者。藝術家之所以爲藝術家，是因爲他不是生活在我們這些常人的實在之中，不是生活在經驗的事物或經驗的目的的實在之中。但這並不是說，他只是生活在他個人的內心世界之中，生活在他的感情、他的想像、夢幻之中。他之所以與衆不同、之所以取得藝術家的地位，是因爲他有本領創造出一個超越上述兩個領域的新天地——一個由多種純粹的感覺形式組成的天地。

　　藝術的基本特徵，不在於單純的表現，而在於創造性的表現。從一般的、不加區別的意義上講，所謂表現，不過是一種普通的生物學現象而已。達爾文曾爲此寫下了一本書：《人及動物的感情表現》。在這本書中，他想說明，我們在動物界中所看到的各種各樣的表現方式都有著生物學的意義和意圖。這些表現方式或者是過去的生物行爲的殘留，或者是爲未來的生物行爲而進行的準備。例如，猴子齜牙，意味著它想向敵人顯示自己有厲害的武器。在這裡，對達爾文的這一理論我不想深談，但這一理論明白無誤地表明了，生物學的表現跟美學的表現之間有著明確的界限的。

甚至在人身上，我們也能覺察到許多表現行爲根本就沒有什麼美學的意義，只是與生物本能或實際目的有關而已。克羅齊和擁護他的理念的人忽視或過低估計了這一事實。R.C.科林伍德在其《藝術原理》（*Principles of Art*）一書中宣稱：抒情詩的作用（廣義上講就是藝術的作用）僅在於「藝術家將自己的感情和盤托出」而已。他說：「藝術家要做的，就是把某種情緒表現出來。把它表現出來和把它很好地表現出來，這二者之間並沒有區別。我們之中的任何一個人所發的任何一個聲音，所作的任何一個姿勢都是一件藝術品。」⑲

　　但是，這一定義卻完全忽略了整個建設性的過程，而這一過程則是製作及思考藝術品所必須的前提和決定性的特徵。我們平日的動作算不得藝術品，正如我們的感嘆聲、驚嘆聲算不得言語行爲一樣，因爲它們都是無意識的、本能的反應，沒有任何眞正的自發性可言。目的性的要素對語言表現和美學表現來說都是必要的。在每一言語行爲中，在每一藝術作品中，我們都可以找到一個確實的目的論的結構。一齣戲劇的某一演員確實是在演他自己的角色。他的全部話語都屬於一個連貫的結構整體。他吐字的輕重徐疾，聲音的抑揚頓挫，身體的動作，面部的表情也是一樣。所有這一切都是爲了一個目的——表現、體現一個人的性格。即使是抒情詩這種最主觀的藝術形式，也決不是沒有這種傾向，因爲抒情詩同戲劇一樣，包含著同一種體現和客觀化。法國詩人馬拉美說：「詩不是用概念寫出來的，而是用字寫出來的。」⑳就像戲劇詩一樣，詩要有形象，有聲音、節奏，而且這些都必須結合起來，構成一個不可分割的整體，就像戲劇詩和戲劇表現中的情況一樣。

　　這些不同成分互相滲透、結合，構成了抒情詩人的作品，歌

德的生涯與藝術就是最好的、最典型的例子。㉑歌德在自傳中曾描
述過這一過程。在談到少年時代，他說：「於是我就有了這樣的
癖好，而且畢生深陷其中而不能自拔——我要把一切使我歡欣、
使我煩惱的東西以及其他令我難於釋懷的東西化爲形象，寫進詩
裡，以此與我的自我達成某種確實的諒解，並矯正我自己對外在
事物形成的概念，以便使我的思想與它們相安。做這件事的本領
對我來說尤其必要，因爲我的天性總是不斷將我從一個極端拋向
另一極端。因此，我以前發表的所有作品不過是一篇告白的片段
而已。」㉒克羅齊說得好：抒情性是一切藝術的必要的、不可分離
的成份。但是，抒情作品並非僅僅是感情的抒發。像其他形式的
藝術一樣，抒情作品也含有對立的兩方面，即主觀方面和客觀方
面。在我們讀到的每一首優秀的抒情詩裡，在歌德或賀德林以及
華茲華斯或列奧帕爾迪（Leopardi）的詩裡，我們所感覺到的就是
由這兩方面產生的張力，以及這種張力的演變。

　　如果我們記住了藝術作品的這種雙重性，我們就可以明白藝
術爲何有教育價值這個問題了。我們也就用不著再害怕藝術的魅
力，用不著再把藝術看成是對我們道德生活的干擾破壞了。像柏
拉圖、托爾斯泰這樣的大道德家、宗教思想家，總是害怕藝術的
感染力。托爾斯泰說，感染力不但是一個明確的「藝術的標記」，
而且感染的程度是判斷藝術價值的唯一標準。我們可以很容易看
出這種理論在哪--點上是不能成立的——它忘記並低估了最基本
的要素和動機，即忘記並低估了形式這一要素。形成一種激情並
使這激情有了客觀形式的人，並不能用激情感染我們。我們聽莎
劇的時候，並不會受到馬克白的野心的感染，也不會受到奧賽羅
的嫉妒或理查三世的殘忍的感染。我們實際感覺到的，是我們一
切感情的最大限度的張力，這種張力又是創作形式的至高活力之

所在。正是這種至高的活力才具有轉變感情的力量，用哈姆雷特的話說，就是使我們在感情的暴雨狂風中得到某種安寧。

亞里斯多德所說的tragic catharsis，不應當從道德的意義上去理解，更不應當從心理學的意義上去理解。它所指的根本就不是我們的感情的淨化或宣洩，而是我們的感情本身變成了我們的主動生活（active life）·而不是被動生活（passive life）的一部份，昇華到了一個新境界。如果一個人在實際生活中親身經歷我們看索福克勒斯或莎士比亞的悲劇時所感受到的所有那些感情上的磨難，那麼，他是要被這些感情壓垮、毀滅的。但藝術卻可使我們免遭此類危險。通過藝術，我們感覺到的是豐滿的生活，以及雖則豐滿卻又沒有物質內容的感情力量。我們所負擔的感情的重擔好像從我們肩上卸了下來；我們感覺到的只是沒有重力、沒有重壓的感情的內在運動，感情的顫動和擺動。

模仿自然和表現感情是藝術的兩個原素。此二者可說是編織藝術天衣的材料。但是，它們並沒有表現藝術的基本特徵，沒有詳盡無遺地展示藝術的意義和價值。假如藝術僅僅是自然的模本，或僅僅是人類生活的再現，那麼，它的內在價值和它在人類文化的作用就是可疑的、成問題的了。但藝術遠非只是如此。可以說，藝術爲人類生活開拓了一個新的向度，使人類生活達到了我們平日理解事物時所達不到的高度。藝術不是自然和人生的簡單的再現，而是一種形變和質變。這種質變是美的形式的力量產生的。美的形式並不是外來的，不是來自我們直接經驗世界的一種事實。爲了意識到它，就必須製造它；而製造它，就要依靠人類心智一種特有的自主行爲。我們不能將美的形式說成是自然的一個部份或成分；美的形式是一種自由主動性的產物。因此，在藝術王國裡，即使是我們普遍的感情、激情或情感也都要經歷一

個根本性的變化，被動性轉化爲主動性，單純的接受轉化爲自發。在藝術裡，我們所感受到的已不是處於單一或單純狀態的感情，而是整個的、全部的人類生活，即不斷在各種極端——快樂與悲傷、希望與恐懼、狂喜與絕望——之間擺動的生活。㉓

　　或許有人要提出反駁，說這只是從一個單一的方面對審美過程進行的片面描述。不錯，藝術作品的創作可說是意味著人的心智要進行最大量的活動，耗用大量的能量。但這一原理對我們這些觀衆和聽衆來說是否同樣適用？我們在聽巴赫的一首賦格曲或莫扎特的一首協奏曲時，似乎是沉浸在一種清靜無爲的狀態之中，這種狀態常被描述爲一種「審美的寧靜」（aesthetic repose）狀態。如果「審美的寧靜」說的是沒有感情、情感的直接力量與壓力，那麼，這個術語還是可以用的。但這決不是把審美的狀態降低爲一種被動狀態。恰恰相反，即使是欣賞藝術作品的觀衆，也不僅限於扮演一個被動角色。爲了思考、欣賞某一藝術作品，觀衆必須以自己的方式創作這一些藝術作品。我們若不在某種程度上重複或重構某一偉大藝術作品的創作過程，我們對他就不能有所理解或有所感受。

　　藝術的經驗，不管對藝術家本人還是對觀衆來說，總是動態的，不是靜態的。我們要在藝術形式的王國中生活，就不能不參與這些形式的創作。藝術的眼睛不是被動的眼睛，不只是單純地接受、記錄外在事物的印象。藝術的眼睛是建設性的眼睛。席勒（Schiller）在其《審美教育書簡》（*Letters on the Aesthetic Education of Man*）中說：「美對我們來說是一客體，因爲反思是我們感覺到美的條件；但美又是我們個性（我們的自我）的一種狀態，因爲感覺是我們對美形成看法的條件。總之，它既是我們的一種狀態，又是我們的一種行爲。正因爲它既是一種狀態，

又是一種行為，它才雄辯地向我們證明了審美過程並不排除形式，因而人們所投身於其中的物質依賴決不會破壞他們的道德信仰。」㉔

我們當今的各種美學理論，都是在一種雙重意義上表現並說明構成美的內在條件的這種對立，因而這種對立似乎導致了截然相反的解釋。一方面，我們可看到多種精神至上的理論，這些理論斷然否認藝術的美和自然的美之間有任何關係，甚至否認會有例如「自然的美」這樣的現象存在。克羅齊就是這種美學觀點的最典型代表之一。他認為，一棵美麗的樹，一條美麗的河之類的說法，不過是修辭術而已，這樣的說法都是比喻的說法，是一種修辭格。克羅齊說，與藝術相比，自然只能顯得蠢笨；如果不是人使得它說話，它便是個啞巴。另一方面，那些最偉大的藝術家卻一次又一次地告訴我們，他們自己覺得沒有能力創造美——他們在自然中發現了美，看到了美，他們只能從自然那裡得到美。阿爾布萊希特·丟勒（Albrecht Durer）曾經說過：「藝術是深藏在自然之中的。只有把它從自然那裡奪取過來的人才能佔有它。」㉕

但我認為，我們可以找到解決這一難題的方法。這就是把所謂的「有機的美」同「美學的美」區別開來。如果按照古典的方法把美限定為「多樣性的統一」，那麼，美顯然就不能只限於藝術的領域，美就成為有機的自然的一個普通的屬性了。證明藝術與自然有密切的關係，同時把這種關係限定於適當的條件之內，康德是第一位從事這樣一項雙重任務的思想家。在《判斷力批判》一書中，他一併探討了這兩個問題。審美判斷力在該書中成了合目的判斷力此一般功能的特殊例子，但在另一方面，自然的合目的性與藝術作品的合目的性又涇渭分明。在這裡，我不能對康德

這一學說從歷史的角度進行一番解釋，也不能對這一有趣而複雜的問題進行系統地探討，或許今後我們可以討論這個問題。眼下，我只能滿足於幾個大概的陳述。

「自然」是個頗爲模糊的術語，有許多不同的意義。科學家的「自然」（即所謂物質世界，原子、電子以及普遍的因果法則的世界）並非我們直接經驗的世界。科學的自然根本就不是經驗的事實；應當說，它是一個理論的建構，而其邏輯意義及價值必須通過某種認識論的分析、通過某種普遍的知識理論才能得到解釋和澄清。我們在自然中最先感受的，既不是具有確定屬性的物質體，也不是純粹的感官印象。我們生活在一個由多種表現的屬性（expressive qualities）構成的世界裡，而每一種屬性又各有其特定的感情線，如苛刻、可愛、圓滑、粗魯、嚴謹與嚴厲、溫柔與縱容。兒童或原始人的世界似乎在很大程度上仍是由一些這樣的感情屬性構成的。按照杜威的說法，可以把這些屬性說成是第三級的屬性。㉖可以說，藝術作品也是充滿了、涵蘊了這些感情的屬性的。但在藝術作品裡，這些屬性已不是決定性的特徵了；它們雖然是藝術作品的材料，卻不能構成其本質。

請讓我用一個具體的例子來說明這一點。一處風景的自然的美並不同於它的美學的美。我可以在一美麗的風景地區漫步，感受到該地一切天然的妙處，該地溫和宜人的空氣，絢麗多樣的色彩，潺潺的溪流，芬芳的花朵可以讓我得到享受。所有這一切給了我一種具體的、獨特的而且是十分強烈的快感。但是，這種快感還不是一種審美的經驗。審美的經驗是以我的心情突然爲之一變開始的。我開始用藝術的眼光而不是以單純參觀者的眼光來審視這風景了。我在心中爲這風景作了一幅「畫」。在這幅畫中，這風景的所有特性都原封未動地保留著。這也難怪，因爲即使是最

豐富、最了不起的藝術想像力也不能憑空造出一個新世界來。但是，藝術家處理自然時，自然的所有要素卻都獲得了一種新的形式。藝術的想像與思考向我們展示的，不會是僵化的物質的東西或無言的感性屬性，而是一個由運動的、活躍的形式構成的世界——是協調的光與影、節奏、旋律、線條與輪廓、圖案與圖樣。

　　所有這一切，都不是用那種被動的方式所能得到的，爲了認識、爲了觀察、感受這些形式，我們就必須建造、製造這些形式。這個動態的方向使那個靜態的物質方面有了新的色調，新的意義。我們所有的被動狀態於是都變成了主動的活力——我所看到的這些形式不但是我們的狀態，而且也是我們的行動。我認爲，正是審美經驗的這一特性才使藝術在人類文化中佔有了特殊的位置，並使藝術成爲構成文科教育體系的一個不可分離的組成部份。藝術是一條通向自由的道路，是人類心智解放的過程；而人類的心智解放則又是一切教育的眞正的、終極目標。藝術必須完成自己的任務，這項任務是其他任何功能所不能取代的。

注解

①見〈艾多斯和艾多倫。柏拉圖對話錄中關於美和藝術的問題〉,《圖書館報告》(*Vortrage der Bibliothek*),卷 2 (Leipzig：B. G. Teubner),一九二四年,第一部份,第 1—27 頁。——原編者註

②《理想國》(*Republic*),X, 605 b—606 d, Jowett譯。——原編者註

③ 1342^a。——原編者註

④Aylmer Maude譯 (Indianapolis and New York: York: Bobbs—Merrill, 1900),第 132—133 頁。——原編者註

⑤同書,第 135 頁。——原編者註

⑥同書,第 143 頁。——原編者註

⑦同書,第 189 頁。——原編者註

⑧New York: Charles Seribner's Sons,一八九六年,第 22 頁。——卡西勒註

⑨《優美》(*The Beautiful*),Henry Rurgers Marshall著 (London:Macmillan),一九二四,第 78 頁。——原編者註

⑩ 1776 b 33。——卡西勒註

⑪T.K.Abbott譯 (London:Longman,Green and Co.),一八七三,第 10 頁。——卡西勒註 (卡西勒在這裡把第三人稱單數人稱代詞改換成為第一人稱複數。——原編者註)

⑫見William A.Nitze與E.Preston Dargan所著的《法國文學史》(*History of French Literature*) 第三版。(New York: Holt, Rinehart and Winston),一九五〇,第 708 頁。參看《人論》,第 166 頁,註⑶。在那裡,卡西勒也引用了這句話,並且援引了Katherine Gilbert的《近代美學研究》(*Studies in Recent Aesthetic*) (Chapel Hill:University of North

Carolina Press），一九二七，第 18 頁［原文如此］，第 20 頁。Gilbert引
用的Nitze和Dargan的《文學史》中確有這句話，但卻不是出自馬拉美本
人的直接引語。──原編者註

⑬《文學批評原理》（*Principles of Literary Criticism*），I.A.Richards著（New
York:Harcourt, Brace），一九二六，第 16─17 頁。──卡西勒註

⑭《詩學》，1448 b 5─10。──原編者註

⑮巴德的原話如下：「如果只從表面上看，抒情詩似乎不像其他種類的文藝
作品那樣服從於那個把一切都歸結於模仿的原理。……抒情詩不是由歡
欣、讚美、感激之情激發出來的一曲歌嗎？不是來自激動的心靈、完全出
自自然而與藝術無關的呼喊嗎？我在抒情詩裡看不見一點屬於圖畫的東
西，其中的一切都是火、熱情和陶醉。因此，這兩種說法是正確的：首先，
抒情詩是真正的詩；第二，這些詩根本不是模仿性質的。」《歸結為同一
原理的藝術》，卷一《文學的原理》（*Principes de la Lite Rature*），新版
一七六四，第三部，第一部份，第十二章，第 299─300 頁。──原編者
註

⑯見卡西勒著《讓─雅克‧盧梭問題》（*The Questjon of Jean–Jaques Rous-
seau*），Peter Gay譯（New York: Columbia University Press，一九五
四，初版發行一九三五），第 43，85，93─99 頁；以及《盧梭、康德和歌
德》（*Rousseau, Kant and Goethe*），James Gutmann, Paul Oskar Kris-
teller, John Herman Randall, Jr. 譯（Prinston, N. J.:Prinston Univer-
sity Press），一九四五，第 14 頁。「禁錮著法蘭西語言及詩歌的符咒只是
有了盧梭才得以解除。盧梭本人雖沒有創作出一首真正可以稱得上是抒
情詩的詩作，他卻發現了抒情的世界，並使之重新有了生機。盧梭的《新
愛洛依斯》之所以那麼深深地感動、那麼強烈地震撼了他的同時代的人，
正是因為這部書展現了這個幾乎已被遺忘了的世界。他的同時代的人不
單把這部小說看成是想像力的產物，而且感到了他們自己得到了升華，從

這文學天地進入了一個新世界，對生活有了一種新的感受。」（《讓—雅克·盧梭》，第 85 頁）。──原編者註

⑰參看《作爲表現科學和一般語言的美學》（*Aesthetic as Science of Expression and General Linguistic*），Douglas Ainslie譯，修訂本（New York: Macmillan），一九二二，第 97 頁。──原編者註

⑱同書，第 142 頁。參看本書所收的卡西勒的「語言與藝術，Ⅰ、Ⅱ」中對克羅齊美學的論述。還可參看卡西勒的《人文科學的邏輯》（*The Logic of the Humanities*），Clarence Smith Howe譯（New Haven: Yale University Press,1961；初版發行一九四二），第 204—208 頁。──原編者註

⑲Oxford. Clarendon Press，一九三八，第 279，282，285 頁。參看本書所收的「語言與藝術」(1)，(2)。──原編者註

⑳參看《人論》，第 142 頁。──原編者註

㉑關於卡西勒對歌德的解釋，見《自由與形式──德國精神史研究》（*Freiheit und Form, Studien zur deutschen Geistesgeschichte*）（Berilin:Bruno Cassirer）一九一六，第四章；《觀念與結構：論文五篇》（*Idee und Gestalt: F unf Aufsatze*）（Berlin:Bruno assir），一九二一，第一、二章；以及《歌德與歷史世界：論文三篇》（*Goethe und die geschichtliche Welt:Drei Ayfsatze*）（Berlin:Bruno Cassirer），一九三二。另見「托瑪斯·曼的歌德印象」，《日耳曼周報20》（*Germanic Revciew 20*），一九四五，第 166—194 頁，以及《盧梭、康德與歌德》一書中的〈歌德與康德哲學〉，第 61—98 頁。──原編者註

㉒《詩與眞》（*Truth and Poetry*），Park Godwin譯，二卷本New York:Geo. P.Putnam），一九八五，第二卷，第二部、第七篇，p.66.──卡西勒註

㉓見收入本書的「語言與藝術(2)」，註㉝──原編者註

㉔《審美教育書簡》（*On the Aesthetic Education o f Man*），Reginald Snell譯（New Haven:Yale University Press）一九五四，第二十五書，第 122

頁。此處的引文是卡西勒自譯的。——原編者註

㉕見William Martin Conway的《阿爾布萊希特‧丟勒的文學遺著》(*Lniver-sity Remains of Albrecht Durer*) (Cambridge:Cambridge University Press)，一八八九，第182頁。——原編者註

㉖見卡西勒在《人論》中就這一點有關杜威的論述，第78頁。——原編者註

符號形式哲學總論

譯自《符號形式哲學》第一
卷。
于曉、李晨陽譯。

1.
符號形式的概念
和符號形式的系統

　　哲學思辨始於**存在**（being）這一概念。一旦這個概念出現，即人們意識到存在的統一性是與現存事物的多樣性和差異性相對立的時候，立刻就產生了特定的哲學世界觀。但即使到這時，人類對世界的看法在相當長的時期內仍然禁錮在現存事物的界限內，而人類思維恰恰是要破除並衝出這個界限。哲學家們力圖確定一切存在的開端、起源以及最終的「基礎」：問題提得很清楚，但具體而確定的回答卻不能充分地符合這一至高、普遍的闡述。被這些思想家稱為世界的本質、實質的那個東西，原則上並不是超越這個世界的某種東西，而只是從這同一個世界中提取的段片。某個特殊的、特定的、有限的現存事物被挑選出來，而後其他萬事萬物便從這個東西中導引出來，並「由這個東西得到解釋」。儘管這些解釋在內容上可以千變萬化，但其一般形式則始終沒有超出同一種方法論界限：起初，一種特殊的物質實體，一種具體的**原初物質**（prima materia）被樹立為一切現象的終極基礎；而後，解釋越來越觀念化，實體被某種純粹理性的「原則」所取代，由這個「原則」衍伸出萬事萬物。然而，進一步作些考察，便會發現這個「原則」原來懸在「肉體」與「精神」之間的虛空中。儘管這個「原則」塗上了觀念的色彩，但它仍然與現存

事物的世界緊密相聯。畢達哥拉斯學派的數、德莫克利特的原子，儘管遠不同於伊奧尼亞思想家們的原初實體，但仍然是方法論上的混合物，仍然沒有發現自己的真實本性，可以說仍然沒有尋得自己真正的精神歸宿。這種內在的不確定性在柏拉圖發展了他的觀念說（theory of ideas）之前始終沒有得到明確的克服。柏拉圖觀念說的偉大系統和歷史功績就在於：在這個理論中，任何關於這個世界的哲學理解與解釋其本質的理智前提第一次獲得了明確的形式。柏拉圖所探索的，他稱之爲「觀念」的那種東西，作爲一種內在原則，在最初那些說明世界的嘗試中，在埃利亞學派那裡，在畢達哥拉斯派那裡，在德莫克利特那裡，都曾起過作用，但柏拉圖是第一個認識到這條原則及其意義的人。柏拉圖自己也把這一點看作是他的哲學成就。在他的晚期著作中，即當他十分清楚地意識到他的學說的邏輯意義時，他描述了他的思辨與前蘇格拉底哲學家的思辨之間的根本差異：前蘇格拉底哲學家們把存在與某種特定的現存事物等同起來，並以此作爲固定的出發點，而他則第一次意識到存在是一個**問題**。他不再單純地探尋存在的序列、條件和結構，而是探尋存在這個概念以及這個概念的意義。與柏拉圖所提問題的尖銳性及他的方法的嚴密性相比，在他以前的那些思辨都黯然失色，只不過成了有關存在的故事和神話。①現在已經到了拋棄這些神話式的宇宙生成論解釋，而接受一種關於存在的眞正辯證解釋的時候了，這後一種解釋不再拘泥於存在的事實性，而是揭示它可以理會的**意義**，揭示它系統的、合目的序列。這樣一來，從巴門尼德以後在希臘哲學中一直可以與存在概念互換的思想這一概念，就獲得了全新、更深刻的意義。只有當存在具有**問題**這樣一個嚴格界定的意義時，思想才能獲得**原則**這一嚴格界定的意義與價値。思想不再與存在並列，不再是「關於」

存在的單純反映；思想憑藉其自身的內在形式決定了存在的內在形式。

同樣的典型過程反覆出現在唯心主義歷史發展的不同階段上。唯物主義世界觀滿足於把事物的某種終極屬性作爲一切認識的基礎，而唯心主義則把這同一個屬性轉化爲思想的問題。而且，這一過程不僅在哲學史上可以見到，在各專門學科中也可以見到。這條道路不僅從「資料」（data）通向「規律」（law），而後又由規律返回到「公理」（axioms）和「原則」（principles）：這些在知識的某一階段代表著最高、最充分的解答的公理和原則本身，在知識的下一階段必定又變成問題。因此，被科學設定爲它的「存在」與「對象」的那個東西，不再表現爲一組簡單而不可分割的事實；每一種新的思想類型和趨向都揭示出這一複合體的某個新方面。存在的僵死概念似乎被拋入了流動之中，被拋入了一般運動之中，存在的統一性只有作爲這一運動的目標，而不是作爲起點才可能想像。隨著這種洞見的發展並被科學本身所接受，幼稚的知識**摹寫論**（copy theory）便名譽掃地了。各門科學的基本概念，即用來思考其問題並闡述其解答的工具，不再被視爲某種給定物的被動影像，而被看作是理智自身所創造的**符號**（symbols）。

數學家和物理學家首先清楚地意識到他們基本工具的這種符號性質。②亨利希・赫茲（Heinrich Hertz）在其《力學原理》（*Principles of Mechanics*）的導論中，出色地闡述了這一全部發展過程所指向的新知識理想。他宣稱，我們自然科學最迫切最重要的任務是使我們能夠預見未來的經驗。——他接著描述了科學得以從過去推論出未來的方法：我們造出外部對象的「內在虛構或符號」：並且這些符號的構成方法是：影像的必然邏輯結

果，始終是被造像對象的必然自然結果的影像。

　　一旦我們作到從我們的過去經驗中推導出所要求的性質的影像時，我們就能把這些影像作為模型而迅速發展出結果來，這些結果以後將在外部世界中表現出來，或作為我們自己的干預的結果而表現出來……我們所談論的影像即我們關於事物的觀念；這些影像與事物在符合上述要求這一點上具有根本的一致，但與事物進一步的一致則不是它們的目的所必需的。實際上，我們不知道也無法得知，除了這一基本關係之外，我們關於事物的觀念與事物在其他方面是否一致。③

　　物理科學的認識論——亨利希・赫茲的著作即是在此基礎上寫成的，赫爾姆霍茨（Helmholtz）也是在此基礎上第一次充分發展了「記號」（sign）理論——仍然潛藏在知識摹寫論的**語言**中，可是「影像」的概念已經歷了內在的變化。我們現在發現，影像與事物之間內容應相似的模糊要求已被一種非常複雜的邏輯關係所取代，被一種普遍的理智**條件**所取代，而這種條件則是物理學知識的基本概念所必須滿足的。其價值不在於反映某一給定現存物，而在於它作為知識的工具所成就的東西，在於現象的統一，這種統一必須從其自身中產生出來。物理概念的體系必須反映客觀事物之間的關係以及它們相互依存的本質，而要作到這一點，唯有當這些概念從一開始就屬於一個確定的、同質的理智取向時才有可能。對象不能被看作是一個獨立於自然科學基本範疇的赤裸裸的物自體：因為只有這些在構成它形式所需要的範疇之內，對象才可能得到描述。

　　在這個意義上，赫茨把力學的基本概念，特別是質量和力這兩個概念看作是「虛構」，這些「虛構」旣然是自然科學的邏輯所創造的，因此服從於這種邏輯的一般要求，其中，清晰性、無矛盾性、指稱無兩可性等先天要求佔居首要地位。

　　的確，由於有了這種批判的見解，科學放棄了它力圖「直接地」把握實在並與實在相溝通的抱負和要求。科學認識到，它所能作到的唯一客觀化（objectivization）現在是且永遠只是中介化（mediation）。並且，在這種觀點中還暗含著另一個十分重要的唯心主義結論。如果知識的對象只有通過一種邏輯和概念的特殊結構爲中介才能加以界定，那麼，我們就不能不得出結論：衆多的中介將與衆多的對象結構相應，將與「客觀」關係的衆多意義相應。甚至在「自然」中，物理學家也不是與化學對象絕對一致，化學對象也不是與生物學對象絕對一致的，因爲物理學知識、化學知識、生物學知識都是從各自的觀點出發**提出自己的問題**，並且根據這一觀點使對象服從於一特定的解釋和形式構造的。這個結論在唯心主義思想的發展中，似乎肯定會使它開始時所抱有的期望化爲泡影。這一發展的終結似乎否定了它的開端，它所期待的存在統一性受到再次分解爲現存事物的多樣性的威脅。思想牢牢抓住的那**唯一的存在**，思想不摧毀它自己的形式似乎就不能拋棄的那**唯一的存在**，是不能**認識**的。愈是堅持把它的形而上統一性作爲「物自體」，它就愈是逃避一切知識的可能性，直至最後，它被完全逐入不可知的範圍，變成一個純粹的 X。與這個僵硬的形而上學絕對相並置的是對象的領域，是可知之物的眞正領域及其永恒的多樣性、有限性和相對性。但是，進一步作些考察，就會發現統一性這一基本假設之所以名譽掃地，並不是因爲知識的方法和對象具有不可簡約的多樣性；只不過它採取了一種新形式

罷了。誠然,知識的統一性再也不能靠把一切形式的知識都歸指於一個「簡單的」共同的對象——這個對象與所有這些形式的關係就如超驗的原型與經驗的摹本之間的關係一樣——而變得確定和穩固了。但是,一個新的任務卻取而代之產生了:這就是把科學的各部門及其各自的方法論(連同它們得到認可的專門性和獨立性)統統納入一個體系,這個體系各自分離的部分正是通過它們必要的多樣性而相互補充相互促進的。這種純粹功能性的統一性之假設,取代了實體和起源的統一性這一假設,而後一種假設正是古代存在概念的核心所在。

這就為哲學對知識的批判提出了一個新任務。它必須遵循各專門學科並把它們作為一個**整體**來加以考察。它必須詢問,各專門學科用以反映和描述實在的那些理智符號是單純地並列著的呢,還是它們並非人類同一種基本功能的不同表現。如果後一種假設得到肯定的證實,那麼,哲學批判就必須闡述這一功能的一般條件並且界定作為其基礎的原則。獨斷的形而上學在所有特殊現存物都可還原於斯的某個實體中尋求絕對的統一性;與此不同,這種批判哲學則尋求一種支配著具體多樣認識功能的法則,這種法則並不否定亦不摧毀這些功能,而是將它們集合到一種行動的統一性,一種自足的人類努力的統一性之中去。

但是,如果我們考慮到,不管我們可以給「認知」下一個多麼普遍多麼寬泛的定義,它都只不過是心靈得以把握存在和解釋存在的諸多形式之一,那麼,我們的視野就會再一次地擴大。在諸多形式中,認知是被一種特定的,從而也是嚴格限定的原則所支配的。不論它在方法或取向上有多大變化,一切認知的目的終究都旨在使對象的多樣性服從於「基本問題」的統一性。特殊的事物一定不能孤立地存在,它必須在相互關係中佔據一定的位

置；在那裡，它表現爲邏輯結構的一個部分，不管它具有目的論的、邏輯的、抑或因果的性質。就其本質而言，認知始終旨在達到這個本質目的，即將特殊事物歸結入一個一般的法則和序列。然而，除了這種在一科學概念的體系中發揮作用並表現自己的理智綜合功能之外，作爲整體的人類精神生活還有其他一些形式。這些形式也可以稱爲「客觀化」的方式：亦即是說，也可作爲將特殊事物提高到普遍有效層次上的手段，只不過它們取得這種普遍有效性的方法與邏輯概念和邏輯規律截然不同而已。人類精神的每一種眞正功能都與「認知」一樣地有這一決定性特徵：它不單純地摹寫，而是體現出一種本原性的、賦予形式的力量。它不是被動地表示出某種事物在場這一單純的事實，而是包含著一種獨立的人類精神能量，通過這種能量，對象的單純在場獲得了一種確定的「意義」，獲得了特殊的、觀念的內容。這一點對認知來說如此，對藝術來說也是如此；對神話如此，對宗教也是如此。一切都生活在特殊的影像世界之中，這些影像的世界並非單純地反映經驗給定之物，而是按照各自獨立的原則創造出給定之物。這些功能中的每一種功能都創造出自己的符號形式，這些符號形式即使不與理智符號相似，至少也作爲人類精神的產物而與理智符號享有同等的地位。這些符號形式中沒有一種能簡單地還原爲其他形式，或由其他形式衍伸出來；每一種形式都選定一特殊的角度，在其中並通過它構成自己「實在」的面相。它們不是一獨立的實在在其中向人類精神顯現自身的種種不同方式，而是人類精神邁向其客觀化，即自我顯現的諸條道路。如果我們以這種啓發去考慮藝術和語言、神話和認知，那麼，它們便會提出一個共同的問題，從而爲文化科學的普遍性哲學打開新的入口。

　　康德帶給理論哲學的「方法上的革命」是基於這樣一個基本

觀點：到那時爲止仍被普遍接受的認知及其對象之間的關係必須加以徹底的修改。我們不能從作爲已知和給定之物的對象出發，而必須從認知的規律出發，因爲只有認知規律在原初意義上才是眞正可以理解和確實可靠的：我們不應像本體論的形而上學那樣去界定**存在**的一般性質，而必須借助理性的分析去探索**判斷**的基本形式，並在其無數的分枝中界定它；唯有如此，客觀性才可思議。在康德看來，只有這樣一種分析才能揭示全部關於存在的**知識**及存在的純粹概念所依據的諸條件。但是，先驗分析以這種方式置於我們面前的對象仍是知性綜合統一的相關物，仍是由純粹邏輯特性所規定的對象。因此，它並沒有描述全部客觀性本身的特徵，而只是描述了客觀必然性的形式，這種形式借助於科學的基本概念，特別是數理物理學的概念和原理是可以理解和描述的。當康德在三大批判過程中進而發展出眞正的「純粹理性體系」時，他自己也發現這種客觀性過於狹隘了。從他的唯心主義觀點看來，數學和物理學並沒有窮盡全部實在，因爲它們還沒有囊括人類精神的創造自發性所形成的全部創造物。在倫理的自由王國裡〔《實踐理性批判》（*Critique of Practical Reason*）提出了它的基本法則〕，在藝術的王國以及有機自然形式的王國裡〔如《判斷力批判》（*Critique of Judgment*）所表現的〕，這一實在的一個新面相出現了。這種**逐步**顯露批判唯心論的實在與精神概念，正是康德思想的顯著特徵之一，並且確是植根於一種支配著這種思想的風格法則之中。他並不是從一開始就以一個簡單的、原初的公式去表示精神眞正具體的整體性，把它彷彿作爲現成的東西提交出來；相反，它只是在康德批判分析的前進過程中逐步發展並發現自己的。我們只有追溯這個分析過程才能命名和界定人類精神的全部範圍。這一過程的本性就是其起始與終結不僅是相互

分離的，並且是必定彼此衝突的——然而，其張力恰恰就是潛能與行動之間、概念的「潛在性」與其充分發展和效果之間的張力。從後一種觀點來看，康德所發動的哥白尼革命就獲得了一種全新的、擴大了的意義。它不再單單涉及邏輯判斷的功能，而是以同樣正當的理由和權利擴展到人類精神得以賦予實在以形式的每一種趨向和每一種原則了。

　　但是我們是力求通過結構去理解功能，還是通過功能去理解結構呢，我們該選擇哪一個作為另一個的「基礎」呢——這個關鍵性問題仍然沒有得到解決。這個問題構成一條天然紐帶，把思想的各個領域彼此連接起來：它構成這個思想領域內在的方法論統一性，不讓它們逐漸變成事實上的相同性。就批判思維的基本原則而言，功能「先於」客體的原則在每一專門領域內都採取一種新形式，都要求一種新的、獨立的說明。除了要設想理解純粹的認知功能之外，我們還必須設法理解語言思維的功能、神話思維和宗教思維的功能、以及藝術知覺的功能，並且要以這樣一種方式去理解：即要揭示在所有這些功能中如何獲得了完全確定的結構，這種結構嚴格地說並不是這個世界的結構，而是為這個世界所作出的。為一個客觀的、有意義的語境（context）所作出的。為一個本身可把握的客觀統一性所作出的結構。

　　這樣一來，理性的批判就變成了文化的批判。它力求理解並展示，文化的每一個內容，就其不只是孤立的內容而言，就其植根於一種普遍的形式原則而言，怎樣地以人類精神的本源活動為前提。這裡，唯心主義的基本命題找到了真正完全的確證。只要哲學思維還局限於**純粹認知**的分析，樸素實在論的世界觀就不能完全聲譽掃地。毫無疑問，認知的對象是被認知以某種方式通過其本源法則所規定和形成的——但是，儘管如此，這種對象似乎

必須作爲某種獨立於知識的基本範疇，作爲與認知毫無關係的事物而在場和給定。然而，如果我們不是從世界這個一般概念出發，而是從文化這個一般概念出發，那麼，這個問題就會呈顯出一種新的形式。因爲，文化概念的內容是不能脫離人類活動的基本形式和方向的：這裡，「存在」只能在「行動」中得以理解。只有當審美的想像力和知覺力作爲一種特殊的活動存在著的時候，才會有審美對象的領域——同樣，人類精神的其他動力也都是如此，確定的對象世界是藉之才得以具有形式。甚至宗教意識——儘管它確信「實在」、眞理及其對象——也只是在最低層次上，在純粹神話思維的層次上把這一實在變形爲一個簡單的、物質的**實存**（existence）。在較高的思辨層次上，它多少清楚地意識到，它只是在把自己以某種特定方式與那個對象聯繫起來時才具有自己的對象。最終使客觀性得以保證的，是得以理解它的方式，是精神置自身於一個設定的客觀相互關係的方向。哲學思辨面對所有這一切方向，並不僅僅爲了分別地沿每一方向考察或把它們作爲一個整體來考察，而是在必定有可能使它們連結到一個統一的觀念中心這樣一股設想下而面對它們。然而，從批判的思維來看，這一中心不可能位於給定的本質之中，而只能存在於共同的**籌劃**（project）之中。這樣一來，文化的各種不同產物——語言、科學知識、神話、藝術、宗教——雖然有其種種內在差異，但都變成一個巨大的、單一的複雜問題的部分：它們變成衆多的努力，皆旨在把僅由**印象**構成的被動世界（精神似乎最初被禁錮在這個世界中）變形爲一個純粹**表達**人類精神的世界。

在爲語言哲學的研究尋找合適的出發點方面，近代哲學已經創造了「內在的語言形式」這個概念。在宗教和神話中，在藝術和科學知識中，也可以找到類似的「內在形式」。這一形式並不只

意味著這些領域中特殊現象的總和或概要，而是指決定其結構的法則。誠然，我們只能通過對象本身「抽象」出這一法則；但這一抽象過程就表明，法則是特殊物的內容和存在的必要構成因素。

哲學史中或多或少地覺察到需要對文化的諸特殊形式作這樣一番分析和批判；但哲學直接承擔的只是這一任務的一部分，並且多是懷著否定的而不是肯定的意圖去做的。這種批判的目的更經常不是描述和說明每種特殊形式的積極成就，而是否定虛假的要求。從古希臘詭辯論者那時起，語言以及神話和科學知識已經受到懷疑論的批判。如果我們考慮到，在其發展過程中，每一種基本文化知識都趨於不是把自己作為整體的一部分而表現自己，卻都要求某種絕對的而不是相對的有效性，都不滿足於各自專門的領域，而尋求把自己獨特的印記烙在存在的整個領域和精神的整個生活上，那麼，上述那種本質上否定的態度就變得可以理解了。從每個特殊領域所固有的尋求絕對的努力中，產生了文化衝突，產生了文化概念的二律背反。

科學起源於這樣一種思維形式：在它能夠獨自發生作用之前，它被迫使用最初的理智聯想和區別，這些聯想和區別最早是表現並貯存在語言和普通語言學概念中。可是，雖然科學把語言作為材料和基礎來使用，它必須在某個時候超越語言。一種新的「邏各斯」（logos），一種受某個原則指導和支配，而不同於隱藏在語言諸概念中的邏各斯的新「邏各斯」出現了，並且受到日益嚴格的界定，變得越來越獨立。與這種邏各斯相比，語言的產物似乎純粹是障礙和堡壘，新原則的力量和特質必定會逐步克服這些障礙和堡壘。對語言和對思維的語言形式所作的批判成為前進中的科學和哲學思想的組成部分。

這個典型的發展過程反覆出現在其他領域中。特殊的文化傾向並不是和平共處地並列向前，以求相互補充；每一種傾向只有證明自己具有與其他傾向不同的獨特力量，並在與其他傾向相互鬥爭時才能成為它自己。宗教和藝術在其純粹歷史的發展過程中如此緊密相聯，如此相互滲透，以致有時兩者似乎在內容上和其內在構成原則上不易區分。據說，希臘的眾神源出於荷馬和赫西俄德（Hesiod）之手。但是，隨著發展，希臘人的宗教思想越來越遠離其審美的開端和源泉。在色諾芬（Xenophanes）之後，希臘宗教思想越來越堅決地反抗神話的和詩的、感性的和造型的神概念，把這種概念作為神人同形同性論（anthropomorphic）而加以摒棄。在這種精神鬥爭和衝突中（這種鬥爭和衝突在歷史進程中日益激烈，也愈來愈有意義），最終的判決似乎只能由作為最高權威與統一體的哲學作出。然而，獨斷的形而上學體系只是部分地滿足這一期望，部分地完成了這一使命。因為這些體系自己通常處於這場鬥爭之中，而不是高高在上：儘管它們力求獲得概念的普遍性，但它們只是支持衝突的某一方，而不是從衝突的深度和廣度將衝突本身全部攝入來並加以調節。因為，大部分獨斷體系只不過是關於某一確定的邏輯、或審美、或宗教原則的形而上學假設。這些體系把自己封閉在抽象的原則普遍性之內，這樣就割斷了它們與文化生活的特殊面相及其形式的具體整體性的聯繫。只有當哲學思維找到一個既在這些形式之上而又不在這些形式之外的觀點時，它才有可能避免這種封閉的危險；因為只有這種觀點能使哲學思維一覽無餘地統觀所有這些形式，力求洞察所有這些形式間純粹內在的關係，而不是諸形式與任何外在的、「超驗的」（transcendent）存在或原則的關係。那時，我們就會有一種系統的人類文化哲學，其中，每一種特殊的形式都僅僅從

它在這個體系中所佔據的**位置**而獲得其意義，每一種形式的的內容和意蘊都是由它與其他精神能量，最終與整體所處的關係和連結之豐富和特殊性質來說明的。

從近代哲學伊開，特別是從近代唯心主義哲學出現起，建立這樣一種體系的嘗試已不止一次。雖然笛卡爾的綱領性《方法談》（*Discours de la méthode*）及其《指導精神的法則》（*Regulae ad directionem ingenii*）都把舊形而上學想要考察事物全體和洞察自然界終極秘密的企圖當作枉費心機而加以否定，但卻益發堅持，一定有可能窮盡無遺地探究人類精神的**普遍原則**（universitas），並借助思維加以考察。「界定精神的範圍和界限」（Ingenii limites definire）——笛卡爾的這一格言成了整個近代哲學的座右銘。但是，「精神」（spirit）這個概念仍然是含意眾多、模糊不清的，因為這個概念有時是在較廣泛，有時是在較狹窄的意義上使用的。笛卡爾哲學是從一個新的和廣泛的**意識**（consciousness）概念出發的，但由於它採用了**思**（cogitatio）一詞，因而使意識概念逐漸變成純**思維**（thought）的同義語。在笛卡爾以及所有理性主義者那裡，精神的諸系統與理性體系是一致的。他們認為，只有當哲學可以從一個**邏輯**原則中推導出來時，才可以說哲學包含並滲透了全體，即精神的具體整體性。這樣，邏輯的純形式又成了人類精神每一種形式的原型和模式。正如在笛卡爾（古典唯心主義體系就是從他開始的）那裡一樣，在黑格爾（古典唯心主義體系以他結束）那裡，這種方法上的關係仍然是很明顯的。黑格爾比前此任何一位思想家都更明確地寫道，我們必須把人類精神作為一個**具體**的整體來思考，我們一定不能停留在簡單的概念上，而必須在它種種表現的整體中發展概念。可是，在他力圖用以完成這項任務的《精神現象學》（*Phenomenology of Spirit*）

中，他只打算爲**邏輯學**打下一個基礎。《精神現象學》中所提出的所有不同精神形式似乎在一個最高的邏輯頂峰上達到完成；這些形式只是在這個終點上才達到它們完全的「眞理」和本質。儘管這些形式在內容上極其豐富、多種多樣，但它們的結構都服從於單一的，在某種意義上也是統一的法則——辯證法的法則，它表現出概念自發運動的不變節奏。所有的文化形式都在絕對知識中完成；正是在這裡精神獲得了其存在的純要素：概念。誠然，前此它所經歷的一切階段都作爲環節而被保存在這一終極狀態之中，但另一方面，它們由於被還原爲僅只是環節而被否定了。在所有的文化形式中，似乎只有邏輯形式，即概念、認知才享有眞正的**自律**（autonomy）。概念不僅是表現精神具體生活的手段，而且也是精神本身裡面眞正實質的要素。因此，儘管黑格爾盡一切努力去理解精神的特殊差異，他最終還是把精神內容和能力整個都還原爲一個單一的向度，而且，精神最深刻的內容和眞實的意義只有與這個向度相聯繫才能理解。

的確，把所有的文化形式都最終還原爲**一個**邏輯形式似乎是哲學這個概念本身，特別是唯心主義哲學的基本原則所暗含的本意。因爲，如果我們抛棄這種統一性，那就似乎不能對這些形式獲得嚴格**系統**的理解。辯證法的唯一對手是純粹的經驗主義。如果我們不能發現一種普遍的法則（一種文化形式必須憑藉這種法則從另一種形式中產生出來，直至最後把所有形式都包含在內），那麼，所有這些形式的整體似乎就不能再視作一個自足的宇宙了。那麼，特殊的形式就只是並存著的了：它們的範圍和特質可以描述，但它們不再表達一種共同的內容。這些形式的哲學就會等同於它們的歷史，這種歷史按其對象不同，可分別界定爲語言史、宗教和神話史、藝術史，等等。在這時，一個奇怪的兩難命

題出現了。如果我們牢牢抓住邏輯的統一性這個假設不放，**邏輯**形式的普遍性就有最終抹煞每一特定領域的個別性及其原則的特殊性的危險，但如果我們沈浸在這一個別性中並堅持要對之進行詳察，那我們就要冒迷失方向，找不到返回普遍之路的危險。只有當我們能夠發現一種反覆出現在每一種文化形式之中，而又不在任何兩種形式中採取同樣形態的因素時，擺脫這種方法論上兩難境地的途徑才有可能敞開。這時，根據這個原則，我們可能可以斷定個別領域之間——語言和認知的功能之間、藝術和宗教的基本功能之間——的觀念關係，並且不喪失任何一種形式的不可比較的特殊性。如果我們能夠發現一種文化生活各部門都產生的完型所必須經過的中介物——但這種中介物必須保持其特殊本性和特質——那麼，我們就找到了下述研究所必要的中間環節：它將為諸文化形式的**整體性**完成〔康德的〕先驗批判為純粹**認知**所作的一切。因此，我們的下一個問題必定是：文化生活的諸部門實際上呈現出那種中間地帶和中介功能了嗎？如果是的話，這一功能顯露出可藉以認識並描述它的典型特徵了嗎？

2.
記號的普遍功能
—意義問題

　　為了解答意義問題，我們將首先討論「符號」（symbol）這個概念。因為H・赫茲曾從自然科學的角度對「符號」的特徵加以描述。這位物理學家在各種現象中尋求的是關於它們之間必然聯繫的陳述。可是為了得到這種陳述，他不僅使自己離開直接當下的感覺印象世界，而且似乎必須完全脫離這些印象。他使用的各種觀念，如空間和時間，質量和力，物質的點和能量，原子和以太，都是自由的「虛構」。認識產生這些虛構，是為了把握感覺經驗的世界，為了把這個世界當作由規律支配的世界來進行探討。但在感覺材料本身並沒有與這些虛構直接對應的東西。然而，儘管沒有這樣的對應者——也許正**因為**沒有——物理學的概念世界卻是完全自成一體的。每一個特定的概念，每一個特別的虛構和記號（sign），都像**語言**中聯接起來的**字**一樣，本身有意義並且按固定的規則進行排列。在現代物理學的最初階段，即伽利略時期，我們看到這樣的比喻：「自然之書」是用數學語言寫成的，並且只能用數學語碼識讀。從那以後，精密自然科學的全部發展表明，它的問題和概念公式化的每一步，都與它的**記號系統**日益精確化同步前進。只有當伽利略力學基本概念的普遍邏輯關係已經確定，並且在微分演算法中產生了對這些概念普遍有效的數學—邏

輯記號時，才有可能清楚理解這些基本概念。此後萊布尼茨從有關發現無窮分析的問題出發，很快提出了符號體系功能固有的普遍問題，並且把他的普遍「符號語言」提升到了真正哲學的高度。在他看來，事物的邏輯，即哲學的結構所依賴的各種物質概念和關係的邏輯，是與記號邏輯分不開的。因為記號決不只是思想的偶然外殼，而是它必然的根本媒介物。記號並非用來傳遞某種完整確定的思想內容，而是一種工具，思想內容通過它發展自身，充分地規定自身。某一內容的概念規定與它固定在某個文字記號有密切關係。因此，所有真正嚴格精確的思想都是由它所依賴的**符號學**（symbolics）和**記號學**（semiotics）來維持的。任何一個自然「規律」都為我們的思維而採取了一個普遍「公式」的形式，而只有把普遍記號和特定記號結合起來才能表達一個公式。沒有算術和代數所提供的各種普遍記號，就不能表達物理學的特定關係和自然界的特定規律。只有在個別的東西中才能認知普遍的東西，而只有參照普遍的東西才能思維個別的東西。可以說，這是認知的基本原理。

　　這種相互關係並不侷限於科學，它貫穿在一切其他文化活動的基本形式之中。彷彿不為自己創造一個確定的可感覺的根據，任何種文化形式都不能發展它所特有的適當構造模式和理解模式。這種根據如此根本，以致有時好像是它構成了這些形式的全部內容和真正「意義」。語言似乎完全可以定義為一個語音符號系統——藝術和神話的世界似乎全部是由這些符號設立在我們面前的可感知的具體形式所構成的。這裡我們事實上有一種無所不包的工具，最不同的文化形式也在這裡匯合。精神的內容只有在它的表現形式中顯示出來；觀念的形式只有通過它用以表達自身的各種可感記號的集合體，並在這個集合體之中才能被人知曉。假

如有可能對這種表達所採取的不同方向進行系統研究，假如既有可能說明它們的特殊等級和內在差別，又說明它們一貫的典型特徵，就能在全部文化活動中實現萊布尼茨爲認識所制定的「普遍的語言符號」的理想。那樣我們就會有一種符號功能語法，包含並普遍地有助於規定它的特殊術語和說法——像我們在語言和藝術、神話和宗教中遇到的那樣。

關於這種語法的設想擴大了歷史上傳統的唯心主義概念。唯心主義一直要把理智世界（the mundus intelligibilis）與感覺世界（the mundus sensibilis）並列，並確定這兩個世界的分界線。劃分這條界線通常的辦法是說，理智世界是由純粹主動的原則支配的，而感覺世界則是由受動的原則支配的。在前一世界盛行心靈的自由能動性，在後一世界裡充滿了感官的被動和限制。現在展現我們面前的，是作爲問題和設想的廣泛方案而出現的「普遍的符號語言」。對它來說，上面提到的**那種**對立就不再是勢不兩立和互相拒斥的，因爲感官和精神現在都會合在一種相互關聯的新形式中了。既然能夠表明，正是精神的純粹**功能**自身必須在感覺世界中具體地實現自己，那麼，形而上學的二元對立似乎就已經被連爲一體了。在感覺領域，必須明確地區分「反作用」與純粹「主動作用」，「印象」與「表現」。獨斷的感覺論低估了純粹理智因素的重要性，而且，雖然它堅持把感性當作精神生活的基本因素，可是它既沒有包含全部感性概念也沒有包含了它的全部效用。獨斷的感覺論所顯示的是感性不充分並扭曲了的圖像，它把感性侷限於「印象」，侷限於直接給予的簡單感覺。在這樣做的時候，獨斷的感覺論沒有認識到感性自身也有一種能動性，像歌德說，也有一種「精確的感性想像」，它在文化活動的各個不同領域內起作用。我們發現，除了知覺的世界以外，其他一切領域確實

都自由地製造出各自的**符號世界**。這個符號世界是它們內在發展的眞正工具。這個工具的內部性質仍然是完全感性的，可是它顯示的已經是一種形式化了的感性，也就是說，是一種精神支配的感性。這裡，我們打交道的不再是直接當下給予的感覺世界，而是由某種形式的自由創造所製造的各種感覺因素的體系。

　　語言的形成過程便是一個例子，可說明只有當我們爲直接印象的混沌狀態「命名」，並用語言形式的思想和表達滲透其中的時候，這種混沌狀態才得以對我們變得淸晰有序。在這個新的語言符號世界中，印象的世界自身獲得一種全新的「恒定性」，因爲它獲得了新的理智構架。通過以語詞對一定內容進行區分和固定，不僅透過內容標示了確定的理智性質，而且實際賦予這些內容一種性質，由於這種性質，內容已經超出了所謂感覺性質的純粹直接性。這樣一來，語言就成爲人類精神的基本工具之一，通過它，我們從純粹感覺的世界前進到直覺和觀念的世界。它包含著後來在各種科學概念的形成過程中以及它們的形式的邏輯統一性中顯示出來的理智作用的萌芽。這裡蘊含著分離與聯接的普遍功能的起源。它的最自覺的表達是在科學思想的分析和綜合之中。在語言和概念符號世界的旁邊，還有一個神話和藝術的世界。它與前者不可相提並論，卻又在精神起源上與之有關。神話幻想雖然深深植根於感性，卻也遠遠超出了感覺的純粹受動性。如果用我們的感覺經驗所提供的通常經驗標準來判斷，神話的創造當然是「不眞實的」，可是恰恰在這種不眞實中存在著神話功能的能動性和內在自由。這種自由決不是任意的，無章可循的。神話世界不是偶然怪想的產物。它有其基本的形式法則。這些法則在神話的一切具體表現中起作用。在藝術領域內，非常明顯，只是因爲我們自己創造出了形式的基本原理，感覺世界的美的形式的概念才成

爲可能。譬如，對各種空間形式的理解歸根到底都跟它們的精神生產活動以及支配這種生產的法則有密切關係。因此我們知道，意識所知道的最高級最純粹的精神活動，乃是以某種方式的感性活動爲條件和媒介的。只有當現象「玷污了永恒的純潔之光」時，我們才獲得純粹觀念的眞正本質生命。只有追尋心靈的原始想像力所採納的不同方向，我們才能得出心靈的多種表現形式的體系。在這些表現形式中，我們看到了人的精神本質的折射——因爲人的精神本質只有通過塑造可感覺的材料才能顯示給我們。

　　創造各種各樣的可感覺到的符號體系確實是心靈的純粹活動。對此的另一證明是，從一開始所有這些符號就都宣稱有客觀價值。它們超出了個體意識的單純現象，宣稱要與普遍有效的東西相提並論。後來用它們高度發展了的眞理概念所進行的批判研討，也許表明了這種宣稱毫無根據，然而宣稱本身卻屬於具體文化形式本身的本質和特徵。這些文化形式不僅把它們的符號看作是客觀有效的東西，而且一般地還看作客觀和「實在」的眞正精髓。譬如，它們沒有清楚地區分「事物」的內容和「記號」的內容，而是毫不在乎地把二者混合在一起。這是語言思維最初幼稚而無反省的表達特徵，也是神秘思維的特徵。一個事物的名稱和這個事物本身不可分離地結合在一起：單純的語詞或意象包含著一種魔力，通過這種力量，那個事物的本質呈現給我們。我們只需把這個概念從實在的轉換成觀念的，從質料的轉換成機能的，就可以發現它包含著事物根據的核心。在心靈的內在發展過程中，獲得**記號**眞正構成了認識事物客觀本質的必不可少的第一步。對意識來說，記號彷彿是客觀性的第一步和最初表現，因爲通過記號，意識的內容之流第一次被停頓下來，在記號中，某種持久穩定的東西被確定並突顯出來。純粹的意識**內容**本身一旦閃

過並被其他內容所取代，它就不會以嚴格意義上的同一形式再現。它一旦從意識中消失，就一去不復返了。可是在這種意識內容的連續之流之上，意識現在建立起它自身的統一性和它的形式的統一性。真正說來，它的同一性並不表現在它是什麼或有什麼，而表現在它做什麼。通過與內容相關聯的記號，內容自身獲得了新的永存。這是因爲相對於具體意識內容的實際流動來說，記號具有一種確定的觀念的**意義**，這種意義本身是持久的。與簡單給予的感覺不同，它不是一個孤立的個體、一現即逝，而是作爲潛在內容的集合體、一個整體的代表而常存。此外，它代表著最根本的「共相」(universal)。在意識的符號功能中——像它在語言、藝術和神話中所發揮的作用那樣——某種不變的基本形式，其中有一些具有概念性質，有一些具有感性性質的形式，使自己脫離意識之流；意識內容之流被自成一體並持久的統一形式所取代。

　　然而，在這裡我們不是討論孤立的行爲，而是討論一種確定的前進過程。在最初階段，用語言符號、神話或藝術意象固定思想內容似乎不過是把思想內容固定在**記憶**之中，並不超出僅只是再現 (reproduction) 的範圍。在這個層次上，記號似乎並不爲所指的內容增添什麼，只不過是保存並重複它。甚至在**藝術**的心理發展史上，也一直認爲可以確定一個單純「回憶的藝術」(recollective art) 階段。在這種藝術中，一切努力都只是強調感官所感知的東西的某些特徵，只是在人爲的意象中把它們呈現給記憶。④可是具體的文化形式越清楚顯示它們的獨特活力，這樣一個事實就變得越明顯：一切表面上是「再現」的東西都以意識的原始自發活動爲前提。思想內容之所以能夠再現，與產生代表它的記號緊密相聯。在產生這個記號的時候，意識自由獨立地起作用。這樣，「記憶」的概念就具有了更深刻更豐富的意義。爲了回憶起一個

內容，意識必須事先以與感覺或知覺不同的方式擁有這個內容。單純重複在其他時間被給予的東西是不夠的；在重複時必須顯示出一種新的概念和構造。因為一個內容的任何一種「再現」都體現了新的「反思」層次。由於意識不再把這種內容當作某種只是呈現出來的東西，而是在想像中把它認作已經過去卻未消失的東西，意識因其改變了的對內容的**關係**，賦予它自身和它的內容以一個改變了的觀念的**意義**。隨著導源於「自我」的表象世界發生分化，這種情況就發生得越來越明顯，越來越多。「自我」在日益深化其理解時，也一直在從事著獨創性的創造活動。

「主觀」與「客觀」的界限第一次變得真正清楚了。一般對知識的批判所從事的根本任務之一，就是確定在純**理論**領域中支配這種劃界工作的各種規則。在純理論領域內，這一任務受科學思想方法的影響。對知識的批判表明，「主觀」和「客觀」在最開始並非嚴格分離的領域，並非在內容上完全確定，它們只是在認知過程中依據認知方法和條件才確定下來。「自我」與「非我」之間的概念區別成為理論思維的一個根本的恒常功能，而**實現**這一功能的方法，即「主觀」和「客觀」內容之間的界限，是隨著認知程度而變化的。對於理論科學，經驗中持久的必然要素是「客觀的」——可是哪些內容被稱為持久和必然的則依賴於應用在經驗的一般方法論標準，依賴於當時的認知水準，也就是說，依賴於它在經驗和理論方面所有經過證實的洞見的總和。據此看來我們用「主觀」和「客觀」這組對立概念來賦予經驗世界形式，即建構自然，這種方式與其說是**解決**了認知的問題，還不如說是徹底**表現**出這一問題。⑤

可是，只有超越了理論思維和它的特有概念的界限，這一**對立**才顯示出它的全部豐富性和多樣性。不僅科學，而且語言、神

話、藝術和宗教都爲我們提供建築材料，以建構起「實在」（reality）世界，以及人類精神世界，一句話，「我的世界」。像科學認知一樣，這些世界並非我們能嵌入現成世界的簡單**結構**，我們必須把它們理解爲**功能**，通過它們的作用，給予了現實界某種具體形式，並在它們之中產生特定的區別。每一種功能都運用不同的工具，使用完全不同的準則和標準，並以此爲前提，因而結果也是不同的。眞理和實在的科學概念不同於宗教的概念。每一個領域都同樣不僅標明而且實際創造出自己在「內界」與「外界」之間，自我與世界之間不可還原的基本聯繫。在**確定**所有這些互相交疊、衝突的不同觀點之前，必須首先嚴格精確地區別它們。任何一種觀點的成就必須由它自己來衡量，而不是由任何其他的標準和目標來衡量。只有這種檢驗結束之後，我們才能問，所有這些構想世界和「自我」的形式是否彼此一致，如何彼此一致，以及，雖然它們不是同一個自我持存「事物」的不同摹本，它們是否彼此補充而形成一個單一的整體和統一的體系。

就**語言**哲學來說，威廉‧馮‧洪堡（Wilhelm von Humboldt）是最早正視並以清楚方式從事這一研究的。洪堡認爲，代表全部語言構成材料的語音記號，在某種意義上是溝通主觀與客觀的橋樑，這是因爲在語音記號中這兩個方面的基本因素被結合到一起了。因爲聲音一方面是被說出來的，即由我們產生和形成的，另一方面它又是被聽到的，是我們周圍可感世界的一部分。我們把它理解爲某種既是「內在的」又是「外在的」東西，理解爲在外部世界呈現出客觀形式的內在能量。

　　　　說話時心靈的能量通過嘴唇開闢一條出路，可是它的產
　　物又通過我們自己的耳朵返回來。觀念被轉換成爲眞正的客

觀性，同時又不喪失它的主觀性。只有語言才能這樣做。哪
裡使用語言，哪裡就有這種轉換，儘管它有時是悄然無聲地
進行的。如果沒有這種返歸主體的客觀性的轉換，概念的構
成以至全部真正的思想都將是不可能的……。因為語言不能
被認作當下在場的實體，不能被認作可理解的一個整體，或
可逐漸地傳送的一個實體。語言是這樣一種東西，它必須被
不停地產生出來，同時它賴以產生的那些規則是確定的，而
它的範圍以及在某種意義上它得以產生的方式又是不定的
……。正如一個具體聲音處在人與對象之間一樣，全部語言
就處在人與從內外兩方面作用於他的自然界之間。為同化和
理解對象世界，人把自己置身於聲音的世界裡。⑥

　　在這種批判、唯理的語言觀中，洪堡提到了一個在任何形式
的符號系統都出現的因素。在任何一個自由設計的記號中，人的
精神既理解它的對象同時又理解它自身以及它自己的構造規則。
這種獨特的互相滲透，為更深刻地確定主體與客體提供了方法。
在進行確定的最初階段，似乎這兩個對立的因素只是分別對峙並
列著。在最早的構成形式中，言語既可以被解釋為內心的又可以
被解釋為外界的純粹表達。即可以被解釋為**純粹**主觀的又可以被
解釋為純粹客觀的表達。在前一種情況下，說出來的聲音似乎只
是興奮和激情的表達；在後一種情況下，它似乎只是擬聲的模
仿。關於「語言起源」的各種思辨實際上只從一個極端轉向另一
個極端，沒有一個能到達語言本身的實質和核心。因為語言所指
明和表達的既不是絕對主觀的也不是絕對客觀的。它造成一種新
的調和，造成在這兩個因素之間的一種特殊的**相互關係**。產生語
言的獨特意義和形式的既不是純粹的激情泄露，也不是客觀音響

刺激的重複：語言產生在兩極相接的地方，從而產生出「自我」和「世界」的新綜合。相似的關係產生在任何眞正獨立和原始的功能與意識之中。同樣，藝術旣不能定義爲內心生活的純粹表達，也不能定義爲外間現實形式的反映；在藝術中，只有研究「主觀」和「客觀」，純激情和純形式如何通過藝術彼此融合從而達到一種新的持久性和新的內容，才能找到藝術獨特的決定性因素。假如我們把自己限制在純粹理智作用的範圍內，我們就可能在這些例子中更明白地看出，在分析各種文化形式時，我們不能從客觀與主觀的獨斷而僵硬的區別出發，而只有通過這些形式自身，主觀與客觀才發生分化，它們的領域才得以確定。每一種具體文化能量都以自己特有的方式從事這種確定，都在建立「自我」和世界的概念扮演具有自己特色的角色。認知、語言、神話、藝術，沒有一種是單純的鏡子，沒有一種是簡單地反映內心或外界材料的影像。它們不是漠不相關的工具，而是認知之光的眞正源泉，是認知的先決條件，是全部認知構成的源泉。

3.
「表象」問題和意識的結構

　　在分析語言、藝術和神話時，我們首先遇到的問題是：一個個別限定的感覺內容是如何被化爲一般的精神「意義」之工具呢？假如我們只是滿足於考慮文化形式的物質方面，滿足於描述這些形式所使用的各種記號的物理屬性，那麼它們的基本要素似乎就在於各種個別感覺的集合，在於視覺、聽覺和觸覺的各種簡單性質。可是這時卻出現了奇蹟。這種簡單感覺材料通過被思考的方式，具有了不同的新生命。物理的聲音只靠音高、強度和音質來區別。一旦它被形成爲一個語詞，它就成了理智和激情的各種最精細特性的表達。它直接所是的東西，被它通過自己的中介所完成的東西，被它所「意味」的東西強行推入背景中去了。一件藝術品的具體要素也顯示這種基本的關係。任何藝術品都不能被理解爲只是這些要素的「總和」，因爲在其中有構成美感的確定規律和特殊原理在起作用。意識把一系列音符結合爲一曲統一的旋律是一種綜合，若干音節被接合爲一個完整的「句子」也是有一種綜合，後一種綜合似乎與前一種完全不同。然而它們有一點是共同的，即在這兩種情況下各種感性的個體並不是獨立自存的，它們被接合成爲一個意識的**整體**，它們在這個整體中獲取自己確定的意義。

如果我們對構成意識統一性的諸基本關係做個概括初步的研究，首先引起我們注意的就是某些相互獨立的結合「樣式」。**空間**形式中的「並存」因素，**時間**形式中的相繼因素——各種物質屬性按照不同的方式組合，從而一個東西被理解為「事物」，另一個東西被理解為「屬性」；各種相繼事件按照不同的方式組合，從而一個東西成為另一個東西的「**原因**」。所有這一切都是原始關係形式的例子。感覺論徒勞地試圖從各種個別印象的直接內容中引伸出這些因素。根據休謨（Hume）的著名心理學理論，「長笛上的五個音調」可以合成時間概念——可是只有把關係和順序的特殊因素——「相繼」——悄悄地帶到個別音調的內容之中，從而普遍的時間結構被當作一個前提時，才可能有上面的結果。認識論的分析和心理學的分析都表明，基本的關係形式就是意識的那些簡單而不可還原的性質，比如視覺聽覺和觸覺諸要素那樣的簡單感覺性質。然而，哲學思維並不滿足於把這些多種多樣的關係本身當作簡單的給定事實而全盤接受。在討論各種感覺時，只要列出它們的主要類別並把它們看作沒有聯繫的多樣性或許也就足夠了。可是當我們進而討論各種關係時，似乎只有當把它們看作由更高的綜合聯結起來的東西時，它們的個別形式的運作才能為我們所知。自從柏拉圖在〈智者篇〉（The Sophists）中，闡述純觀念和形式概念的系統「共同體」問題以來，這個問題在整個哲學史上一直活躍不衰。由於人們對「普遍」的概念假定得不一樣，因而對邏輯體系本身有不同的看法，對於上述問題，批判的解答與形而上學的思辨解答也不同。批判的觀點追求分析的普遍概念，後者追求綜合的普遍。依照批判的觀點，我們把聯接的一切可能形式都納入一個系統的概念，從而使它們**服從**於確定的基本規則；依照形而上學的觀點，我們試圖理解個別形式的具體總

和，是怎樣從一個單一的初始原則中發展出來的。形而上學的觀點只容許**一個**初始點和**一個**終結點，這兩端由於不斷地把同一方法原理運用於綜合演繹證明而彼此聯結到一起。批判的觀點卻不僅容許而且鼓勵各個方向的不同探索。批判觀點提出的統一性問題，是關於從一開始就不要求簡約性（simplicity）的。人類精神賦予現實界以形式的不同方式受到認可，人們不再試圖把它們納入單一、只是在前進的系列。然而按照這種觀點，我們並不放棄不同的個別形式之間有聯繫的看法。恰恰相反，這種角度通過用複雜體系的概念取代簡單體系的概念而大大加強了體系的觀念。不妨說，每一形式都被安置在一個特定的層次，在這個層次上它完全獨立地實現自身，發展自己的特殊性質——但只是當把所有這些觀念樣式集中考慮時，只是當能被挑出並這樣描述的某些相似物和典型關係出現的時候，才出現上述情況。

　　我們遇到的第一個因素是區別的因素，我們可以稱之為各種形式的**性質**和**樣式**的區別。在這裡，我們把某一給定關係的「性質」理解為某種具體的組合形式，通過這種結合它在意識的整體中創造出一個系列，這個系列的分子是依據一個特定的規則而排列的。譬如，與相繼性對立的共時性關係就構成這樣一種獨立的性質。另一方面，如果出現在不同**形式的上下關係**（formal context）中，同一個關係形式就可能發生內部轉換。不管個別關係的特殊性怎麼樣，它都屬於各種意義所構成的一個**總體**，這個總體自身擁有自己的「本質」，自己自成一體的形式規則。譬如，我們稱為「時間」的普遍關係既是**審美**意識一定結構中的根本因素，同時也是理論科學**認知**的一個要素。牛頓**力學**一開始把時間解釋為一切運動的穩定基礎和一切變化的統一尺度。初看起來，牛頓所說的時間似乎只不過是與控制一首樂曲和它的節奏一樣的一個

名稱而已。兩者都假定了我們稱爲「相繼」的普遍抽象性質。至少在這個意義上，用詞的統一包含了意義的統一。可是，關於自然律，即作爲運動的時間形式的規律的意識，和關於音樂節奏的意識，具有各自特殊的相繼方式。同樣地，某些空間形式，某些線條和圖形的複合體，在一種情況下我們可以解釋爲藝術裝飾圖案，在另一種情況下可以解釋爲幾何圖型，從而賦予同一材料完全不同的意義。我們在審美想像和創作中，在繪畫、雕塑和建築中所建立的空間統一性，與幾何定理和公理中表現出來的空間統一性，屬於完全不同的領域。在一種情況下，我們具有邏輯─幾何概念的形式；在另一種情況下則具有藝術想像的形式。在一種情況下，空間被設想爲各種互相獨立的關係的總合，被設想爲各種「原因」和「結果」的一個體系；在另一種情況下，則把它設想爲其具體因子被動態地聯鎖起來的一個整體，設想爲情感的感性統一體。空間的意識還能採取其他形式。例如在**神話思維**中，我們又可以找到一個有關空間的非常特殊的切入點，一種連接並「確定」空間世界的方法。它與經驗思維中對宇宙的空間連接方式有根本不同的特點。⑦同樣地，我們從科學思維的角度和神話思維的完全不同的角度看問題時，**因果關係**的一般形式就顯現出完全不同的情況。在神話中也講因果概念，用因果概念解釋神的譜系，解釋宇宙起源發展史，解釋它以神話方式所「說明」的一切具體現象。可是這些「解釋」的根本宗旨，與通過理論的科學概念，支配因果關係研究的宗旨完全不同。起源的**問題**既存在於科學中也存在於神話中，可是這個起源的形式和特點，它的方式，則隨著我們從一個領域到另一個領域而改變，隨著我們學會按科學**原則**而不是神話的魔力來運用和理解它而改變。

我們知道，爲了在具體意義和具體運用中描述某一既定關係

形式的特性，我們不僅必須說明它的性質，而且要確定它所處的體系。如果我們把各種不同的關係，譬如空間關係，時間關係，因果關係，等等，規定為R_1，R_2，R_3，我們就得分別給它們一個特殊的「程式指數」u_1，u_2，u_3，標明它的意義和功能的上下關係。任何一種上下關係，認知的和語言的，神話的和藝術的，都有自己的構成原理，這個原理給這一關係內的所有具體形式都打上它的印記。其結果顯示了大量各種各樣的關係形式。只有通過對各個基本形式進行嚴格的分析，才能理解它們的內涵和豐富性。可是即使不進行這樣的分析，把意識當作一個整體而進行最廣泛的研究也揭示了統一性的某些基本條件，揭示了進行綜合、結合和陳述的前提。意識的本質決定了它不能通過簡單的活動只斷定某一內容，而不斷定其他內容的複合體。康德在關於否定的量 (negative quantities) 的文章中，曾經把因果關係問題闡述為一種企圖──即企圖理解為什麼由於**某物**存在，具有完全不同性質的**另一物**就應該存在並且實際地存在著。假如按照獨斷形而上學，我們把絕對**存在**的概念當作出發點，這個問題似乎是根本不可解決的。因為絕對存在包含著絕對的終極要素，每一個要素都自在地 (in itself) 是一個靜態的實體，而且必須被看作是自為的 (for itself)。可是這個實體概念並沒有揭示出任何必然地，甚或合情合理地向世界的雜多性，向它具體現象的多樣性轉變的可能。即使在斯賓諾莎那裡，從「在自身內並通過自身而被認識的」(in se est et per se concipitur) 實體向個別、獨立、可變的樣式 (modi) 的雜多性轉變也不是推導出來的，而是偷偷地達到的。歷史表明，形而上學越來越面臨著一個邏輯的兩難推理。它或者嚴肅地採用存在這個基本概念，在這種情況下，所有的關係都將消失，一切空間、時間和因果關係的雜多都將消化為純粹幻象；或者在承認

這些關係的同時把它們轉化爲存在的純「偶性」（accidents）。可是形而上學在這裡遇到一個特殊的難題。因爲越來越明顯，只有這些「偶性」才可被認知，才可以在認識的各形式中被理解，而被假定爲個別性質和關係的基礎的純然「本質」卻消失在純粹抽象的空虛之中。表面上是「實在的整體」的東西，所包含的只是它的定義，最終必喪失一切獨立、肯定的具體性。

只有從一開始，就不把「內容」和「形式」，「要素」和「關係」看作互相獨立的東西，而看作互相決定、同時並存的東西，才能避免形而上學本體論的這種辯證法。近代思辨的「主體性」傾向在一般方法論上已經表現得越來越突出。一旦這個問題從絕對存在的領域轉移到意識領域，它就以一種新形式出現。意識的任何「簡單」性質，只有把它與特定性質完全結合在一起，又和其他性質分離開來理解，它才具有確定的內容。這種結合和分離的作用不能脫離意識的內容，反而是它的根本條件之一。因而意識中沒有一種「某物」，它不是由意識自身產生，而不經進一步的中介就產生「他物」和他物系列。在意識的每一具體內容中，都以某種形式設定、表現著意識的整體。這規定著意識的每一具體內容。只有在這個**再現**（representation）中並通過這個**再現**，才可能有我們所說的內容之「呈現」（presence）。只要我們考慮到這種呈現的最簡單例子，時間關係和時間上的「此時」（present），上面所說的就不言自明了。意識的任何眞正直接的內容都與它所包含於其中的限定的「此時」有關。這是確實無疑的。過去「不再」在意識之中，未來「尚未」在意識之中。兩者似乎都不屬於意識的具體實在，不屬於意識的眞正實在，而是消失於純粹的邏輯抽象之中。我們規定爲「此時」的內容只不過是區分過去和未來的一個永遠變動不息的界線而已。不能脫離它所劃界的東西來

設定這個界線：它只存在於這個劃界活動之中，它不是能在劃界之前並脫離劃界而被思考的東西。時間的瞬間，就我們有意把它確定為時間的瞬間而言，只能被理解為從過去到未來，從「不再」到「尚未」的流動不居的過渡，而不能被理解為靜態的實體性的存在。假如對此時做不同的解釋，即做絕對的解釋，它就不再代表時間的要素，而代表時間的否定。因為這似乎是阻止從而否定了時間的運動。愛利亞學派的哲學家（Eleatic Philosophers）追求一種絕對的存在，他們堅持，飛矢「不動」，因為在每一個不可再分的「此時」它都只佔有明確規定的單一的無形「位置」。可是如果把時間的瞬間設想為「**從屬**」於時間的運動，它就不能從這個運動中脫離出來，不能與這個運動相對立，而只能真正地置身其中：只有當我們把瞬間想像為個別，同時把過程想像為全體的時候，只有瞬間與過程二者都為意識而融合成一個完全的統一體的時候，上面所說的才是可能的。只有當時間的序列被表象為向前和向後延伸時，對我們來說，時間形式本身才是「給定的」。我們思考意識的一個具體片段，不是絕對地置於這個片段之中，而是利用確定的空間、時間或性質的整理功能，通過超越這個片段而進入各種互相關聯的向度，才能理解這個片段。只是因為用這種方法，我們才能在意識的實際內容中確認並沒有什麼東西，亦即在給定的東西中確認沒有給予什麼東西，對我們來說才存在這樣一種統一性，我們一方面把它規定為意識的主觀統一性，在另一方面把它規定為對象的客觀統一性。

　　心理學和知識論對空間意識的分析，把我們引回到同樣的原始表象（representation）作用。只有先假設各種時間序列的構成，我們才能理解「整個」空間。即使意識的同時性綜合，構成一般意識的一個特殊的原始部分，也只有在相繼性綜合的基礎上才能

把它完成並表象出來。假如要把特定的要素結合進一個空間整體，這些要素就必須經歷意識的相繼序列，並按照確定的規則彼此聯結起來。無論是英國的感覺主義心理學還是赫爾巴特（Herbart）的形而上學心理學，都沒有合情合理地解釋空間綜合意識是如何根源於時間綜合意識，「集合」的意識如何產生自視覺、觸覺和運動感覺的純粹序列，如何產生自知覺的單純序列的集合。這些理論除了的各種完全不一致的分歧點之外，有一點是共同的：它們都承認，就空間的具體接合和結構而言，空間不是作爲精神既成的擁有物而「給定」的，而是在意識的過程中，也可以說，在意識的一般運動中產生的。然而，假如沒有在部分中理解整體並在整體中理解部分的一般可能性的話，這個過程本身就將分解爲彼此獨立無關的個別，不容許有產生「**一個**」結果的綜合。萊布尼茨把意識定義「在一中表現多」。在這裡，這個「在一中表現多」（multorum in uno expressio）仍然是決定的因素。只有通過把在直接感覺經驗中互相代替的各組完整的感性知覺結合爲「**一個**」觀念，另一方面又把這種統一性貫穿於它的具體成分的多樣性之中，我們才直觀到空間的「**結構**」。只有通過集中和分析的互相作用，才建立起空間意識。這個時候，形式表現爲潛在的運動，運動表現爲潛在的形式。

巴克萊對視覺理論的研究是現代生理光學（physiological optics）的起點。在研究中，巴克萊把空間知覺的發展與語言的發展進行類比。他相信，有一種自然語言，即在記號與意義之間有一種固定的關係，就因爲有這種語言才可能有空間知覺。我們不是通過在頭腦中摹寫「絕對空間」的現成的原料模型，而是通過學會運用各種感覺領域，特別是視覺和觸覺領域中根本不同的印象，把它們當作彼此的代表和符號，我們才創造出作爲系統聯繫

在一起的知覺世界的空間世界。巴克萊沿著其感覺論角度的路線，證明心靈的語言是空間知覺的條件，並把它解釋爲純粹的**感官**的語言。可是進一步研究就會發現，這種解釋否定了它自身。語言這個概念本身就說明它決不可能是純感覺的，它只是表現著各種感覺和知覺因素的特殊解釋和互相作用。在語言中總是要預先假設，個別的感性記號中充滿著一般的具有理智意義的內容。這對於任何其他「表象」，對於意識的一個要素在另一個並通過另一個而被表象的任何例子中，都是如此。我們可以假設，空間觀念的感覺基礎就在於一定的視覺、觸覺和運動的感覺，可是這些感覺的總和並不包含我們稱爲「空間」的那種特殊的統一形式。毋寧說空間觀念是顯現在某種統合（coordination）中。這種統合使我們可以從諸多性質中的任何一種到達它們的整體。在任何一個設定爲空間的要素裡，我們的意識都設定了無數的潛在**方向**，這些方向的總和構成我們空間直觀的整體。只有在擴充相對說來受限制的個別觀點時，才能形成我們對某一具體經驗對象的空間「圖像」，比如房子的圖像。這也就是說，把非全面的觀點只是當作起點和刺激因素，我們才能通過它建造出各種空間關係的高度複雜的總體。從這個意義看，空間決不是靜止不動的容器，不是用來注入現成「事物」的箱子。毋寧說它是各種觀念作用的總和，這些觀念作用互相決定、互相補充而產生出一個統一的結果。從簡單的時間上的「此時」出發，「之前」和「之後」表示時間的基本方向，同樣，在任何一個「這裡」我們都設定了一個「那裡」。具體地點並不先於空間的系統，它只有參照這個系統並與它相聯繫才存在。

　　比空間和時間統一性更高的第三個統一性形式是**客觀化**的綜合形式。當我們把各種確定屬性的總和併入一個具有各種變化特

性的恒常事物的整體時，這個結合假定了同時性綜合和相繼性綜合。可是這並不完全。相對上比較恒常的東西必須與變化的東西區分開來。在作爲具有可變屬性的恒常「載體」的事物概念產生以前，必須先理解一定的空間結構。另一方面，這個「載體」觀念爲空間同時性和時間相繼性的直觀，增添了獨立重要性的特殊新因素。經驗主義的分析一次又一次地試圖否認這種獨立性。它在事物的觀念中只看到結合的純粹外在形式，試圖證明「對象」的內容和形式只不過是它的各種屬性的總和。在這裡，我們又看到了經驗主義者在分解「自我」概念和意識時所犯的同樣根本錯誤。休謨把自我解釋爲「一束知覺」（a bundle of perceptions）。他只說到這個結合本身，而根本沒有說到構成自我的綜合所包含的**具體**形式和類型。撇開這個事實不說，休謨的解釋也否定了自己，因爲它假設已經被分析和分解掉的自我概念，仍然以它未分解的整體形式被包含在知覺概念之中。之所以可能使具體知覺成爲一個知覺，把它作爲「知覺」的性質從其他實體性質區分開來，正是因爲它「附屬於自我」。它與自我的這種關係並不是通過綜合若干知覺而產生的，而是每一種知覺都有的根本特性。在把各種各樣的「屬性」綜合爲一個統一的「事物」時，有一種很類似的關係。我們把廣延性、甜性、粗糙性、白性等感覺結合成統一整體，成爲「糖」的觀念，這之所以可能，只是因爲我們在一開始就是聯繫這一整體來思想每一種性質的。白和甜，等等，並不是只被理解爲在我之內的狀態，而是被理解爲一種「屬性」，一種客觀的性質，因爲在這之前我已經得到了原來所期望的這個「事物」的前景和它的作用。這樣看來，個別只有在普遍圖式的基礎上才能設立起來。在我們經驗「事物」和它的「屬性」的過程中，我們只是不斷地向這個圖式裡充實新的具體內容。作爲簡單的具體

位置的點只是「在」空間中才是可能的。從邏輯角度講，只是在假設了一個包含一切位置規定的**「體系」**的前提下才是可能的。時間上的「此時」觀念只有在聯繫許多瞬間的「序列」，聯繫我們稱爲「時間」的那種相繼的順序，才能確定。事物和它的各種屬性的關係也是如此。所有這些關係（對它們詳細規定和分析是更專門的知識論的事情）都揭示了意識的同一基本特徵，即整體不是得自各個部分。不就內容而就一般結構和形式來說，每一個部分的觀念已經包含著整體的觀念。每一個別從一開始就屬於一定的「複合體」，它本身就表達這個複合體的規則。正是這些規則的總和構成了意識的眞正統一性，比如時間統一性，空間統一性，客觀綜合統一性等等。

　　心理學的傳統語言沒有提供說明這些事情的適當術語。因爲只是在近期，在現代「格式塔心理學」（gestalt psychology）的發展過程中，這項研究才從基本的感覺論分離出來。感覺論認爲，一切客觀性都包含在「簡單」印象之中。對他們來說，綜合只不過是各種印象的「聯結」（association）。這個詞的意義很寬泛，包括了可能存在於意識之中的所有聯繫，可是也正因爲它太寬泛，它又模糊了這些關係的特殊性質。它不能區分絕大多數不同性質和樣態的關係。「聯結」的意思是說，各種要素融合到時間或空間的統一性之中，融合到自我和對象的統一性之中，融合到一個事物的整體或若干事件的序列之中——即其分子按照因果關係準則聯結起來的系列，和其分子按照「手段」和「目的」的準則聯結起來的系列之中。「聯結」也被當作一個適當的詞，用來代表把個體綜合到**認知**的概念統一性之中的邏輯規則，或者代表在審美意識的發展過程中發揮作用的結構形式。然而很明顯，這個詞只不過指出這種結合的事實本身，並沒有對它的具體特點和規則

作任何說明。意識進行綜合的各種方法仍然完全沒有說清楚。譬如，有「要素」a,b,c,d,等等，它們的各種結合形成一個方不同函數：F(a,b),(c,d) 等所構成的嚴格有序，並具有內在差別的系統。在所謂的「聯結」這個一般術語中並沒有說明這個系統，恰恰相反，這種「聯結」把這個系統拉平從而否定了這個系統。而且這個術語還有另一個根本缺陷。無論把各種內容結合和融合地多麼緊，不管從意義上還是從來源上看，被聯結的的內容仍然是**分離的**。經驗過程中，它們被接合為日益穩定的結構和聯合，然而它們本身的存在並不是這個聯合賦予的，而是先於這個聯合。可是在意識的真正綜合中，正是這種「部分」與「整體」的關係被從根本上超越了。在這裡，整體並非**產生於**它的各部分，而是整體**制定**部分並賦予它們根本的意義。在思想空間的任何有限部分時，我們也想到它在整個空間中的方位；在思想任何具體瞬間時，我們都涵蓋了相繼性的普遍形式；在設定任何具體屬性時，我們都設定了「實體」和「偶性」的一般關係，從而設定了對象的特殊形式。「聯結」只說明了各種觀念之間的銜接，而恰恰沒有解釋這種相互滲透和相互決定作用。它為純粹的觀念之流建立的各種經驗規則，不能合理地說明那些把觀念結合起來的具體基本形式，以及從中產生的「意義」的統一性。

　　理性主義認識論企圖證明和保全這種「意義」的獨立性。它的基本歷史功績之一，是通過同一的理智活動建立起對意識本身的更深刻的新看法和知識「對象」的新概念。這進一步證實了笛卡爾的論斷：對象世界的統一性，實體的統一性，不能通過知覺來把握。而只有通過反省心靈本身，通過inspectio mentis來把握。理性主義的基本理論與經驗主義的「聯結」理論剛好相反，可是它同樣不能克服意識的兩種基本要素之間純「質料」和純「形

式」之間的內在張力（inner tension）。因為**綜合**意識的內容同樣依賴於以某種方式從外邊處理具體內容的活動。按照笛卡爾的看法，外界知覺的「觀念」，光明和黑暗的觀念，粗糙與平滑的觀念，顏色和聲音的觀念，根本說來是作為圖像（velut picturae）被給予的，在這個意義上，它們是純粹主觀的事件。引導我們超出這個階段的，使我們能夠從各種印象的多樣性和可變化前進到對象的統一性和恒常性的，是判斷和「無意識推演」功能。這種功能完全獨立於印象。客觀統一性是一種純形式的統一性，它本身既聽不到也看不到，只能在純思想的邏輯過程中被我們理解。笛卡爾的**形而上學**二元論最終根源於他的**方法論**上的二元論。他絕對劃分廣延實體（substance of extension）和思維實體（thinking substance）的理論，只不過是以形而上學方式，表達他在說明意識的純粹功能時即已透露的對立面而已。

　　即使在康德那裡，在《純粹理性批判》（*Critique of Pure Reason*）一開頭，感性與思想，意識的「質料」和「形式」的決定因素之間的對立絲毫沒有減弱——儘管康德接下去說，也許有一個我們不知道的共同根基把它們聯結在一起。對上述說法的一個主要的反應意見是，它所表達的對立是抽象的產物。在這裡知識的各種具體因素是從邏輯角度評定的，因此，意識的質料和形式的統一，「個別」和「普遍」的統一，感覺「材料」和「排列原則」的統一，就構成了那個從一開始就已經認識到了的確定現象，這個現象是對意識作任何**分析**的出發點。假如我們想用數學的符號或比喻來標示這個過程，（儘管事實上它超出了數學的範圍，）我們可以選用「求積」（integrate）這個詞，與「聯結」區別開來。意識的要素與整個意識的關係不像一個外延的部分與各部分總和的關係，而像微分與積分的關係。就像一個運動的物體的微分方

程表示這個運動的一般規律和軌線一樣，我們必須把意識的一般
構造規律看作在它的任何一個要素中給定的東西，看作在它的任
何一個東西——然而不是在獨立不依的內容的意義上，而是在已
經體現在具體感覺中的傾向和方式的意義上。準確地講，這才是
意識內容的本質。只是當它在各種不同方法的綜合中直接超出自
身時它才存在。對瞬間的意識包含著與時間相繼性的關係；對空
間中單獨一點的意識包含著與作爲一切可能的位置的總和和整體
空間的關係。還有無數類似的關係，通過它們在對個別的意識中
表現了整體的形式，意識的「積分」不是從它的各種感覺要素（a,
b,c,d,⋯⋯）的總和，而是從它的關係和形式（dr_1, dr_2, dr_3 ⋯⋯）
的微分的總體中構造出來的。意識的完全現實性只是把在它每一
分開的因素中，表現爲「潛能」和一般可能性的東西揭開來而已。
康德曾提出這樣一個問題：如何想像因爲「某物」存在，與它完
全不同的「另一物」也必須存在。上面那種最一般的方法就是對
這個問題的根本解決。從絕對存在的角度越是嚴格地分析和檢驗
這種關係，它就不可避免地越顯得不可思議；可是如果從意識的
角度來思考問題，它變成是很容易理解的必然的東西了。因爲在
這裡，並不是從一開始就有一個與抽象、分離開的「他物」樹立
的同樣抽象的「此物」；在這裡，作爲「一」的某物就「在」多之
中，多就「在」一之中，在這個意義上它們中的每一個都決定和
表現著另一個。

4.
記號的觀念化內容
超越意識的摹寫論

到目前為止，我們一直致力於一種批判的「演繹」，一種對表象概念的解釋和論證，我們相信在另一個內容中並通過它表象某一內容，是意識的結構和形式統一性的根本前提。下邊的研究不再討論表象功能的一般邏輯意義。我們將探討記號問題。這一探討不是退回到它的最終「基礎」問題，而是向前進到它在各個文化領域中的具體展開和構型問題。

我們已經獲得了這一研究的新根據。如果我們要理解意識在語言、藝術和神話中創造的人為符號和「任意」記號，我們就必須回溯到「自然的」符號系統，回溯到作為意識整體的表象；意識的每一瞬間和片段都必然包含或至少表現出這種表象。假如這些中介記號不是最終根源於意識本質的原始精神過程，它們的效力和作用就將是一個不解之謎。我們必須假定，在個別記號產生出來之前，意義的基本功能就存在並在起作用，因而產生記號並不是創造意義，而只是把意義固定下來，把它運用到具體情況之中。只有這樣假定；我們才可能理解，一個可感覺的個體，比如說話的聲音，怎麼能變成純精神意義的工具。意識的任何具體內容都處在各種關係的網中，通過這個網它的存在本身和自我表象都**指涉**到其他的以及更間接的內容，因此，就可能並且必須有某

些意識構成物是讓指涉的純粹形式在其中以感性方式具現的。由此引出這些構成物特有的雙重本性：它們與感性結合，同時在其中又包含著脫離感性的傾向。在任何語言「記號」中，在任何神話和藝術的「形象」中，本質上超出全部感覺領域的精神內容被翻譯成為可感覺的形式，成為看得見、聽得見、摸得著的東西。構型（configuration）的獨立樣式是意識的一種特殊活動，它不同於任何直接感覺和知覺的材料，它是將這些材料當作工具、當作表達的方法，而加以運用。「自然的」符號系統是意識的一個基本特徵。它一方面受到保留和利用，另一方面又得到精煉和超越。因為在這個「自然」符號系統中，意識的某一部分內容，雖然不同於整體，卻保留了表象這個整體的能力，以及在某種意義上在表象中重建整體的能力。一個存在著的思想內容具有喚起另一內容的能力。後一內容不是直接給予的，而是通過前一內容傳達的。實際上，我們在語言、神話和藝術中所遇到的各種表象符號不是先「存在」而後進一步超出這個「存在」獲得一定的意義，而是它們的意義引出它們的存在。它們的內容完全依賴於意義的功能。在這裡，為了在個別中把握整體，意識不再需要給定的個別本身的刺激，它**創造**出一定的具體內容，作為對一定意義的複合體的表達。因為意識創造的這些內容完全在它自己的掌握之中，通過這些內容，意識可以隨時自由地「喚起」所有意義。譬如，當我們把一個給定的直觀或觀念與任意的語言聲音聯繫起來時，初看起來似乎並沒有給它的內容增添什麼東西。然而進一步研究就會發現，通過創造語言符號，內容本身對意識具有了不同的「特點」：它變得更加確定了。這表明，內容在理智上嚴格明確的「再現」與語言的「創造」不可分離。語言的功能並不只是**重複**已經呈現在心靈中的各種定義和區別，而是系統地闡述它們，使它們

能夠按照本身的樣子被理解。在每一個領域，正是通過精神的自由活動才使感覺印象的混沌狀態變得清楚起來，從而對我們呈現出固定的形式。只有當我們用建立符號的活動在某個方向上進行**塑造**時，變動不居的印象才向我們呈現出形式和恒常性。在科學和語言中，在藝術和神話中，這一成形過程是依照不同原則按照不同方法進行的，然而它們有一點是共同的：它們活動的產物與一開始時的純粹「材料」根本不同。精神意識和感性意識正是在這種基本的符號功能及其種種不同的方向中才第一次眞正地區分開來。正是在這裡我們超越了接受外界無定形材料的被動性，開始給這些材料打上我們自主的印記。這個印記爲我們把材料組合成實在的各種形式和領域。在這個意義上，神話和藝術，語言和科學，都是**通向**存在的構造物：它們不是現存實在的簡單摹本；它們表現著精神運動和思想過程的主要方向。這個精神的運動過程爲我們構成實在，這個實在既是一又是多——意義的統一性最終把形式的多樣性攏合起來。

只有當我們向這個目標努力時，對各種各樣的符號體系的具體闡述，以及理智對它們的使用，才是可理解的。假如記號只是在重複一個完成了的確定內容和觀念化的具體直觀內容，我們就會遇到兩個問題：一個已經存在的東西的摹本能夠達到什麼目的？怎麼能夠實現這樣一個精確的摹本？因爲非常明顯，在精神的眼中摹本永遠也不可能達到原本，永遠不可能代替原本。假如把精確的再現當作標準，我們就將被迫對記號本身的價值持懷疑論的基本態度。譬如，如果把再現當作語言眞正的基本功能，認爲它只是通過不同的媒介物再一次表達在具體感覺和直觀中已經展現在我們面前的這同一個實在，我們就將對全部語言的巨大欠缺感到震驚。用直觀實在的無限豐富性和多樣性來衡量，一切語

言符號都不可避免地顯得空洞；用其個別的具體性來衡量，它們又不可避免地顯得抽象和模糊。語言要是在**這個**方面和感覺、直觀較量，它根本不是對手。懷疑主義對語言批判的 $\pi\rho\tilde{\omega}\tau o\nu$ $\psi\varepsilon\nu\delta o\varsigma$（第一次結巴）也正是在於它把這個標準當作唯一可能的和唯一有效的標準。實際上，語言的分析——尤其是當語言分析不是從單純具體的語詞，而是從**語句**的統一體出發時——表明，所有語言表達形式都不是給定的感覺和直觀世界的單純摹本，它們具有確定的「指義化（signification）」的獨立性質。

絕大多數具有各式各樣的形式和來源的記號都有同樣的性質。在某種意義上可以說，它們的價值更在於被它們隱藏和忽視了的那部分直接現實，而不是它們從具體感覺內容及其直接現實性中固定下來的東西。同樣地，只是由於從「給予的」印象中略掉的東西，藝術圖畫才成為藝術圖畫，而與單純的機械的再現區別開來。藝術圖畫並不反映感覺總體中的印象，而是選出某些「富有創造力」的因素；通過這些因素，擴大給予的印象，並按照一定的方向引導藝術創造想像力和空間的綜合想像力。如同在其他各個領域裡一樣，在這個領域裡構成記號的真正力量恰是在於：隨著確定的直接內容一步步消退，形式和關係的一般因素則愈加尖銳，愈加清楚了。具體的東西本身似乎是受限制的。然而正是通過具體的東西，才能更順當更有效地實現我們稱為「積分」的那種活動。我們看到，意識的具體存在只是在它潛在地包含著整體並且不斷向整體過渡的情況下，才「存在」。可是運用記號把這種潛在性釋放出來，並使它成為真正的現實。這樣一來，**一下子**撥動了千萬根聯在一起的弦，這些弦在這個記號中都以不同的強度和清晰度振響。在設定記號的時候，意識使自己遠遠離開感覺和感性直觀的直接**基礎**（substratum），然而也是在這裡它表現出

自己固有的綜合和統一的創造力量。

這種傾向也許在**科學**記號系統的作用中表現得最明顯。譬如，抽象的化學「分子式」被用來標示某種物質，它本身並不包含任何告訴我們這種物質是什麼的直接觀察和感性知覺；相反，它把一個特殊的東西放到一個非常豐富、各種關係精密連結起來的複合體之中，而知覺對於這個複合體一無所知。它不再按照感覺內容和直接感覺材料標示一個物體，而是把它表現爲各種潛在的「反應」的總和，表現爲由普遍規則規定的各種可能的因果關係鏈的總和。在化學分子式中，這些必然的關係總體與具體事物的表現融合在一起，從而給予具體事物的表現一個全新的獨特印記。這裡和別的地方一樣，記號是純粹的意識「實體」和它的精神「形式」的媒介物。正是因爲記號沒有任何它自身的感覺物質，或者說正是因爲它翱翔在純粹意義的太空中，它才有能力代表意識複雜的一般運動，而不是單純的具體意識。記號並不反映意識的某一固定內容，而是確定這種一般運動的方向。同樣地，從物理實體的角度來看，口說語詞只不過是一絲風，可是在這絲風裡卻有觀念和思想運動的特殊意義。這種運動是由記號來強化和調節的。正如萊布尼茨在他的「普遍語言符號」中指出的那樣，記號的根本優越性之一，是它不僅代表而且最重要的是**發現**某種邏輯關係，它不僅提供了已知事物的一個符號縮寫，而且爲走向未知事物開闢了新路。在這裡我們確確實實從新的角度看到了意識本身的綜合力量，靠這個力量，各種意識內容的每一集中點都促使意識擴展它的領域。記號所提供的集中點不僅使我們可以向後看，而且同時又開闢了新的前景。它建立了一個相對的界限，可是這個界限本身體現了繼續前進的要求，並通過揭示意識的一般規則而開闢了前進的道路。科學史突出地證明了這一點。科學史

表明，一旦我們發現了代表某一問題的清晰的確定「公式」，我們就已經在解決所遇到的一個問題或複雜問題的道路上取得了極大的進步。譬如，牛頓的流數（feuxion）概念和萊布尼茨的微分演算法所解決的絕大多數問題，在他們之前就已經知道了，而且已經從各種不同的角度，從代數分析、幾何學和力學等角度進行過研究。可是只有在為它們找到了一個全面而統一的符號**表達式**時，這些問題才真正被解決了。因為這個時候，它們不再構成各種分散問題的一個鬆散而偶然序列，它們共同的根本原理已經被標示在一個普遍適用的確定**方法**之中，一個建立了各種規則的基本演算活動中了。

　　在意識的符號功能中，建立並給定於意識這一簡單概念中的一個反題形成並表現了出來。全部意識都以時間過程的形式顯現給我們，可是在這個過程中一定樣態的「形式」卻趨於自身分離。不斷變化的因素和持存的因素趨於結合。在語言、神話和藝術的不同產物中，在科學的各種理智符號中，這種普遍趨勢是以不同的方式實現的。所有這些形式似乎都是不斷更新、活生生的意識過程的直接部分；同時它們又揭示了精神在這個過程中努力尋求固定不變的點。在這些形式中意識保持著不斷流動的性質。意識之流並不是毫無規定性的，它按照形式和意識固定的中心安排自身。就其純粹特徵而言，每個形式都是柏拉圖意義上的 $a\dot{v}\tau\grave{o}$ $ka\vartheta$ $a\dot{v}\tau\acute{o}$，它與純粹的觀念之流相分離，同時，為了被表現出來，為了「對我們」存在，它又以某種方式被表現在這個流之中。因為一個具體的感性內容能在保持其自身形式的條件下獲得向意識表現共相的能力，在創造和運用各種符號系統和集合的過程中，上述兩個條件都得以滿足。感覺論的公式是「思想中沒有任何東西，不是曾經在感官的」（Nihil est in intellectu, quod non ante

fuerit in sensu)，理性主義則相反，可是在這裡二者都不適用。
我們不再追問「感覺」和「精神」何者在先何者在後，因為我們
討論的是基本精神功能在感覺材料本身的顯現。

　　造成「經驗主義」和抽象「唯心主義」的偏見的原因，正是
由於它們都沒有完全而清楚地發揮這種基本關係。經驗主義設定
了具體給予物的概念，卻沒有認識到任何這樣的概念都或明或暗
地包含著某種共相的**確定**屬性；唯心主義肯定了這些屬性的必然
性和有效性，卻沒有指出它們得以在意識的特定心理世界表現出
來的媒介物。然而，如果我們不是從抽象的假定出發，而是從精
神生活基本的具體形式出發，這個二元的對立體就解決了。在理
智與感覺，「觀念」與「現象」之間作根本區分的幻像消失了。確
實，我們仍然處在「影像」的世界中，可是它們不是產生「事物」
的自立世界的那種影像，而是這樣一種影像世界：它們的原則和
本源都植根在精神的自主創造活動之中。只有通過這些影像，我
們才能看到「實在」，只有在它們之中我們才能擁有實在。這是因
為精神可以達到的最高客觀真理歸根到底就是它自己活動的形
式。在精神自身的一切成就中，在對於決定這些成就的特殊規則
的認識中，在把這些規則都重聚為**一個**問題和一個解答的前後聯
繫的意識中，在所有這一切中，人類精神才認識到現實界和它自
身。的確，關於除了這些精神作用之外還有什麼構成絕對實在的
問題，關於在**這個**意義上「物自體」（thing in itself）是什麼的
問題，仍然沒有得到解答，只是我們越來越學會把它看作一個表
述的謬誤，看作理智的幻想。真正的實在概念不能被硬塞到純粹
抽象存在的形式之中，它與精神**生活**的各種形式的多樣性和豐富
性相通，不過只限於打上內在必然性和客觀性印記的精神生活。
在這個意義上，任何新的「符號形式」，不僅科學知識的概念世界，

而且還有藝術、神話和語言的直觀世界，都像歌德所說的，構成從內向外的顯示，構成「世界和精神的綜合」，這個綜合真實地向我們保證它們二者本來就是一個東西。

　　現在有了解決這個最後的基本對立的希望。近代哲學（modern philosophy）從一開始就與這個對立奮鬥並作了越來越嚴格的系統闡述。這個對立的「主觀」傾向已經使哲學越來越把它的全部問題集中到**生活**的概念而不是存在的概念上。雖然這似乎是要在獨斷的本體論所表明的形式中，緩和主觀和客觀的對立，從而為最終和解開闢道路，然而在生活本身範圍內，卻產生了更尖銳的對立。生活的真實似乎只存在於純粹**直接性**中，並被局限於其中。可是看起來理解和領會生活的任何企圖如果不是否定也是危害了這個純粹直接性。的確，假如我們從獨斷的存在概念出發，在我們不斷研究的過程中，存在與思維的二元論就變得越來越明顯。當然這裡仍有這樣一絲希望：認知所發展出來的存在的圖像，至少還會保留存在的真實的一點痕跡。可以相信，不是全部存在，然而至少它的**一部分**似乎進入了這個圖像，存在的實體看起來貫穿著認識的實體，並在其中或多或少地忠實反映了自身。但是生活的純粹直接性不允許做這樣的分割。很明顯，它或者全部被看到，或者全部看不到；它並不進入我們對它的間接表象之中，而是置身於這些表象之外，與它們根本不同甚至相反。生活原來的內容不能在任何**表象**形式中，而只能在純**直觀**中領會。因而，看起來任何對精神生活的理解都必須在兩個極端中選擇其一。這就要求我們作決定，是否在一切間接構造**之前**的純粹本原中追求人類精神**實體**，或者說是否使自己陷身於這些間接形式的**豐富性**和多樣性之中。看起來，只有在前一種努力中我們才能達到生活的真正中心，這個中心表現為單純的自我封閉體。在後一

種情況下，我們探討精神發展的整個事件系列。可是當我們沈浸在後一種探討中，它就越來越明顯地消解為純粹的事件系列，消解為反射的影像，沒有獨立的真實和本質。看起來，不可能用完全屬於對立兩面之一的任何媒介思想把分離的兩面聯結起來。我們沿著符號的方向，純粹象徵性的方向，前進得越遠，也就離純直觀的最初源泉越遠。

一直面臨這個問題和這個兩難推理的，不僅僅是哲學上的神秘主義。唯心主義的純粹邏輯一直不停地盯著這個問題並作了系統的闡述。柏拉圖在他的第七封書信中，關於「概念」與「記號」的關係以及這個關係必然不充分的論述，定下了一個基本格調，它一直以各種各樣的方式表現出來。在萊布尼茨的認知方法論中，「直觀知識」與純粹「符號」知識是截然分開的。對於這個**普遍語言符號**的作者來說，用直觀來衡量，比如用觀念的純粹觀察力，觀念的真正「眼光」來衡量，通過純粹符號一切知識都變成了「盲知識」（cogitatio caeca）。⑧的確，**人類**的知識不可能離開符號和記號，也正是這一點使它具有人類知識的性質，即與完善、神聖理智的原型相反，它是有限的。康德把它的確切邏輯位置規定為認識的純粹界限概念。他相信，這樣一來就批判地掌握了它。然而甚至康德在《判斷力批判》中最能表現他的純粹方法的那一段中，也再次明確地發揮了**理智原型**與**理智摹本**之間、本原的直觀理智與「依賴於圖像」的推理理智之間的對立。從這個對立的角度看，似乎是認識或任何其他文化形式的**符號內容**越豐富，它的**本原內容**就越少。所有圖像不是標明而是掩蓋了那個非圖像的東西。這些圖像徒勞地拚命追求它，而它卻置身於其後。只有否定一切有限的圖像，返回到神秘主義者的「純無」，我們才能回復到存在真正的最初源泉。從另一個角度看，這個對立採取

了在「文化」與「生命」之間持續緊張關係的形式。因為文化的必然命運就是它在不斷構成和培育 ⑨ 的過程中所創造的任何東西，都使我們越來越遠離原來的生活。人類的精神越有力、越豐富地從事創造活動，這個活動本身似乎就使它離開它自身存在的本源越遠。精神顯得越來越被禁錮在它自己的創造物中，禁錮在語言的語詞中，神話和藝術的形象中，認識的理智符號中。這些創造物像一層透明、薄弱又不可撕破的面紗蒙在它上邊。然而，文化**哲學**，即語言哲學、認識和神話等哲學的真正最有意義的任務，似乎正是在於揭起這層面紗，在於透過純粹意義和特性的中介領域進到直觀認識的本原領域。可是另一方面，哲學的獨特**工具**——它沒有別工具可用——卻與這一任務背道而馳。哲學只有弄清概念、澄清「冗雜的」思想才能完成自己的任務。對它來說，通向神秘主義的樂園之路，通向純粹直接性的樂園之路已經堵死了。因此它不得不掉轉研究的**方向**。不是倒退回去，而是努力向前進。如果全部文化都表現在特定的圖像世界的創造中，表現在特定的符號形式的創造中，哲學的目的不是走到這些創造物後邊去，而是理解和闡釋它們的基本構造原理。只有搞清楚這個原理，生活的內容才能獲得它的真正形式。這樣一來，生活就被從純粹給定的自然存在領域中被移走了：它不再是這個自然存在的一部分，不再是一個純粹的生物過程，它被改變並實現為「精神」的形式。實際上，否定符號形式無助於我們領會生活的本質，反而破壞了在我們看來與這個本質有密切關係的精神形式。假如沿著相反的方向，我們就不是追求被動地直觀精神實在的觀念，而是置身於精神實在的活動之中。如果我們不是把精神生活當作對存在進行靜態的冥思苦想，而是當作構成圖像的功能和動力來研究的話，我們就將發現構成圖像的某些共同典型原則——儘管它們

也許表現為不同的各種的形式。如果文化哲學能成功地領會和闡明這種基本原則，它就將在新的意義上完成證明精神的統一性的任務。這種統一性與精神的各種表現的多樣性相反。其最明顯的證明就是在於，人類精神**產物**的多樣性並不削弱它的**生產過程**的統一性，而是證明並肯定了它。

注解

①特別參較《詭辯論者》第 243 節及以下諸節。

②這一點在我的《論愛因斯坦的相對論》（柏林，B.卡西勒，一九二一年）一書中作了較詳細的討論；可參較第一節〈質量概念和思想概念〉。

③亨·赫茲：《力學原理》（萊比錫，F.A.巴爾特，一八九四年），第 1 頁及以下諸頁。

④參見W.馮特：《藝術》第三卷，《民族心理學》，第二版，第 115 頁及以下諸頁。

⑤更詳細的討論見我的《實體概念和功能概念》，（柏林，B.卡西勒，一九一〇年），第六章。英文 W.M.C.和M.C.斯威俾譯本《實體和功能》，（芝加哥，一九二三年）。

⑥W.馮·洪堡，《卡成全集》導言。

⑦參見我的《神話思維中的概念形式》（萊比錫，柏林，一九二二）。

⑧參見萊布尼茨：《關於識認、眞理和觀念的沉思》、《萊布尼茨哲學文集》（柏林，一八八〇年）第四卷，第 442 頁及以下諸頁。

⑨德文Bildung 既有構成的意思，也有培育的意思。——英譯者

索　引

V

W

Y

《當代思潮系列叢書》預定書目

類別：語言學

編號	書 名	著(譯)者	備 考
1	語言與神話	卡西勒	已出版
	Language and Mith	Ernst Cassirer	
2	語言共性和語言類型	伯納德・科姆黑	
3	語言與心智	杭士基	
		Noam Chomsky	
4	心理學與語言學	赫伯・哈克&克羅克伊芙	
	Psychology and Language	Herbert Hark & Cleark Eve	
5	女人、火與危險物	喬治・雷克夫	
	Women, Fire and Dangerous Things	George Lakoff	
6	認知語法的基礎	羅納・拉那克	
	Foundations of Cognitive Grammer	Ronald Langacker	
7	語言和思想的文化模式	多羅西・何南&娜歐寶・奎恩	
	Cultural Models in Language and Thought	Dorothy Holland & Naomi Quinn (eds.)	
8	研究社學多語論上的躍進	約舒瓦・費須門	
	Advances in the Study of Societal Multilingualism	Joshua Fishman.(ed.)	
9	語言，社學和同一性	約翰・愛德華	
	Language, Society and Identity	John Edwards	
10	語意學	約翰・萊恩	
	Semantics, 2 Vols.	John Lyons	
11	語言和知覺	喬治・米勒&強生拉爾・菲利普	
	Language and Perception	George Miller & Johnson-Laird Philip	
12	心智的概念	基爾伯・萊爾	
	The Concept of Mind	Gilbert Ryle	

13	句法結構	杭士基	
	Syntactic Structures	Noam Chomsky	
14	語言與學習：皮亞傑和杭士基的辯論	馬士摩・皮亞特力・巴爾馬力尼	
	Language and Learning: The Debate between Jean Piaget and Noam Chomsky	Massimo Piattelli-Palmarini(ed.)	
15	概化的詞組法構律	卡日德，喬德，克雷尹，布汝姆，沙葛	
	Generalized Phrase Structure Grammar	Gazdar, Geoald, E. Klein, G. Pullum, and I. Sag	
16	語法關係的心智呈現	瓊・布雷克南	
	The Mental Representation of Grammatical Relations	Joan Bresnan	
17	管轄與約束理論講學	杭士基	
	Lectures on Government and Binding	Noam Chomsky	
18	情境與態度	巴爾外日&佩芮	
	Situations and Attitudes	J. Barwise & J. Perry	
19	形式哲學：李察・蒙太奇的選文	李奇蒙德、湯馬慎	
	Formal Philosophy: Selected Papers of Richard Montague	Richmond H. Thomason	
20	語言學 II 的新紀元	約翰・萊恩等人	
	New Horizons in Linguistics II.	John Lyons, Richard Coates, Margaret Deuchar & Gerald Gazdar	
21	當代句法理論講學	彼德・塞爾斯	
	Lectures on Contemporary Syntactic Theories (CSLI Lecture Number 3)	Peter Sells	
22	蒙太奇語意學的介紹	大衛・道弟，羅伯渥爾，史坦利・彼德	
	Introduction to Montague Semantics	David R. Dowty, Robert E. Wall & Stanley Peters	
23	變遷中的語言理論（美國的語言學理論）	傅雷德里・紐梅爾	
	Linguistic Theory in America	Frederich J. Newmeyer	

當代思潮系列叢書⑰

語言與神話

原　　　著＞恩斯特·卡西勒
譯　　　者＞于曉
校　　　閱＞張思明
執行編輯＞邱瑞貞
發 行 人＞賴阿勝
出　　　版＞桂冠圖書股份有限公司
地　　　址＞臺北市新生南路三段９6-4號
電　　　話＞2363-1407・2219-3338
傳　　　真＞2218-2859-60
郵　　　撥＞0104579-2
登 記 證＞局版臺業字第1166號
排　　　版＞友正電腦排版股份有限公司
初版三刷＞1998年2月

定　　　價／新臺幣250元

《購書專線：22186492》

國立中央圖書館出版品預行編目資料

語言與神話 ／ 恩斯特·卡西勒（Ernst
Cassirer）著；于曉譯. --初版. --臺北市
：桂冠，1990〔民79〕
面；　公分. --（當代思潮系列叢書；17）
譯自：Sprache und mythas
含索引
ISBN　957－551－671－0（平裝）

1.宗教　2.語言學－哲學,原理　3.神話

800.1　　　　　　　　　　　83001536